HAYMON taschenbuch 321

Manfred Rebhandl

Hundert Kilo Einsamkeit

Rock Rockenschaub löst
auf alle Fälle alle Fälle

Manfred Rebhandl

Hundert Kilo Einsamkeit

Für meinen lieben Freund Markus,
der nun sieben Bücher hat.

Prolog

Es war der zurückliegende Sommer und einer dieser Tage, die sich in letzter Zeit häuften. Über dreißig Grad schon am frühen Morgen und während der stickigen Nacht nicht viel weniger. Langsam glaubte auch ich, dass an diesem verdammten Klimawandel etwas dran sein musste. Jedenfalls floss das Blut nur noch wie dicker Brei durch meine verstopften Venen, und sobald ich mich bewegte, regnete es Schweiß aus meinen Drüsen. Selbst die Abdullahs draußen vor meinen Fenstern, die das Gestänge für ihre Gemüsestände von den Kellern heraus auf die Gehsteige schmissen, schwitzten schon vor Sonnenaufgang und ließen es daher ruhiger angehen.

Auch bei Lemmy unten im *Quattro Stazzione* staute sich die Hitze und mit der Hitze der Gestank verfaulten Gemüses und der angepissten Hosen seiner Kunden vom Sozialamt. Kein Lüftchen wehte, das ein wenig von diesem Gestank aus der Stadt hinausgewirbelt hätte. Lemmy hatte neues Gras gezüchtet und es *Truth or Lie* genannt, und ich war sein erster Testraucher geworden. Wie er auf den Namen gekommen war, das konnte er mir zunächst nicht erklären, aber sobald ich es rauchte, verstand ich es: Die Augen zogen sich irgendwie zurück in die Hirnmasse und kamen dann frisch gewaschen wieder zurück, sodass man die Wahrheit ganz anders sah.

Capito?

Gemütlich diese Joints rauchend, lag ich den ganzen Tag in meiner Wanne im kalten Wasser und schüttete Eiswürfel nach, solange ich im Eisfach des Kühlschranks welche fand. Seit zwei Tagen aber hatte ich keine mehr gefunden, entsprechend abgestanden war die Suppe, in der ich lag. Ich hörte Syl Johnsons *Is It Because I'm*

Black? und dachte, das Lied würde sich um mich drehen, obwohl ich doch weiß wie Seife war. Das war verdammt noch mal Lemmys Gras!

Ich wollte mich gerade ertränken, als die Schelle läutete. Es war mein Freund Willi das Schwein, dem oben am Gürtel *Dirty Willis Swedish Pornhouse* gehörte und der mich mit der Frage löcherte: „Du kommst doch heute Abend?“ Und ich löcherte mit der Frage zurück: „Aber warum denn?“

Eigentlich hatte ich ja Urlaub, weil Willi sein Pornokino die ersten zwei Juliwochen eines jeden Jahres geschlossen hielt, aber scheiß der Hund drauf! Ich war am Ende ganz froh, dass er die Bude nun überraschend doch aufsperren würde, und es war mir letztlich egal, warum er es tat. Wichtig war, dass er dort eine leidlich gute Klimaanlage hatte, die wie ein sehr großer Vibrator schnurrte.

Als es langsam Abend wurde, holte ich Lemmy in seinem Keller ab, aus dem heraus er seine Grasspezialitäten verkaufte. Wir rauchten noch einen ordentlichen Ofen und dann gingen wir gemütlich hinauf Richtung *Pornhouse*. Dabei fragte mich Lemmy: „Du kommst doch morgen zur Grasernte?“

Diesmal ersparte ich mir das „Aber warum denn?“. Die Geschäfte liefen schlecht und mit den Ladys wurde es auch immer schwieriger. Da war man froh, wenn man den einen oder anderen Kumpel hatte, der einen noch zur Grasernte einlud.

Guttmann der Bulle, den ich auch informiert hatte, dass Willi das *Pornhouse* aufsperren würde, stand dann schon davor in seinen kurzen Khakihosen, die seine weißen Waden noch erbärmlicher aussehen ließen, und auch er richtete gleich eine Frage an mich: „Du fährst doch dann im Herbst wieder mal mit mir ins

Outlet hinauf eine Cordhose kaufen?“ Aber diesmal sagte ich: „Willst du nicht mal mit einem anderen fahren?“

Nicht weniger weiß waren die Waden von Kubelka dem Seelenschuster, der auch kurz trug und den ich ebenfalls informiert hatte, dass Willi heute vielleicht einen heißen Film zeigen würde. Als ich Kubelka so sah, musste ich an den letzten Sommer denken, als ich bei Bademeister Horst draußen im Ottakringer Bad auf der Wiese lag und er mir entgegenkam wie eine sehr riesige, sehr weiße Qualle. Aber auch in diesem Sommer war er nicht in Bestform, die Hitze setzte ihm zu und seine Patientinnen langweilten ihn: „Diese verdammten Kuratorinnen und Dramaturginnen aus Kunst und Kultur mit ihren trockenen Scheiden!“

Hört, hört! Immer öfter jammerte also auch er, dass er eine fürs Leben suchen würde, keine mehr, die ihn auf Trab hielt. „Und wenn sie nebenher ein Zinshaus hat – wer würde zu so einer Nein sagen?“

Wir bestimmt nicht!

Sein letzter geplanter Bestseller *(Die trockene Scheide – Ursache und Bekämpfung)* hatte sich nämlich ebenso wie sein davor in den Sand gesetzter geplanter Bestseller *(Die Mutterbrust – Folgen und Wirkung für den Heranwachsenden)* als Ladenhüter entpuppt und langsam fragte auch er sich, wie er seine Rechnungen bezahlen sollte: „Hast du vielleicht eine Idee, worüber ich ein Buch schreiben könnte?“

Und ich sagte: „Gerade nicht!“

Am besten kam noch Fink vom Schmetterling, den ich ebenfalls informiert hatte, dass Willi vielleicht einen heißen Film zeigen würde, mit der Hitze zurecht. Ungerührt trug er das ganze Jahr über seinen schmierigen schwarzen Wollanzug, in dessen Taschen er stets ein paar Dosen Bier mit sich herumschleppte. Bier war seine treue Begleiterin, besser gesagt warmes Bier, und auch er musste mich etwas fragen: „Willst du eines?"

„Danke, aber nein danke!" Die Plörre war nämlich so warm, dass er sie ruhig mit Kubelka und Guttmann teilen sollte, nicht aber mit mir. Ich würde mich an meine Thermoskanne halten, in der ich eiskalte russische Brühe bunkerte.

Dann kam endlich Willi das Schwein selbst, der seit einer Woche nur noch ein Schatten seiner selbst war. Inmitten der ganzen schönen Filmplakate in seinen Schaukästen (Jack Schleck!), die doch nichts anderes als Freude versprachen, sah er vollkommen freudlos aus, als auch er mich sofort wieder etwas fragen musste: „Was machen denn die ganzen Idioten hier?"

„Gegenfrage: Hast du nicht gesagt, dass ich kommen soll?"

„Ja, du!"

„Aber wie hätte ich denn wissen sollen, dass du nur mich meinst?"

Langsam merkte ich, wie anstrengend meine Freunde waren.

Da es nun aber auch schon egal war, bat Willi mich zusammen mit den anderen in den Kinosaal, wo wir ein jeder in unserem bevorzugten Sitz Platz nahmen. Wie eine Lehrerin stellte er sich dann vor die Leinwand und schaute uns an, richtete sich mit seiner Ansprache aber alleine an mich: „Hör zu! Vor einer Woche habe ich ein Paket zugeschickt bekommen, es hatte die Größe und Form einer Super-8-Filmrolle. Sechs Tage lang habe ich das Paket nicht geöffnet, am siebten Tag aber sah ich, dass es tatsächlich eine Super-8-Filmrolle war."

Er redete wie dieser Typ, der damals die Erde erschaffen hatte. Wie war noch gleich sein Name?

„Nach einer ersten Sichtung, die ich gestern alleine vorgenommen habe, werde ich dir den Film jetzt zeigen. Dir als Privatdetektiv, nicht dir als Privatperson."

Das setzte mich gleich ein wenig unter Druck und ich fragte mich, ob ich für diesen Fall nicht ein Honorar verlangen sollte? Andererseits hoffte ich natürlich, dass ich sein *Pornhouse* mal erben würde, wenn es mit ihm den Bach runterging, und dann würde ihn eine Honorarforderung vielleicht verärgern.

„Ist es ein Meisterwerk?", fragte Fink, der sich immer für wahre Filmkunst begeistern konnte.

„Das geht dich einen Scheißdreck an! Ich rede nur mit dem da!", schrie Willi.

Aber warum sollte Fink nicht fragen, ob in der Filmrolle ein Meisterwerk lag? Das *Pornhouse* konnte ein Meisterwerk dringend gebrauchen, denn auch seine Kassen waren leer und die Bude füllte sich nur noch selten. Verdammtes Internet! Und dann waren seit zwei Jahren auch noch die russischen Geschäftsreisenden weggeblieben, die gerne mal zu zweit hierherkamen und sich im Kino gegenseitig einen runterhobelten, was sie zu Hause ja nicht durften.

Wieder wandte sich Willi mit strengem Ernst nur an mich: „Ich möchte, dass du dir den Film sehr genau ansiehst und mir danach sagst, was du gesehen hast."

„Als Privatdetektiv oder als Experte?", fragte ich.

„Als beides!", schrie er mich an.

„Dann werde ich das sehr gerne tun", sagte ich, ohne dass ich wissen konnte, worauf ich mich da einließ.

Willi verschwand nach oben in den Projektionsraum, und dann gingen schon die Saallichter aus. Und kaum, dass er den Super-8-Projektor angeworfen hatte, sah man auf der Leinwand den wackeligen Vorspann:

Eine Female-Power-Production

Was denn, was denn, fragten wir uns alle. Was war denn bitte eine verdammte *Female-Power-Production*? Von einem Female Power als Produzenten hatten wir alle noch nie etwas gehört.

„Oder du schon?“, fragte ich Fink, als ich mich zu ihm umdrehte.

„Nie“, sagte er und bot mir wieder eines seiner warmen Biere an, das ich erneut ablehnte.

„Ich kenne nur Teresa Orlowski und Beate Uhse.“

Und dann:

Mit Kitti Natale in der Hauptrolle

Was denn, was denn, fragten wir uns wieder alle. Wer war denn bitte das und was sollte denn diese Kitti Natale für eine Hauptrolle spielen?

„Möchtest du Wodka?“, fragte ich Fink.

Und der sagte: „Na, gib schon her!“

Und dann:

Mit John Porn in einer weiteren Hauptrolle

„Schon mal von ihm gehört?“, fragte ich Fink.

„Nie!“, sagte er und nahm einen kräftigen Schluck aus meinem Flachmann.

Und dann:

Mit Hedda Horny in einer Nebenrolle

Gleiche Frage, gleiche Antwort: „Nie gehört!"

Und schließlich:

Copyright Juni 1971

„Was denn, was denn?", fragte ich Fink. „War denn da überhaupt schon einer von uns auf der Welt oder war das noch vor der Mondlandung?"

„Wir alle waren schon auf der Welt", sagte er und gab mir meinen Flachmann zurück.

„Ich auch?"

„Du vor allem! Verdammt, du solltest wirklich nicht so viel von Lemmys neuem Gras rauchen!"

Dann sahen wir den Titel des Streifens:

KITTI NATALE – DIE WAHRE KÖNIGIN DER ESKIMOS

Du lieber gütiger Himmel! Was war denn das für ein beschissener Titel? Wir hatten noch nie von einer Eskimokönigin gehört und erst recht nicht von einer wahren! Ich drehte mich wieder um und schaute in die Gesichter meiner Kumpels. Lemmy immerhin hatte bereits die Hosen offen – oder hatte er sie immer offen? Kann natürlich auch sein.

Dann starrte auch ich wieder nach vorn auf die Leinwand und sah billigste verwackelte Bilder, auf denen man kaum etwas erkennen konnte. Das alles sah mir verdammt nach Kunst aus, und verdammt, ich hasste Kunst! Ich wollte schon „Kannst du uns keinen richtigen Porno zeigen?" nach hinten zu Willi hinauf in den Vorführraum rufen, da sah ich, wie dieser John Porn in seiner Rolle als „Weihnachtsmann" über „Grönland" in seiner „Kutsche“ bei starkem „Schneetreiben“ abstürzte und „überlebte“ – so weit der Beginn der „Handlung“.

Lemmy war da schon wieder eingeschlafen, weil der Film ihn noch nicht richtig gepackt hatte. Kein Wunder auch, denn das erhoffte Meisterwerk entpuppte sich als Machwerk! Als hätte es Charlie Chaplin gedreht!

Also tauschte sich auch Kubelka längst wieder auf seinem Phone mit einer seiner Patientinnen über ihre trockene Scheide aus, während sich Fink ein weiteres warmes Bier aufmachte. Sie sahen daher gar nicht mehr, wie der Weihnachtsmann sich bei „Wind“ und „Schnee“ mit „gebrochenem Fuß“ bis zum „Dorf der Eskimofrauen“ durchschlug (das wie draußen in den Wienerwald hineingebaut aussah!) und sich dabei auf seine gewaltig dimensionierte Zunge stützte.

Was denn, was denn? Auf seine gewaltig dimensionierte Zunge?

Endlich kam er in diesem Eskimodorf vor einem Iglu zu stehen, auf das jemand *Die wahre Königin der Eskimos* geschrieben hatte, in Krixikraxischrift. Im Iglu drinnen lag dann eine gut gebräunte Rothaarige, die wirklich sehr lecker aussah, schon halbnackt auf ihrem Eisbärenfell und besorgte es sich mit einem pinken Vibrator. Sie hatte ein Muttermal oberhalb der Lippe und ihr linkes Ohr war ein bisschen größer als das andere. Neben ihr lag eine, die ein ordentliches Pfund war und mit einem Berg schwarzer Haare ausgestattet, und zwar Haaren überall unter ihrem weit geöffneten Eisbärenfellmantel! Ihre darstellerische „Leistung“ war mies und reden konnte sie auch nicht. Wieder drehte ich mich zu meinen Kumpels um und wieder blickte ich in fassungslose Gesichter. „Was soll denn der Scheiß bitte?“

„Bringet den Weihnachtsmanne herein!“, lispelte die Dicke auf Hochdeutsch. „Er solle entscheiden, wer die wahre Königin der Eskimos sei!" Und als ich wieder nach vorne auf die Leinwand schaute, sah ich, wie sie ihre behaarten Schenkel breit machte und dabei die bemooste Schiene für den Weihnachtsmann öffnete, während sich die Rothaarige verführerisch räkelte. Die eine bot sich dem Weihnachtsmann dar wie eine üppige Jause, die andere – um beim Thema zu bleiben – wie ein süßes Kekserl. Und er sollte wohl wählen.

Wir alle riefen dem Weihnachtsmann zu: „Nimm die Rothaarige!"

Aber verdammt! Schon sahen wir seinen schmalen Schniedel, und mit dem voran legte er sich, ohne dass ihn jemand dazu hätte zwingen müssen, auf die Dicke drauf anstatt auf die Rothaarige. Die quietschte auch sofort zufrieden wie eine sehr große Badeente, obwohl er sie nur ohne erkennbare Freude pimperte, ganz so, als hätte er gar keine Ahnung, wie das überhaupt richtig ging. Die unter ihm aber war zufrieden. Grinsend schaute sie in die Kamera und schien stolz auf das, was sie dem Weihnachtsmann zu bieten hatte – Fett und Haare! –, während die Rothaarige als Verliererin halbnackt den Iglu verließ und draußen in der Kälte vermutlich erfror.

Der Weihnachtsmann hatte sich für die Dicke entschieden – das war die Aussage des Films. Und das feierten die übrigen Eskimofrauen, die sich um die beiden herumscharten und tanzten, bis es im Iglu so heiß wurde, dass die verdammten Eisziegel schmolzen und der Weihnachtsmann der Königin gleich einen neuen bauen musste. „Avanti, avanti!"

Und dann war dieser verdammte Film auch schon wieder zu Ende, der Spuk hatte keine drei Minuten gedauert. Im Saal gingen die Lichter an und Willi stapfte herunter aus seinem Vorführraum, wo er sich sonst eigentlich nur noch Buddy-Movies auf VHS anschaute, am liebsten mit Walter Matthau und Jack Lemmon. Er stellte sich vor die Leinwand und spielte wieder die Lehrerin, aber diesmal die ratlose. Fragend schaute er mich an und wir alle schauten fragend zurück. „Na?“

„Ähem!“, sagte Kubelka endlich in die schon etwas unangenehme Stille hinein. „Mal ganz abgesehen davon, dass es sich bei dem Film um einen Akt kultureller Aneignung handelt, da sowohl die beiden weiblichen Darstellerinnen als auch der männliche Hauptdarsteller, wie ich vermute, selbst keine Eskimos, die wiederum eigentlich Inuit genannt werden wollen, waren, sieht dieser Film für mich aus wie ein erster Versuch, wenn du mich fragst, wie ein erstes Herantasten an die Filmkunst gleichermaßen wie an das damals noch junge Subgenre des Feministinnenpornos. Es geht darin, so scheint es mir, um ... äh ... Selbstermächtigung und ein Narrativ, das dahingehend lautet: Seht her, es ist gar nicht so, dass der Weihnachtsmann die leckeren Kekse haben will, er will eigentlich lieber die schwere Jause, sprich: Tradierte Schönheitsideale wie Schlankheit und muskulöse Schenkel gelten nicht mehr, auch das Fett hat seinen Platz in der Welt, und Eskimokönigin kann daher auch eine werden, die fett ist. Sie braucht dann auch auf den Weihnachtsmann und dessen Bedürfnisse keine Rücksicht mehr zu nehmen, denn der hätte ja wohl gerade um diese Zeit des Jahres auch anderes zu tun, als diesen Fleischberg zu pimpern. Nachsatz: Dass der Weihnachtsmann in einem Feministinnenporno eine so tragende Rolle spielt, dass ihm quasi die Wahl der wahren Eskimokönigin obliegt, finde ich, nebenbei bemerkt, nicht so feministisch. Willst du noch hören, was ich zur Kameraarbeit zu sagen habe?“

„Darauf scheiß ich!“, sagte Willi.

„Also mir hat der Film eigentlich ganz gut gefallen, die Rothaarige besser als die Dicke“, sprach dann Guttmann, dem eigentlich immer alle ganz gut gefielen, aber die Rothaarigen besser als die Dicken. „Was ich mich allerdings frage, ist, wo denn die anderen Männer waren in diesem Eskimodorf? Waren die vielleicht beim Walfang?“

Und Willi sagte: „Verdammter Idiot!“

Da rempelte Fink seinen Ellenbogen in Lemmys Rippen, sodass der nun endlich aufwachte und „Wo bin ich?“ rief.

„Im Kino!“, schrie Willi zurück, aber da schlief Lemmy schon wieder, das Zeug, das er rauchte, war wohl mit einem schweren Amboss verschnitten.

Blieb also nur noch Fink selbst übrig, der sich bisher zum Film nicht geäußert hatte, es aber nun tun wollte: „Also, ich fand eigentlich recht gut, wie sie das mit den Iglus gemacht haben. Das Styropor, das sie als Schneeziegel verwendet haben, sah für mich sehr überzeugend aus. Mich würde interessieren, wie sie das zum Schmelzen gebracht haben, irgendwer eine Idee?“

Aber wir alle schwiegen, weil keiner eine Idee dazu hatte.

„Und du?“, wandte sich Willi schließlich an mich. „Was hast du gesehen?“

„Na ja“, sagte ich. „Die Dicke war nicht rasiert, das fand ich nicht so gut, ich finde immer besser, wenn sie rasiert sind wie die Rothaarige, und die hatte auch ein sehr süßes Muttermal oberhalb der Lippe.“

Alle nickten, außer Kubelka, der die Ladys immer lieber à la nature vernaschte, wie er oft sagte, und dem das Muttermal gar nicht aufgefallen war.

Das aber genügte Willi nicht. Er kam langsam näher, und bald drang sein abgestandener Atem in jede Falte meines abgestandenen Gesichts.

„Und was hast du noch gesehen mit deinem verdammten Private Eye?“

„Na ja“, sagte ich. „Wenn du mich schon fragst, dann wurde diese Eskimokönigin meiner Meinung nach von einer dicken Deutschen gespielt, die lispelte.“

„Von einer Deutschen also, die lispelte?“, schrie er mich an.

„Von einer dicken.“

„Von einer dicken Deutschen also, die lispelte?“, wiederholte Willi schon einigermaßen genervt. „Und hast du vielleicht auch gesehen, was sie gemacht hat?“

„Na ja“, fragte ich ein wenig bescheuerter, als ich eigentlich war. „Ließ sie sich nicht im Iglu pimpern?“

„Genau das tat sie!“, schrie er. „Aber hast du nicht auch gesehen, von wem sie sich pimpern ließ?“

Seine Nase stieß nun bereits an die meine, und mit seinen dürren Händen hatte er mich an beiden Schultern gepackt und rüttelte mich ordentlich durch. Ich drehte mich hilfesuchend zu meinen Kumpels um, aber die zuckten alle nur ahnungslos mit den Schultern.

Hatte es außer mir tatsächlich keiner gesehen?

„Na ja“, ließ ich es endlich raus. „Der Weihnachtsmann hat sich ja auf seine gewaltig dimensionierte Zunge gestützt, als er sich mit gebrochenem Fuß durch den Wald schleppte, sodass ich mich frage, ob es nicht vielleicht Jack Schleck war, der die dicke Deutsche gepimpert hat, anstatt sie zu schlecken, wie es eigentlich seine Pflicht gewesen wäre, in einer sehr frühen Rolle, als er noch John Porn hieß?“

***

Nun war es Ende Oktober geworden und morgen war Allerheiligen. Das schüchterne Azorenhoch des zurückliegenden Sommers hatte endgültig den Schwanz eingezogen, jedenfalls bliesen die Eismänner aus Norden herunter, von dort her, wo der Weihnachtsmann abgestürzt war, und die Eiszapfen drängten freudig in meine Bude herein. Langsam wurde es Zeit, dass mir der Vermieter neue Fenster einbaute, denn die alten hielten weder den Lärm noch den Gestank draußen und schon gar nicht die Kälte. Leider hieß mein Vermieter Lemmy, und der war meistens so zugedröhnt, dass er gar nicht mehr wusste, dass er mein Vermieter war. On the upside: Genau deswegen vergaß er auch immer, mir den Zahlschein für den monatlichen Zins in den Postkasten zu legen, denn wo mein Postkasten war, das wusste er auch schon lange nicht mehr.

Gegen die Kälte wappnete ich mich mit Schokoriegeln. Ich hatte mir beim Diskonter einen Karton davon besorgt, und schon wieder griff ich hinein. Während ich den nächsten Riegel futterte, fasste ich mir nachdenklich an die sehr ordentliche Wampe, die ich mir seit dem Sommer angefressen hatte, und ermahnte mich zur Vorsicht: Noch ein paar nächtliche Fressattacken und du wirst dreistellig sein – und meine Wohnung im ersten Stock von Lemmys Haus, die zugleich mein Büro war, zu erreichen, würde dadurch natürlich nicht leichter werden.

Die Narbe an meiner Stirn, über die ich nun strich, stammte von Dirty Willis goldenem Dupont-Feuerzeug, das er nach mir geworfen hatte, kaum dass ich erwähnte, dass wohl sein alter Kumpel Jack in einer frühen Rolle als John Porn diese Kitti Natale gepimpert hatte. Dabei war er auf und ab gehüpft wie ein Rüttler auf der Straße, bevor er sich auf dem Boden wälzte wie ein verlauster

Hund in der Wiese. Natürlich hatte der Film sich auch für mich wie Verrat angefühlt, schließlich war es Jacks fantastische Zunge, der er, in der Rückschau, seine große Karriere verdankte, und nicht sein durchschnittlicher Lümmel. Und gewiss konnte man sich fragen, warum er nicht sofort auf die leckere Rothaarige draufgesprungen war, aber das stand dann vermutlich so im Drehbuch. Also kein Grund, mir deswegen den halben Schädel wegzuschlagen! Schließlich war ich doch sein Freund.

Nicht mehr ganz so elastisch wie noch im Sommer schälte ich mich endlich aus den Federn und dachte dabei ein bisschen an die Rothaarige mit ihrem süßen Muttermal. Seltsam, dass ich immer noch scharf auf sie war, obwohl der Film doch 1971 gedreht wurde. Wie sie wohl heute aussah? Das fragte ich mich, als ich zu den Fenstern meiner Wohnung watschelte, die oberhalb der Biomülltonnen des Brunnenmarkts lag. Dort stopfte ich noch ein paar Zigarettenstummel zwischen Fensterstock und Fensterrahmen, um die Dichtung zu verstärken, aber das nützte natürlich auch nichts mehr. Der Lärm der vorbeiziehenden Autos hämmerte gegen meinen Kopf, denn da draußen lagen überall Pflastersteine, auf denen sie fuhren, und die Autos darauf wurden immer schwerer und die Reifen immer breiter. Neun von zehn Drogenfreaks aus den umliegenden Bobobezirken, die bei Lemmy ihr *Origano Speziale* oder *Vaya Con Dios* kauften oder sein neues Kraut *Truth or Lie*, setzten sich in ihre tonnenschweren SUVs und fuhren zu uns heraus, anstatt mal die paar Meter zu Fuß zu gehen. Hier in der Vorstadt angekommen, drehten die Opas, die allesamt in Kunst, Medien und freien Berufen tätig waren, dann um Lemmys Haus herum ihre Runden, bis sie endlich eine Lücke zum Einparken fanden. Dort ließen sie den

Motor laufen und blieben erst mal ein paar Stunden lang in ihren Monstern sitzen und spielten mit ihren Handys, weil ihre vom vielen Kiffen weiche Birne ganz vergessen hatte, wo sie überhaupt waren und was sie hier überhaupt wollten. Kubelka hatte mir mal erklärt, was mit denen los war: „Ihre Autos sind ein einziger Schrei nach Liebe!"

„Glaubst du nicht, dass sie einfach ein gewaltiges Schwanzproblem haben?", hatte ich geantwortet.

„Das sicher auch!"

Kreiste nun also seit Wochen dieser Chevy Bel Air Impala mit 5,7-Liter-Big-Block-Achtzylindermotor um meine Bude, und nicht selten parkte sich der Schwanzpatient darin genau vor meinem Fenster damit ein und schickte ordentliche Abgaswolken zu mir herauf. Mir reichte es langsam. Ich schrie hinunter: „He, du Schwanzpatient! Dreh gefälligst deinen scheiß Motor ab!"

Aber der lehnte sich nur aus seiner Kiste heraus und schrie breit grinsend zu mir herauf: „Du bist wohl für die Verstädterung des Dorfes! Äh, ich meine natürlich für die Verdorfung der Städte?"

Ich hatte keine Ahnung, was er damit meinte, schloss das Fenster und sprang zurück in die Kiste. Dort drehte ich das Nachmittagsfernsehen auf und schaute den Sender *Gosse24*, in dem mein Freund Laszlo die *How low can you go Show* moderierte.

Laszlo stammte ursprünglich aus Ungarn und gehörte zur sympathischen Gruppe der Mađarski Cigani, was man ihm auch ansah: zwei klassische Kastanien als Augen; das ebenso klassische schwarze Rosshaar mit reichlich Brillantine an den Schädel geklebt; eine stets schwarze Anzughose mit breitem Gürtel und fetter Schnalle um die Hüfte; darüber ein stets schwarzes, weit geöffnetes Hemd über der ordentlichen Wampe und oberhalb der Wampe auf der behaarten Brust und an den Fingern reichlich Gold.

Er sah gut aus!

Im Sommer saß er untertags in seiner knapp geschnittenen schwarzen Badehose, in der sich sein mächtiger Lümmel bog, im Garten und genoss sein Leben mit Sonne, Schnaps und Lederschwulen, und in der Nacht zeigte er in seiner Show Filmchen über Leute, mit denen es nicht mehr weiter bergab gehen konnte. Allerdings hatte er seine eigene Show mittlerweile so weit in den Dreck geritten, dass sie knapp vor der Absetzung stand, und das wollte etwas heißen bei einem Sender, der vor allem aus dem Klo heraus sendete. Sein reicher Boss, der sich mit einem klebrigen Eierlikördrink namens *Yellow Egg*, für den er das Rezept aus dem Sudan mitgebracht hatte, dumm und dämlich verdiente, drohte ihm schon mit der Absetzung.

„Ich brauche mal wieder ein paar richtig gute Filme!", jammerte er mich also ständig voll. „Ein paar Hits, die sich auch die Jungen auf YouTube anschauen! Hast du nicht gute Leute für mich?"

***

Einer, den ich ihm vielleicht anbieten konnte, rief mich dann an: „Superschnüffler Rock Rockenschaub löst auf alle Fälle alle Fälle, was kann ich für Sie tun?"

„Ich bin's, Gutti."

Es war Guttmann der Bulle, der die letzten dreißig Jahre bei der Abteilung Mord-West ermittelt hatte. Wegen einer Lappalie (er hatte einem von uns ein paar Kartons voll mit Russenschnaps plus drei riesige Umzugstaschen voll mit sichergestellten geschmuggelten

Zigaretten aus der Asservatenkammer zukommen lassen, was, wie gesagt, eine Lappalie ist, gegen die sein Anwalt Beschwerde eingelegt hatte mit hoher Aussicht auf Erfolg) war er vor zwei Monaten zum Patrouillendienst auf den Straßen Favoritens versetzt worden, wo sich die härtesten Straßen der Stadt befanden: „Ey, Brudi, willst du Watsche mit Fuß?“ – solche Leute. Als Gutti von seiner Versetzung per Telefonanruf erfahren hatte, knapp nach Dienstschluss (oder doch drei Stunden davor?), war er mit uns am Tisch in Jolandas Gulaschbude *Hard & Heavy* gesessen und hatte gerade den fünften Teller von *Jolandas Feinstem* gelöffelt: ihr leichtes, bekömmliches Herbstgulasch, das sie bis Anfang Oktober auf den Speiseplan setzte für die Tage, an denen der Mensch auch sonst noch genug Wärme tankte, sodass er die Wärme nicht ausschließlich über Jolandas Gulasch aufnehmen musste (danach hatte sie dann für die langen Wintermonate *Jolandas Schärfstes* auf der Karte, von dem ein Teller genügte, um einen als kleines Heizkraftwerk durchgehen zu lassen). Gutti mochte ihr Gulasch wirklich, aber Jolanda selbst mochte er noch mehr, ebenso wie Fink, und beide machten sich ewige Hoffnungen, dass sie den Zustand ihrer ewigen Einsamkeit beenden möge. Sie aber hatte die Menopause längst hinter sich und die Schnauze insgesamt voll von uns Männern, nur ich kriegte hin und wieder noch einen heruntergerubbelt hinten in ihrer Küche, wenn ich ihr dort beim Paprizieren half. Aber davon sagte ich Gutti und Fink natürlich nie etwas, denn Freunde mussten schließlich nicht alles wissen.

Guttmann sagte: „Wir müssen reden!“

Eine halbe Stunde später saßen wir schon wieder alle bei Jolanda in der guten warmen Stube, wo sie einen ordentlichen Schwedenofen pollern ließ. Den Tisch gleich daneben hatte sie immer für uns reserviert, als Gegenleistung trugen wir ihr das Brennholz herauf aus dem Keller.

Diese verdammte Gaskrise!

Dort saßen wir nun also wieder, tranken Bier und aßen *Jolandas Schärfstes*, und ich aß dann gleich noch eines.

Woher mein Hunger?

„Du willst Liebe!“, sagte Kubelka. „Aber deine latente Bindungsangst lässt sie dich nie erfahren.“

„Ach, leck mich doch am Arsch mit Liebe und dem anderen Scheiß!“, sagte ich. „Ich will meine Ruhe!“

Gutti war noch immer schön durchgefroren vom Straßendienst in Favoriten, und bevor er mit mir redete, wollte er wissen: „Was machen denn die anderen alle hier?“

Er meinte Fink, Kubelka und Lemmy, die auch mit uns am Tisch saßen. Fehlte eigentlich nur noch Willi, aber der ging ja seit letztem Sommer kaum mehr aus dem Haus.

„Na ja“, sagte ich. „Wolltest du nicht reden?“

„Ja, mit dir!“

Mir war, als hätte ich Ähnliches schon mal gehört.

„Na gut, aber dann musst du mir das halt sagen!“

Wo wir nun aber schon mal alle um den Tisch herumsaßen, tischte Guttmann uns allen die neueste Neuigkeit auf: „Schon mal vom EU-Gipfel gehört?“

„Ist das das, wo sie über krumme Gurken reden?“

„Genau. Und damit ihnen dabei nicht langweilig wird, werden sie das heuer in unserer schönen Stadt machen, denn bei uns gibt es Schnitzel und Sachertorte.“

„Und Gurkensalat“, sagte Fink, der Gurkensalat wirklich liebte.

„Aber das ist doch großartig", sagte ich. „Das belebt die Wirtschaft! Und wenn es der Wirtschaft gut geht, dann geht es uns allen gut!"

Wir kriegten uns alle kaum mehr ein vor Lachen, denn: Wer diesen Spruch mal erfunden hatte, den würden wir gerne mal kennenlernen! Und den, dem „Wir schaffen einen neuen Mittelstand" eingefallen war, gleich mit dazu.

„Einerseits großartig, andererseits auch nicht", sagte Gutti. „Denn wo viele Wichtige sind, da sind mindestens ebenso viele, die sie in die Luft sprengen wollen."

„Und was geht's dich an?", fragte ich.

„Na ja", sagte er kleinlaut. „Der Innenminister hat mich zum Sicherheitsbeauftragten für das Abendessen der Wichtigen ernannt, und es findet schon übermorgen statt."

„Aber Abendessen klingt doch großartig!", sagte ich. „Da kommen wir einfach alle mit!"

Wo doch die Lebensmittelpreise auch immer weiter anzogen!

„Das ist alles, was dir dazu einfällt?", fragte er.

„Fürs Erste: Ja."

Aber halt!

Dann fiel mir doch noch etwas ein: „Mit dir geht's echt ganz schön bergab!"

Zwar hatte Gutti sich, so die Spatzenpost, auf den Straßen Favoritens ganz gut geschlagen. Denn immer, wenn ein paar Halbstarke auf ihn zukamen, um ihn zu töten, zu schlagen, zu überfallen oder einfach nur zu verarschen, weil er in seiner engen Uniform aussah wie Chief Wiggum aus den *Simpsons*, ließ er einen panischen Schrei heraus, der ihnen die Eier in den Arsch drückte oder auch mal ganz hinunter zu den Schuhsohlen zog. Jedenfalls spürten sie ihre Eier dann nicht mehr so richtig, und ohne das Gefühl für ihre Eier lief bei den Halbstarken da draußen rein gar nichts. Die Verbrechensrate im Bezirk war also rückläufig, womit niemand gerechnet hatte, aber ob wegen Guttis Schreien oder nicht, war letztlich schwer zu sagen. Beweisen konnte man es nicht, jedoch hörte man manchen seiner Schreie bis zu uns herüber. Dass er nun aber für die Sicherheit bei diesem Abendessen verantwortlich sein sollte, das war noch einmal eine Stufe tiefer als der Straßendienst in Favoriten!

Ich rauchte meinen Joint zu Ende, und dann sah ich plötzlich mit meinem inneren Auge Folgendes: „Das bist du aber vom Typ her einfach überhaupt nicht, dass du Verantwortung übernimmst!"

Und alle nickten zustimmend, sogar Guttmann, denn er wusste ja selbst am besten, dass er ein Sack im Wind war, ein Fetzen, den man auswinden konnte, ein hohler Baum, in dem sich Kleintier gemütlich einrichten konnte. All das war er, nur kein Stück Eisen, das man gegen irgendwelche Angreifer stellen konnte.

„Also?", sagte Kubelka.

„Ja?", fragte Gutti.

„Was meinst du genau?", mischte sich nun auch Fink ein.

„Wenn nicht gerade 1. April ist, und wir sind am Vortag des 1. November denkbar weit entfernt vom 1. April", fuhr ich fort, „dann verarschen die dich entweder oder sie wollen dich für irgendetwas benutzen!"

Das interessierte nun wieder Kubelka: „Meinst du das jetzt sexuell?"

Ich konnte sehen, wie er überlegte, darüber ein Buch zu schreiben.

„Ich meine es natürlich nicht sexuell!", sagte ich entschieden. „Sieh ihn dir mal an! Es ist vollkommen ausgeschlossen, dass irgendeine Frau ihn sexuell für irgendetwas benutzen möchte! Aber wenn unser rechtsextremer Innenminister persönlich einen wie Gutti zum Verantwortlichen für das Staatsbankett der Regierungschefs macht, dann kann er damit nicht deren Sicherheit garantieren wollen, sondern ..."

Ich machte eine Pause wie Cäsar früher im Zirkus, bevor er den Arm ausfuhr und den Daumen nach unten oder nach oben drehte, je nachdem, ob ihm der Gladiator gefiel oder nicht.

Alle fragten: „Sondern was?"

Ich überlegte. Mir fiel nichts mehr ein. Aber da mich alle so fragend anschauten, sagte ich halt: „Das genaue Gegenteil!"

Es trat eine unangenehme Stille ein, die plötzlich den Druck spüren ließ, der auf Gutti lastete. Kann natürlich auch sein, dass ich einfach den „Druck weitergab", wie Kubelka das immer nannte, weil ich immer noch den Druck von Willi aus dem Sommer spürte.

„Dann wäre Gutti wie ein Konditor, dem der rechtsextreme Innenminister seine Torte abkauft, aber nicht, weil er sie essen will, sondern weil er kotzen möchte?", fragte Kubelka.

Ich überlegte wieder kurz und sagte: „Was?"

Am meisten litt natürlich Gutti darunter, dass er benutzt werden sollte, denn das war schon verdammt demütigend. Er hätte es sich am liebsten einfach gemacht, sich draußen in die Mitte irgendeiner Kreuzung gestellt und sich von einem Auto überfahren lassen – Sargdeckel drauf, und sollte die Erde sich doch mit ihm unter der Erde weiterdrehen! Ich holte also ein paar Stück Würfelzucker heraus, die ich für den Fall der Fälle immer mit mir in der Hosentasche trug, und legte sie ihm hin wie einem Pferd. Er griff danach, schluckte sie gierig und sah dann gleich wieder besser aus.

Wir wollten also endlich zum gemütlichen Teil übergehen, da fiel auch Fink noch etwas ein. Er war Griffelschwinger beim *Schmetterling*, der Stadtzeitung für Veganerinnen mit trockener Scheide, die früher oder später alle bei Kubelka auf der Couch landeten.

„Dieser verdammte Innenminister!“, schrie er heraus. „Der nicht nur beim Darm braun ist, sondern vor allem auch im Herzen! Der die EU hasst und kleine Kinder abschieben lässt! Hab ich euch eigentlich schon mal erzählt, wie er bei einem Innenministertreffen in Brüssel während einer Schwulenparty aus dem Fenster steigen musste, als die Bullen wegen illegalen Drogenbesitzes vorbeischauten?“

Wir alle schrien begeistert: „Nicht nur schwul also, sondern Drogen auch noch?“

Uuups!

„Nicht, dass es jemanden interessieren sollte, wie eines Menschen sexuelle Ausrichtung ist!“, sagte Fink. „Aber wenn er schon ständig davon redet, dass man Schwule wie Drogenkonsumenten einsperren sollte, dann sollte man das auch einmal erwähnen dürfen!“

Wir alle nickten zustimmend, denn: Was für eine Frechheit, jemanden wegen Drogenkonsums einzusperren!

***

Ich wachte mit einem ordentlichen Brummschädel auf, als ich draußen wieder den Chevy Impala im Kreis fahren und sich endlich einparken hörte, ausgerechnet vor meinen Fenstern. Wieder ließ der Kerl den Motor laufen und ging mir damit ordentlich auf den Sack. Nur, dass er mich heute noch mehr nervte, schließlich war

Allerheiligen – ein Feiertag! –, und da wollte man auch mal ausschlafen. Wieder überlegte ich, ob mein Kumpel Laszlo das Problem für mich lösen könnte, aber dann schaute ich auf die Uhr, und es war schon halb sieben geworden.

Willi hatte nach dem Sommer aufgehört, mit uns zu reden, und nicht einmal mehr das *Pornhouse* noch aufgesperrt. Er hatte sich vom Schweinekram-Business verabschiedet und sogar alle Plakate der Filme mit Jack Schleck in der Hauptrolle aus den Schaukästen entfernt, als hätte es Jack nie gegeben. Die meiste Zeit saß er nun oben in seinem Büro neben dem Vorführraum, wo er die Vorhänge zugezogen hatte und sich immer wieder auf seinem Super-8-Projektor den Film anschaute, der ihm irgendwie das Genick gebrochen hatte. Jack beim Pimpern sehen zu müssen, das war für Willi gewesen, als hätte er sich Niki Lauda bei der Bodengymnastik anstatt beim Im-Kreis-Fahren anschauen müssen. Dabei waren er und Jack beste Freunde gewesen, seit sie gemeinsam auf den Straßen von Ottakring groß geworden waren, und sie waren sogar beste Freunde geblieben, nachdem Jack in die Pornoindustrie von Burbank, California, gewechselt war und dort einen Topfilm nach dem anderen herausbrachte – Meisterwerke des Zungenpornos, mit deren Abspulen in seinem Pornokino sich auch Willi selbst ein kleines Vermögen verdient hatte. Und nun wollte er von Jack nichts mehr wissen?

Gestern hatte er mich dann aber doch wieder mal angerufen und wie jedes Jahr gefragt, ob ich ihn auch heuer hinaus an Jacks Grab am Zentralfriedhof bringen würde, und da dachte ich schon: Endlich wieder der alte Willi! Sofort war ich hinübergefahren zum Fleischhauer auf der Märzstraße, um dort ein ordentliches Stück

Rindszunge im Ganzen zu kaufen, weil es der gute alte Brauch war, zu Allerheiligen an Jacks Grab eine solche niederzulegen. Und danach hatte ich mich sogar richtig auf den Friedhof gefreut!

In der Jugend meidet der Mensch ja den Friedhof, solange es geht, aber je älter wir wurden, desto stärker kristallisierte sich unsere alljährliche Fahrt dorthin als eine zum künftigen Wohnort heraus. Die glorreichen Tage lagen hinter uns, und wer wusste schon, wie viele beschwerliche noch vor einem lagen? Hinzu kamen die enormen Heizkosten, die nicht mehr zu stemmen waren, und die Inflation, die selbst die Billigschnapspreise explodieren ließ. Ich freundete mich also mehr und mehr mit dem Gedanken an die Kälte der Gräber an, und wenn ich früher die Haltung vertreten hatte, möglichst lange nicht da draußen liegen zu wollen, so dachte ich nun, dass es eigentlich auch schon egal war, wo ich gerade herumlag. Denn obwohl Mutter Erde natürlich längst nicht so geil war wie früher Big Mama Mia in den *Big-Mama-Mia*-Filmen, die Dirty Willi auch immer in seinem *Pornhouse* gezeigt hatte, so konnte ein Grab in ihr auch nicht viel kälter sein als das Bett, in dem ich gerade lag. Was wäre also schlecht daran, mich bald in ihre empfänglichen Arme zu schmiegen wie die Hengste in die von Big Mama Mia?

Ich sprang aus der Kiste und schlüpfte in den Rapid-Trainingsanzug *Meistermannschaft 1982*, den ich immer trug, sobald ich bei herbstlichen Temperaturen nicht mehr ohne Jäckchen hinausgehen wollte. Und der mich immer noch tadellos kleidete, obwohl er mittlerweile um die Hüfte herum beinahe schon unangenehm spannte. War ich wirklich so fett geworden? Ich hüpfte dann auch gleich in die Hansi-Hinterseer-Gedenkstiefel aus Zottelfell hinein, die mein bald dreistelliges Gewicht tragen mussten, und warf mir den knöchellangen Pelzmantel über, der früher einen strammen Bock wärmte, nun aber ein ordentliches Bröckerl.

Während ich meine Fellmütze suchte, steckte ich mir noch die Rindszunge in die Innentasche meines Mantels und latschte dann mit der Hand in der Wohlfühlhose hinunter zu Lemmy, wo schon Kubelka auf mich wartete:

„Schicke Mütze“, sagte er.

„Leck du mich auch am Arsch“, sagte ich.

Er schob dem Meister der Hanfpflanze gerade einen Joint zwischen die Beißerchen, die sich hinter seinem sehr breiten, sehr zufriedenen Lächeln verbargen, jedenfalls die Reste seiner Beißerchen. Und als ich die sah, dachte ich: Auch Lemmys Familie musste irgendwo begraben herumliegen, aber natürlich wusste er längst nicht mehr, wo. Am Ottakringer Friedhof? Am Hernalser? An der Ostfront? Überhaupt ganz woanders? So ähnlich ging es freilich auch mir, denn ich hatte meine Familie im Heim gefunden, nachdem meine Alte mich weggegeben hatte, noch bevor sie mich zu lange hätte stillen können.

Um den Ritt Richtung Zentralfriedhof einzuläuten, legte ich für Lemmy *The End* auf den Plattenteller, wie es zu Allerheiligen ebenfalls der gute Brauch war, und dabei nützte ich auch gleich die Gelegenheit, mir Kubelka mal etwas genauer anzuschauen: Irgendetwas an ihm war anders, aber was? Ah, seine Fresse! Da fehlten, ganz gegen die Gesetze der Natur, ein paar tiefe Falten, die es sich zuvor darauf gemütlich gemacht hatten.

Ich fragte: „Was zum Teufel ist denn mit dir los?“

„Ist denn irgendetwas mit mir los?“ Er tat, als wüsste er gar nicht, wovon ich redete. Aber dann wusste er es plötzlich doch: „Ach, meinst du vielleicht mein frisches Gesicht, das dich anstrahlt wie der neue Tag? Das ist der gesunde Schlaf vor Mitternacht, der meine Gesichtshaut straff und mich innerlich jung hält."

Oder was weiß denn ich, was für einen Scheiß er daherlaberte.

Ich ließ Lemmy auf der Couch zurück, und mit Kubelka zusammen ruckelte ich im Datsun hinauf zum *Pornhouse*, wo ich in zweiter Spur parkte und ordentlich auf die Hupe drückte. Die Tankuhr wackelte schon bedenklich im roten Bereich, ohne dass ich wusste, woher ich das Geld für eine volle Ladung frischen Sprit kriegen sollte. Und weil es um den Datsun herum um diese frühe Tageszeit noch ziemlich finster war, musste ich mir gleich wieder einen Riegel hineinschieben.

„Kann es sein, dass du ein paar Probleme mit dir herumschleppst, die sich in deiner Fresssucht ausdrücken?", fragte Kubelka.

„Und du?", maulte ich zurück. „Kann es sein, dass du vielleicht ein paar Probleme mit deinem scheiß Leben insgesamt hast, die sich in deinem gebügelten Gesicht ausdrücken? Ich meine, wie alt bist du eigentlich?"

„Keine fünfzig."

„Lüge!"

„Zweiundfünfzig."

„Lüge! Du bist achtundfünfzig! Und mit achtundfünfzig lässt du dir schon die Fresse bügeln wie eine adelige Landjägerin?"

Ich musste ihm einfach mit dem Arsch ins glatte Gesicht fahren, denn schließlich ging es mir auf die Nerven, dass mich immer alle auf meine Wampe anredeten. Ein Freund sollte einen aber nicht auf die überflüssigen Kilos anreden, sondern schweigen, wenn er irgendwo überflüssige Kilos entdeckte. Das war es, was ich von einem Freund erwartete!

Während wir weiter vor dem *Pornhouse* standen, schauten wir mit Wehmut zu den Schaukästen, in denen früher die Plakate aller *Jack-Schleck*-Filme hingen. Sie so leer zu sehen war, als hätte Jack die Nummer eins der Weltrangliste, ein heißes Törtchen, in seinem Rasentennismilieuhit *Jack schleckt auf!* gar nie geschleckt; oder als hätte er nie dreizehn geschleckt wie in seinem Meisterwerk *Jack schleckt 13*; oder als hätte er sie nie alle geschleckt wie in seinem Megahit *Jack schleckt sie alle*, dem Höhepunkt seiner Karriere und der Fortsetzung von *Jack schleckt 13*.

„Oder *Jack schleckt Roter Oktober*!", erinnerte sich Kubelka wehmütig an Jacks Klassiker, der in der Sowjetunion zu Zeiten des Kalten Krieges spielte.

„Oder *Jack schleckt sich durch*, wo er sich im Aufwachzimmer eines latent unterbesetzten Krankenhauses im England zur Zeit Margaret Thatchers durchschleckt!", verwies ich auf einen Film aus seiner etwas schwächeren politischen Phase.

Wie konnte ein einzelner Mensch so viel Großes schaffen? Und auch wenn er keine Kinder hatte, die seinen Ruhm weitertragen konnten, so würden seine Filme doch bleiben. Hingegen von mir? Nicht einmal mein Rapid-Trainingsanzug *Meistermannschaft 1982* würde bleiben, wenn ich dereinst in ihm in der Kiste begraben liegen würde, denn der war noch aus Baumwolle und würde schneller verrotten als meine morschen Knochen.

„Dass du gleich erkannt hast, dass Jack sich auf seine enorm dimensionierte Zunge stützte, als er sich durch den Wald zum Eskimodorf schleppte!", sagte Ku, als ich wieder mal auf die Hupe drückte, denn es quälte ihn noch immer, dass ihm im Gegensatz zu mir der Blick für das Wesentliche in der Wirklichkeit fehlte.

„Na ja, einer wie ich muss mit seinem Auge solche Details halt einfach erkennen“, erklärte ich ihm das Wesen meines Jobs. „Sonst hätte mich Willi ja nicht in meiner Funktion als Privatdetektiv gebeten, mir diesen Film sehr genau anzuschauen, capito? Er musste also einfach damit gerechnet haben, dass ich ihm bestätige, was er bis dahin vermutlich bestenfalls nur geahnt hatte – dass dieser Weihnachtsmann Jack Schleck war! Wofür wäre ich denn sonst da?“

Und wofür sonst würde ich Lemmys Gras rauchen, das mir den genauen Blick auf die Wirklichkeit erst ermöglichte.

„Ist das ein Schwein, das da aus dem *Pornhouse* kommt?“, fragte ich schließlich, als ich mir noch einen Ofen anzündete.

„Das ist Willi!“

„Ah!“

Tatsächlich trat er nun endlich heraus auf die Straße, im pinken Sakko und in blauer Hose. Dazu trug er eine rote Krawatte und grüne Socken. Er war angezogen wie ein farbenblinder Elton John, genau richtig für einen Ritt zum Friedhof. Sein Inneres freilich hielt mit den Farben seiner Kleidung längst nicht mehr Schritt, die Herbstdepression schimmerte grau in seinen Augen und die Altersdepression gesellte sich munter dazu. Willi hatte immer schon einen leichten Hang zur Schwarzgalligkeit gehabt, seit Jahrzehnten kam er nicht mehr ohne Lemmys Tabletten für Weltkriegspiloten aus, die ihn jeden Tag zumindest ein paar Minuten Licht sehen ließen. Seine Depression mündete immer wieder in Aggressionen, was eine seltsame Mischung war. „Rumpelstilzchen“ nannte ich ihn dann und „manisch-depressiv“ nannte ihn Kubelka, der mir dann einmal sogar ins Ohr geflüstert hatte, „dass Willi wohl vor seinem nahenden

Ende nicht mit sich im Reinen ist!". Und ich hatte zurückgeflüstert: „Ach, leck mich doch am Arsch! Willi ist so sehr mit sich im Reinen, dass man schmutzige Wäsche mit ihm waschen könnte!"

Nachsatz: „Außerdem stirbt Willi nie! Nie!"

Was natürlich gegen alle wissenschaftliche Erkenntnis war. Aber es hatte ja immerhin schon einmal geklappt, und wer wäre denn dieser Jesuslatschenträger gegen unseren Willi gewesen?

Die gewisse innere Leere füllte Willi seit Jugendtagen mit unzähligen schlanken und rassigen Ladys, von denen ihn aber keine mehr richtig glücklich machte, nachdem ihm Herzliebchen, die schlankste und rassigste von allen, draußen in der Stadtrandvilla an Einsamkeit gestorben war. Dieser Verlust quälte ihn so sehr, dass er danach immer alle Ladys von sich aus verlassen hatte, bevor sie ihn hätten verlassen können, denn er hatte das Vertrauen ins Leben verloren. Nur seinem besten Freund Jack vertraute er noch, auch nachdem der nach Amerika gegangen war. Mit den Ladys aber lief es nicht mehr bei Willi, auch nicht vor ein paar Jahren in Thailand, wo er es gleich mit drei schlanken und rassigen Thailänderinnen im Hotelzimmer versucht hatte, von denen aber zwei gleichzeitig auch Thailänder waren. Damals hatte er sich den Eiter im Sack geholt, den er nicht mehr loskriegte und der ihm mittlerweile sogar in die Leber sickerte, sowie das Misstrauen, das er gegen die Ladys hegte. Und als ich ihn nach seiner Rückkehr im Krankenhaus besucht hatte, seufzte er: „Ach! Wäre Jack doch eine Frau gewesen ..." Dann hätte er ihn wohl geheiratet!

Aber Jack war nun mal längst tot, und Willi hatte vielleicht Angst, dass um ihn niemand weinen würde, wenn er dereinst die Patschen streckte. So wie er damals um seinen Freund Jack weinte, als ihn die Nachricht ereilte, dass dieser in Burbank, California, während einer Zungenkrebsoperation verstorben war. Sie hatten versucht, ihm anstatt der Zunge seinen Schniedel in den Mund zu verpflanzen, was aber nicht gelungen war. Und seit ich sein schmales Teil in *Kitti Natale – Die wahre Königin der Eskimos* gesehen hatte, konnte ich mir auch vorstellen, warum.

„Fahr endlich!", schrie Willi schließlich, nachdem er hinten im Datsun Platz genommen hatte. „Ich habe heute noch nicht geschissen und muss dann wirklich sehr dringend!"

„Aber Willi!", gab ich zurück. „Wo willst du denn am Friedhof scheißen?"

***

Die Stimmung war schlecht, als wir im Novembernebel schweigend den Gürtel dahinruckelten, und sie wurde sogar noch schlechter, als ich in Gumpendorf plötzlich nach rechts abbog, hinaus Richtung Hietzing.

„Wo fährst du denn verdammt noch mal hin?", schrie Willi.

„Wir holen Herschel ab!", schrie ich zurück, denn nun war ich schon ordentlich geladen, trotz der vielen Schokoriegel, die mein Nervenkostüm normalerweise in Watte packten.

Herschel lebte seit zwei Monaten in der Pensionistenresidenz *Goldene Eichel* inmitten eines schönen Gartens, der voll mit alten Eichen war, von denen im Herbst goldene Eicheln fielen, daher der Name. Die Residenz lag draußen im 13. Bezirk, dort, wo die alten Bäume wuchsen und die reichen Omas wohnten. Dass es so alte Bäume überhaupt gab! Sie waren deutlich älter als Herschel selbst, der ja auch schon siebenundneunzig war. Die Bäume standen im Park der Residenz, in dem die Dementen im Kreis gingen oder auf einer der Parkbänke saßen, neben die man ihnen Sabberschüsseln hingestellt hatte. Im Winter hatten sie dort auch schon einmal einen vergessen, hat mir Herschel erzählt, und als sie ihn am Morgen fanden, war er kalt wie Putin nach einer sehr heißen Dusche.

Als wir ankamen, war schon richtig viel los, denn wir waren dort natürlich nicht die Einzigen, die heute diese Idee mit dem Friedhof hatten. Kinder und Enkel besuchten ihre Opas und Omas, Väter oder Mütter. Sie holten sie ab oder brachten sie bereits wieder zurück, jedenfalls die, die den Friedhofsgang überlebt hatten. In den Bäumen hüpften Eichhörnchen herum, die es auf Nüsse abgesehen hatten und auch mal auf die Pelzhauben der alten Vetteln draufsprangen, um darin nach welchen zu suchen.

Ich hasste diese Viecher!

Endlich sah ich Herschel neben einer hotten Schwester, die ihn in einem kurzen weißen Röckchen herausführte. Du lieber gütiger Himmelvater! Waren diese Röckchen vor zwei Monaten auch schon so kurz gewesen? Sie hatte sich bei ihm untergehakt, was ihm gefiel, ließ ihn aber wie ein volles Fass stehen, als sie einen Bentley sah, der durch die Einfahrt heraufgefahren kam. Hier wehte ein entschieden strenger Wind, ein irgendwie kapitalistischer, zielorientierter, effizienter, jedenfalls kalter Wind. Herschel stand nun alleine herum wie ein vergessener Schirm im Ständer, nie hatte ich ihn so einsam gesehen.

Es dauerte, bis er sich endlich in unsere Richtung orientierte, und dann zögerte er, überhaupt zu uns zu kommen. Als würde er sich für meinen Datsun schämen, zu dem ich ihm nun die Türe öffnete. Er schrie mich an: „Kannst du dir denn kein richtiges Auto leisten? Siehst du nicht, was die anderen haben? Die sind alle viel größer!“ Seine ständige „Siehst du nicht, was die anderen haben?“-Jammerei ging mir auf den Sack, als wären wir dafür nicht schon zu alt!

„Aber Herschel!“, sagte ich. „Das ist doch ein mintgrüner Datsun 280ZX!“

Verächtlich schaute er mich an: „Dann wirf ihn weg! Wenn du so weitermachst, brauchst du sowieso bald einen Bulldozer!“

Er klopfte mir gegen die Wampe, und tatsächlich: Als ich mich wieder hineinzwängte in meinen Japaner, schien der sich dagegen zu wehren wie ein Baby gegen eine Scheibe Zitrone. Verdammt, was war denn aus mir geworden? Vor ein paar Wochen wollte Herschel noch mit mir Tennis spielen und jetzt wollte er nicht einmal mehr mit mir gesehen werden!

Plötzlich, als ich den Datsun gerade zurücksetzen wollte, schob sich ein verdammt rassiger roter Alfa hinter mich. Ich hupte, weil mir der Platz zum Reservieren fehlte, aber die Lady, die den Alfa lenkte, zeigte sich von meinem Hupen gänzlich unbeeindruckt.

Diese Alten konnten so störrisch sein!

Ich versuchte es mit: „He, Mumie! Hier gibt es noch welche, die Pläne haben!“ Auch wenn uns diese Pläne heute nur auf den Friedhof führen sollten. Und setzte nach: „Was ist mit dir? Bist du taub?“

Aber sie reagierte noch immer nicht.

„Blind? Beides?“

Wichtig war in solchen Situationen, möglichst verletzend zu sein. Aber was ich ihr auch zurief („Zombie!“), es interessierte sie nicht. Sie hatte den Alfa hinter mir abgestellt und stieg jetzt aus mit einer großen Sonnenbrille made in Italy auf der Nase und in einem sehr eleganten Trenchcoat made in Great Britain. Dazu band sie sich ein Kopftuch um den Schädel, wie es früher immer die englische Königin um die Schultern getragen hatte, wenn ihr die Brise zu steif wurde. Hauptsache, sie verkühlte sich nicht, während es sie gar nicht interessierte, wie ich von hier wieder wegkommen sollte. Sie schien schrecklich auf ihre Art, störrisch und nur auf ihren eigenen Vorteil bedacht. Aber sie hatte dabei auch Klasse und sah aus wie eine dieser Italienerinnen in diesen Schwarzweißfilmen der Sechzigerjahre oder ...

Verdammt!

„Herschel! Die sieht doch aus wie dein Hildchen!"

Der schien das selbst längst erkannt zu haben, denn er vollführte alle Verrenkungen, zu denen er noch fähig war, um einen Blick auf sie werfen zu können. Und als er sich in die andere Richtung drehen musste, um sie nicht aus den Augen zu verlieren, drosch er mir seinen goldenen Siegelring gegen die Stirn, sodass meine Wunde, die mir Willi zugefügt hatte, wieder aufplatzte.

„Was ist denn mit dir los?", schrie ich ihn an.

„Redet man so mit einer Lady?", schrie er zurück.

„Mit einer Lady, die uns am Fortkommen hindert!"

Aber ihn interessierte plötzlich kein Fortkommen mehr, ihm stand nur vor Bewunderung der Kaubereich weit offen. Dabei erinnerte er mich an den Sechzehnjährigen, der ich einmal war und der damals zum ersten Mal einen *Titt-Eklund*-Film im Kino gesehen hat.

Titt Eklund!

Oder an Gutti, wenn er sich mit sabbernden Lefzen *Big-Mama-Mia*-Filme bei Willi im *Pornhouse* anschaute.

Big Mama Mia!

Oder an Lemmy, als er zu Anfang seiner Drogenkarriere mit *Origano Speziale* experimentierte und sich seine Augen dabei irgendwie im Kreis drehten.

Origano Speziale!

Aber bei Herschel schien es dann doch etwas anderes zu sein als die Freuden, die Porno und Dope einem jungen Mann spenden konnten. Ich erinnerte mich nicht mehr genau daran, wie man dieses Gefühl nannte, aber am Ende sagte man wohl einfach „Sich verlieben" dazu.

„Fahr endlich!", schrie Willi wieder von hinten, der entweder nichts für Verliebte übrig hatte oder wirklich schon sehr dringend scheißen musste.

„Warte!", schrie Herschel, der nicht genug vom Anblick dieser hinreißenden Lady kriegen konnte.

Und ich überlegte, welchem der beiden älteren Herren ich dienen sollte: Von Herschel würde ich vielleicht mal alles erben, wenn ich tat, was er von mir verlangte. Andererseits war Willi noch immer mein Boss in seinem *Pornhouse*, auch wenn er es nicht mehr aufsperrte, und er würde mich vielleicht kündigen, wenn ich nicht tat, was er mir sagte.

„Fahr!"

„Bleib!"

Mir war dann aber am wichtigsten, dass mir Willi nicht in den Datsun schiss, also legte ich den Gang ein und fuhr mit durchdrehenden Reifen nach vorne über den Randstein in den Rasen hinein. Darin drehte ich eine Runde, die ein paar Eichhörnchen den Schwanz einziehen ließ, und donnerte dann knapp am Arsch der Lady vorbei. Dabei lehnte ich mich aus dem Fenster hinaus, weil ich sie mir genauer anschauen wollte, zog noch einmal kräftig an meinem Joint und blies den Rauch in den grauen Himmel, bevor ich den winzigen Rest der Rauchware in den Kies warf und entspannt frische Novemberluft atmete, die sich plötzlich mit ihrem ganz speziellen Duft mischte. Sie roch nach Krankenhaus!

Und da fiel mir plötzlich ein, dass ich für Lemmy noch dringend *Prostagutt Forte* kaufen musste.

***

Anfang September, vor zwei Monaten, war eine hotte Fünfundzwanzigjährige (perfekte Beine, perfekter Arsch, perfekte Titten – Herrgott, sie war halt einfach perfekt!) in einem sehr kurzen weißen Röckchen überraschend beim *Wiener Park Club* aufgetaucht, wohin ich Herschel immer zum spätsommerlichen Tennisspielen bringen musste, damit er dort seine Best-of-3-Game-Matches spielen konnte gegen jemanden, der noch lebte. Er war in seinen Stützstrümpfen noch fit und drahtig, brachte die Aufschläge wie einst John McEnroe mit viel Drall über das Netz, solange die Schulter in der Pfanne liegen blieb, und kriegte sogar noch einen passablen Volley hin, falls er es rechtzeitig ans Netz schaffte, sodass diese Matches kaum länger als fünf Stunden dauerten.

Aber an jenem Tag war niemand mehr gekommen, um mit ihm zu spielen, woraus Herschel zweifelsfrei schloss, dass niemand mehr lebte, gegen den er in Zukunft noch spielen konnte. Er hatte über den Sommer schlicht seine letzten Freunde verloren, jedenfalls die in seinem Alter. Zwar hielt er noch immer mal Ausschau nach einer Jüngeren, die er pimpern könnte, aber wo mit siebenundneunzig eine finden, die sich von ihm auch pimpern lassen wollte? Schön langsam schien er also selbst einzusehen, dass Sex nicht mehr alles war, eine Erkenntnis, die mich bereits mit Mitte fünfzig gestreift hatte, denn: War Sex nicht im Grunde sehr anstrengend? Anstrengender jedenfalls als Rauchen, Trinken oder Schlafen und neuerdings sogar viel anstrengender auch als Essen?

Schweigend saßen Herschel und ich an jenem Tag auf der Terrasse des Tennisclubs in der herbstlichen Sonne und bliesen Trübsal (er schien mir sogar bereit, sich umzubringen, als ich ihm sagte, dass ich keinesfalls mit ihm Tennis spielen würde), als eben diese Hotte im weißen Röckchen und mit ihren famosen Titten zu uns kam und ihm eine Broschüre für die Seniorenresidenz *Goldene Eichel* auf den Tisch knallte. Dabei hauchte sie ihm ins behaarte Ohr, dass es dort auch Tennisplätze gäbe und sie ihn im Porsche dorthin bringen würde, wenn er sie sich denn unbedingt mal anschauen wolle – eine Brezel und ein Glas Weißwein gäbe es heute, am Tag der Offenen Tür, obendrein gratis dazu.

Herschel hatte ein Faible für Porsches und er hatte nichts gegen Weißwein und erst recht nichts gegen eine hotte Fünfundzwanzigjährige, die einen Porsche fuhr und ihm eine Brezel anbot. Sie hatte rote Haare, rot wie ein Feuerwehrauto, die wirklich gut zum weißen Röckchen, das sie trug, passten. Und erst recht zu den perfekt gebräunten muskulösen Beinen, die vielleicht sogar noch eine Spur perfekter waren als die von Gabriela Sabatini, die mir persönlich von allen Tennisspielerinnen immer am besten gefallen hatte.

„Spielen Sie denn selbst Tennis?“, fragte Herschel sie.

„Nur auf die Tennisplatze von die *Golden Eichl*“, antwortete sie im Singsang der Osteuropäerinnen, die schnell Deutsch lernen mussten, um als Putzfrau ein paar Euronen verdienen zu können und sich dann langsam hochzuarbeiten. Und dabei bückte sie sich und tat so, als würde sie einen Ball aufheben, was uns einen Blick auf ihren entzückenden kleinen Arsch ermöglichte, der sogar noch perfekter war als ihre perfekten Beine. (Ich konnte es dann selbst kaum erwarten, endlich alt zu werden. Dabei hatte sie in Wahrheit natürlich nicht die geringste Ahnung von Tennis und kannte nicht einmal *Jack schleckt auf*, Jacks Pornoklassiker aus den späten Achtzigerjahren, der im Rasentennismilieu spielte, sondern war nur beauftragt, solchen wie Herschel den Verstand zu rauben und sie dorthin zu locken, wo sie seinen Schotter haben wollten.) Natürlich stießen ihre Lockrufe bei Herschel auf offene Ohren, denn er hatte so sehr genug von zunehmender Einsamkeit hier im *Park Club* (und schlaffer Haut!), dass er sofort sagte: „Na gut, dann fahren wir, Schätzchen!"

Die Lebensgeister schossen augenblicklich zurück in sein morsches Gebälk, schien er doch mit ihr die Hoffnung zu verbinden, dass sie sich vor ihm noch einmal nach einem Ball bücken würde. Ich selbst hatte diese Hoffnung auch und fragte, ob ich mitkommen dürfe in die *Goldene Eichel*. Aber die Hotte rechnete sich im Kopf kurz aus, wie lange ich noch rackern musste, um mir diese Nobelresidenz für betuchte Pensionisten leisten zu können, und dividierte das Ergebnis durch den Zustand meiner kurzen Rapid-Hose *Meistermannschaft 1982*, die ich damals noch trug. Dabei kam sie zu keinem guten Ergebnis und gab mich innerlich für die Notschlafstelle frei, obwohl ich damals noch fit war wie Hans Krankl in Cordoba 1978. Sie sagte „Njet!" und hakte sich bei Herschel unter, mit dem sie überraschend schnell in ihrem Dienstporsche verschwand, während ich im Datsun ohne ihn nach Hause fahren musste.

Dort rechnete ich mir selbst aus, wie hoch meine Pension einmal sein würde, und ging zum ersten Mal runter zum Diskonter, um mir einen Karton voll mit Schokoriegeln zu holen. Wenn sich schon Herschel nicht mehr umbringen wollte, dann wollte ich es nun tun (wobei ich nicht mehr weiß, warum ich es ausgerechnet mit Schokoriegeln versucht hatte)! Und als ich meinen Kopf endlich ins Backrohr stecken wollte, strömte dort kein Gas heraus, weil sie es mir abgedreht hatten. Dann versuchte ich noch, mir mit einer Flasche Russenschnaps die Dröhnung zu geben, als ein Anruf hereinkam.

„Hol mich ab! Sofort!"

Es war wieder Herschel, was mich dann doch überraschte. Aber noch mehr freute ich mich darüber, denn Herschel schien zurück in meinem Leben zu sein, nachdem ich zuvor schon befürchtet hatte, dass er darin für immer verschwunden wäre. Ich holte ihn an dieser Adresse im 13. Bezirk, die er mir genannt hatte, wieder ab, und dann gurkten wir schweigend die Straßen zurück in die Stadt, bis ich ihn endlich fragte: „Na? Wie war's?" In der Hoffnung, dass es schrecklich war und er wieder mein Freund sein würde.

Und ja, es war auch schrecklich, denn: „Sie haben dort nur Hartplätze! Aber auf Hartplätzen kann ich nicht spielen wegen meiner Knie! Und wegen der Hüften! Und wegen der Bandscheiben!"

Da war ich richtig erleichtert: „Verdammt, ich hatte schon Angst, dass du vielleicht wirklich dorthin ziehen würdest!"

„Das *werde* ich auch!", gab er mir zur Antwort, und diese Antwort traf mich dann doch wie ein Schlag.

„Aber ich dachte, es ist schrecklich dort!"

„Das *ist* es auch!"

„Und warum ziehst du dann trotzdem dorthin?"

Nun weiteten sich seine Augen zu einem Strahlen, das ich so noch nie an ihm gesehen hatte. „Weil ich dort Django Wurm getroffen habe, meinen alten Kumpel aus dem KZ, wohin die braunen Schweine ihn als Zigeuner verschleppt haben und mich als Juden! Und verdammt!

Jetzt kann ich endlich die letzte Partie Schach gegen ihn zu Ende spielen, die wir dann abbrechen mussten, als die Amerikaner schließlich doch noch kamen und uns aus dem Loch befreiten!"

Da war sein Strahlen längst zur reinen Sonne geworden, kein Gedanke mehr an den vorzeitigen Abgang. Er war nur noch Zukunft, seit er eine Chance gesehen hatte, doch noch Revanche zu nehmen für die letzte Partie, die er gegen diesen Django im KZ leider verloren hatte, denn Schach spielte er noch lieber als Tennis.

Wie ein Dreijähriger, der einen neuen Freund im Kindergarten gefunden hat, erzählte er mir dann gleich, was dieser Django Wurm für eine Legende war, und in der Folge, wann immer ich ihn besuchte, redete er auch nur von ihm: „Heute einhundertvier Jahre alt, hat er das verdammte KZ Mauthausen überlebt, weil er dort mit den Nazis Schlitten fuhr, wenn er ihnen heißes Zeug auf einem kaputten Piano vorspielte. Diese verdammten Idioten merkten gar nicht, dass er ihnen amerikanische Negermusik um die Ohren knallte, die bei diesen Behinderten ja als entartet oder so etwas Ähnliches galt!" Jedenfalls, so Herschel, hielt Django diese Drecksacknazis mit seinem Pianospiel und seinem losen Mundwerk so lange auf Abstand, bis dann doch noch die Amerikaner kamen und den Laden dichtmachten. „Da wogen wir aber beide nur noch dreißig Kilo bei einem Meter neunzig in der Länge, er Zigeuner, ich Jude", erinnerte er sich an damals, mit dem Zusatz: „Na ja, ich wog sicher noch drei Kilo weniger als er!"

Und das war ihm wichtig.

Django, erzählte er weiter, hieß eigentlich Hans, aber als Zigeuner und Jazzpianist kamst du weiter herum in der Welt, wenn du dich Django nanntest, dir ein feines Menjoubärtchen stehen ließest, ordentlich Fett ins volle schwarze Haar schmiertest und bunte Sakkos zu bunten Krawatten trugst. Und, sobald es sich ausging, eine goldene Uhr dazu. Dieser Django, so Herschel weiter, hatte nach dem Krieg nicht die geringste Lust, das scheiß Land wieder mitaufzubauen, und warum auch hätte er das tun sollen? Die Nazis in diesem verdammten Land hatten ihn ja schließlich ins KZ gesteckt und ihm dadurch seine besten Jahre geraubt! „Da wollte er lieber mal Frischluft schnuppern", erzählte Herschel, „und trampte nach Kriegsende durch Frankreich, wo er im Hafen von Villefranche einen nigelnagelneuen Triumph Roadster stahl, der einem verdammten französischen General oder sowas Ähnlichem gehört haben musste und in dem er dann die Mittelmeerküste entlangfuhr und mal in der Bar, mal in jener ein paar Takte Musik klimperte, immer mit einer Lady griffbereit, in die er seinen verdammten Zigeunerschwengel steckte, der allerdings nicht annähernd so groß war wie meiner, wenn auch gewiss nicht schlecht!"

Und auch das war ihm wichtig!

Dass er Django in diesem Heim wiedergetroffen hatte, war für Herschel aber auch ein willkommener Anlass, sein eigenes Leben noch einmal von Grund auf neu zu organisieren. Denn in Wahrheit kriegte er es in seiner Zweihundert-Quadratmeter-Wohnung in der Josefstadt („Vielleicht sind es auch zweihundertvierzig ... jedenfalls ist sie größer als die vom Nachbarn" – auch das war ihm wichtig!), in der er nun ohne sein Hildchen leben musste, „nicht mehr gebacken", wie diese irren Deutschen im Nachmittagsfernsehen sagten. Mal fand er aus der Küche heraus nicht mehr aufs Klo, dann vom Klo heraus nicht mehr ins Schlafzimmer, und wenn er auf dem einen Balkon stand, wusste er nicht mehr, warum er sich vom anderen her nicht selbst zuwinken konnte. Aus reiner Langeweile hatte er begonnen, sich mit Rätseln zu beschäftigen, war fasziniert von Serienmördern und hörte sogar True-Crime-Podcasts, nur um mich mitten in der Nacht anzurufen, um zu fragen, ob ich wisse, wer der Mörder war, weil er selbst keine Lust mehr hätte, sich den Scheiß bis zum Ende anzuhören, und ich ja Privatdetektiv wäre. Kurz: Herschel war ein bisschen gaga geworden, oder wie die moderne Medizin sagt: bescheuert. Oder anders ausgedrückt: krank vor Einsamkeit und Langeweile. Was sich aber nicht verändert hatte, das war sein hoher Kontostand. Und als die *Goldene Eichel* ihm das unwiderstehliche Angebot machte, für schlappe fünftausend Euro im Monat ein Zimmer in ihrer Residenz für ihn freizuräumen, zögerte er keine zwei Sekunden lang und unterschrieb den Vertrag.

Bevor er dort aber andockte, gab er mir noch zehn Kuverts mit Zeug darin, das er mich beauftragte, in zehn Bankschließfächer zu werfen, die er extra dafür eröffnet hatte – nur die Gemäldesammlung ließ er zuvor schon in ein Depot bringen. Immer wieder traten seither Leute an mich heran mit der glorreichen Idee, eines dieser Bankschließfächer auszuräumen, wo ich nun schon mal die Schlüssel dafür hatte und er es ja ohnehin nicht mehr geschnallt kriegen würde. Aber auch nur einen kleinen Diamantring zu stehlen, wäre ebenso niederträchtig wie sinnlos gewesen, weil er, was Geld, Gold, Aktienpakete, Pfandbriefe und Schmuck anging, absolut klar im Schädel war und alles über seine Barreserven, Überbringersparbücher und solche mit Losungsworten sowie Diamanten und Münzen wusste. Bei einem Notar hinterlegte er die Liste seines Vermögens sowie seinen letzten Willen, der sich wegen seines impulsiven Wesens allerdings stündlich ändern konnte. Natürlich hoffte ich, dass ich als Hüter seiner Bankschließfächer als einzig stabile Größe in seinem Leben in diesem letzten Willen erwähnt werden würde, aber wer wusste das schon?

„Wofür der Aufwand?", hatte ich ihn damals noch gefragt. „Haben die von der *Goldenen Eichel* dir nicht versprochen, dass sie sich auch vorbildlich um deine Finanzen kümmern werden?"

Und er hatte geantwortet: „Was ich dir jetzt sage, das wird dich vielleicht überraschen. Aber ich kannte mal welche, die haben zu einigen meiner Freunde gesagt, sie würden sie zum Duschen bringen, und dann habe ich diese Freunde nie wieder lebend gesehen. Ich bin also seither ein wenig skeptisch, wenn mir jemand sagt, er würde sich um etwas kümmern, verstehst du das, du dreckiges braunes Arschloch!"

***

Es war kurz vor neun Uhr, als ich mich endlich beim zweiten Tor des Zentralfriedhofs draußen in Simmering dort einparkte, wo man eigentlich gar nicht parken durfte. Darum warf ich meinen Behindertenausweis, den mir Guttmann – eine Lappalie! – besorgt hatte, auf die Armaturen und wir stiegen aus. Ich holte Schaufel und Egge aus dem Kofferraum, um die mich Willi letztes Jahr in den Baumarkt geschickt hatte, weil er sein eigenes Werkzeug jedes Jahr wieder verlegte. Heute würde er freilich eher Klopapier brauchen, aber das hatte ich nicht dabei. Wegen der überteuerten Blumen beim Eingang hatten wir uns fünfhundert Meter weiter vorne mit selbst gepflücktem Straßenrandgestrüpp eingedeckt. Dadurch sparten wir uns immerhin ein paar Euros, die uns für die Gasrechnungen blieben.

Wie immer zu Allerheiligen zog der verdammte Nebel um die Gräber und der Frost drängte in unsere Wäsche. Die Stimmung war schlecht wie vor einem Gepäckausgabeband, auf dem kein Gepäck daherkommen wollte, kurz vor Mitternacht. Kein Wunder, dass hier niemand tanzte! Daher war es an diesem Tag vor allem wichtig, einen strikten Plan einzuhalten und sich nicht zu verirren, wenn man wieder von hier wegkommen wollte. Und dann war es vor allem wichtig, aufs Tempo zu drücken.

„Ku!", sagte ich. „Hol zwei Scheibtruhen, in die wir die beiden hier setzen können." Zu Fuß würden wir mit Herschel und Willi nämlich Jahre brauchen für unsere Runde.

Schon kam er mit zweien zurück, die eine auf die andere gelegt, und dann setzten wir Willi in die kleinere und Herschel in die größere. Die Blumen warfen wir zu den beiden älteren Herren dazu und dann ließen wir sie knobeln, wohin die Reise zuerst gehen sollte. Herschel gewann, und dann schob ich ihn und Kubelka schob Willi. Wir bogen nach links ab, dann gingen wir geradeaus, dann nach rechts und wieder geradeaus und schließlich noch einmal scharf nach links, bevor wir noch einmal richtig lange geradeaus gingen und nach rechts abbogen.

Kurz vor unserem Ziel sahen wir eine Frau, die vor einem Grab stand. Sie trug ein graues Jägerkostüm mit grünem Besatz, das gut zu ihrem grünen Hut mit grauer Hutschnur passte, der wiederum gut zu ihrer grauen Betonfrisur darunter passte. Alles an ihr war steirisch, nur ihr Gesicht war britisch. Es glich nämlich dem der Eisernen Lady, die in den Achtzigerjahren die Bergbauarbeiter ihres schönen Landes ins Grab gedroschen hatte. Ihr Mund zeigte die gleiche Kälte und Härte, als sie achtlos einen Strauß Blumen aufs Grab warf. Der darin in der Kiste lag, bedeutete ihr wohl gar nichts mehr, obwohl auf dem Grabstein *Zinshausbesitzer* geschrieben stand, was früher der Jackpot für jeden Erbschleicher war.

War das meine Chance?

Ich stellte die Scheibtruhe ab und ging wogenden Schrittes hinüber zu ihr, machte ihr trotz ihres Aussehens schöne Augen und jede Menge Komplimente („Das Wasser in Ihren Füßen – einmalig!"), bevor ich sie schließlich fragte, wie lange ihr die Ärzte noch gaben. Sie aber deutete auf ihre Hörgeräte (beidseitig!) und zuckte die Schultern, ohne dass ich darin Bedauern erkennen konnte.

„Himmel Herrgott noch einmal!", wandte ich mich an den da oben. „Da stellst du mir endlich mal eine Zinshausbesitzerwitwe auf den Friedhof und dann kann mich die Lady nicht hören! Was bist denn du für einer?" Kurz überlegte ich, ob ihre Goldkette einen Raub wert war („Ja!"), entschied mich dann aber dagegen, denn mit meinem neuen Fett auf den alten Rippen wäre ich nicht schnell genug von hier weggekommen.

***

Endlich erreichten wir das Grab der Bukowskis, das ein Riesenkasten war, der richtig was hermachte. Da würden manche gerne drinnen wohnen! Vor drei Jahren hatte Herschel mit seinem Hildchen ja unser schönes Land Richtung Israel verlassen, weil sie beide nicht in unserer von toten Nazis durchseuchten heimischen Erde begraben liegen wollten. Aber dann verabschiedete sie sich schon ein paar Monate später für immer und er war einsam geworden in Tel Aviv. Bald kehrte er also mit ihrer Urne im Handgepäck wieder hierher zurück und steckte ihre Asche ins Grab zu seinen Eltern, die sich schon 1938 aus dem Staub gemacht hatten, bevor die Nazis sie mitnehmen konnten. Und er, Herschel, hatte damals den Strick, an dem sie sich aufgehängt hatten, durchtrennen müssen. Kein Wunder eigentlich, dass er sich später bei Willi im *Pornhouse* nur noch *Dirty-Brown-Assholes-Destroyed*-Filme angeschaut hatte mit Eve Brown in der Hauptrolle, vor allem das *Destroyed* war ihm wichtig gewesen.

„Ku! Hierher!"

Der hatte nun selbst die Scheibtruhe mit Willi drin abgestellt und sich still und heimlich zur Zinshausbesitzerwitwe geschlichen. Schon war er in innigem Austausch mit ihr vertieft, obwohl sie doch ... Verdammt! Hatte sie also nur so getan, als würde sie nichts hören, weil sie mit mir nichts zu tun haben wollte? Oder kriegte er mit seinem Therapeutengeschwafel selbst die taubsten Ladys zum Reden? Bevor er sich von ihr wieder verabschiedete, gab er ihr noch seine Karte und ganz sicher säuselte er ihr dabei ins taube Ohr: „Wenn Sie mal reden wollen, dann rufen Sie mich an, ich rufe Sie nicht an." Sein bewährter Spruch, mit dem er sie alle dazu brachte, sich zu „öffnen".

„Warum hast denn du dich nicht an sie herangemacht?", fragte ich Herschel, der uns früher immer sofort gezeigt hatte, wie man sich an solche Ladys heranmachte („Gnädigste, ich scheiße Sie zu mit meinem Geld!" – schließlich war es die Kohle, die die Ladys schwach werden ließ). Aber er hatte kein Interesse an ihr, schließlich musste sie selbst genug Geld haben, wenn sie Zinshausbesitzerwitwe war. Und dann spukte auch noch die mit dem roten Alfa in seinem Kopf herum, die ein ganz anderes Kaliber war als diese Witwe, von der sich wiederum Kubelka nur schwer lösen konnte. Aber dann merkte ich, dass Herschel hier am Friedhof auch noch andere Gedanken umtrieben – jedenfalls blickte er immer wieder auf die Uhr, als würde er die Stunden zählen, die ihm auf dieser schönen Erde noch blieben.

„Herschel, warum schaust du denn immer auf die Uhr?“

„Das geht dich einen Scheißdreck an!“

Um ihn von trüben Gedanken abzulenken, fragte ich ihn schließlich, was wir denn mal unter seinen Namen auf den riesigen Grabstein schreiben sollten, den sie auf ihre Gruft hier draufgestellt hatten. „Darauf ist ja genug Platz für ein ganzes Buch!“, sagte ich.

Und ohne lange zu überlegen, gab er mir zur Antwort: „Heute will er sie ficken!“

„Aber Herschel! Was ist denn das für ein verrückter Grabspruch?“

„Ich rede von Django! Der will heute eine Jüngere ficken!“

„Und wie alt ist diese Jüngere?“

„Keine achtzig!“

Ganz fremd war mir das Thema „Opa will eine Jüngere ficken“ natürlich auch nicht. Immer wieder mal schob Willi einen Seniorenporno ins Programm, irgendetwas mit Grannies und Grandpas für die ganz Abgedrehten. Immerhin Guttmann mochte diese Filme, die *Last Temptation of Opa Rudi* oder so ähnlich hießen und wo es immer darum ging, dass es Opa mit einer Jüngeren treiben wollte, was in diesen Filmen auch tatsächlich gelang, im richtigen Leben allerdings seltener.

Irgendwie war ich froh, dass zumindest Herschel sich endlich „geöffnet“ hatte, wie Kubelka das immer nannte, denn dass Django nicht mit ihm spielen wollte, das drückte schwer auf seine Stimmung. Willi aber interessierte sein Gerede von dieser Jüngeren nicht, die Django heute ficken wollte, und er drängte darauf, endlich zu Jacks Grab aufzubrechen. Und nachdem wir die beiden wieder in ihre Scheibtruhen verfrachtet und den langen Weg angetreten hatten, fragte ich Ku: „Hast du schon gehört, dass Django eine Jüngere ficken will?"

Längst kannte nämlich auch er ihn vom Hörensagen.

„Im Ernst?", fragte er begeistert und stellte seine Scheibtruhe ab, dann notierte er sich mit dem Bleistift eine Idee in sein schlaues Heftchen: „Endlich weiß ich, worüber ich meinen nächsten Bestseller schreiben werde!"

„Na ja, Bestseller ist gut!", entgegnete ich. „Aber sag: Worüber?"

„Über Sex im Alter! Dieses Thema wird ja nach wie vor unnötig tabuisiert, dabei ..."

Ich sagte: „Jetzt aber Ruhe!"

„... ist das doch etwas, das uns alle früher oder später ..."

„Ruhe!"

„... selbst alle treffen wird."

Ein gezielter Schlag in die Rippen brachte ihn endlich davon ab, weiter über sein neues Lieblingsthema zu reden, weil ihm dafür schlicht die Luft fehlte. Ich wollte nämlich keinesfalls über Sex im Alter reden, wo schon die Lage in mittleren Jahren nicht wirklich befriedigend war. Er aber rappelte sich gleich wieder hoch und schaute zur Zinshausbesitzerwitwe zurück, die immer noch vor dem Grabstein stand und der er seine Nummer gegeben hatte. Und während er sich das Laub von seinem Kamelhaarmantel streifte, filmte er sie irgendwie geil an und – verdammt! – sie filmte sogar irgendwie geil zurück.

***

Willi hatte Jacks Überreste inklusive seiner amputierten Zunge aus Los Angeles nach Wien überführen lassen, nachdem er da drüben während einer Zungenkrebsoperation gestorben war, und das war schon tragisch, wenn ein Pornostar, der so gut schlecken konnte wie Jack, ausgerechnet am Zungenkrebs sterben musste. Als würde ein Fußballer am Fußkrebs sterben! Denn es war Ehrensache unter Ottakringern, dass man einen anderen Ottakringer nie in fremder Erde begraben lassen würde, wenn dieser es nicht ausdrücklich wünschte, und Jack wünschte es nicht. Allerdings wünschte auch manch Ottakringer nicht, dass Jack (oder „einer wie Jack", wie sie sich dort abfällig über ihn äußerten, die dortigen Lodenjoppenträger und Wanderschuhbinder, die sonntagnachmittags lieber über den Heuberg nach Neuwaldegg wanderten, als sich in *Willis Pornhouse* seine Filme anzuschauen; katholische Kreise, die sich wegen seiner Zungenfertigkeit geschämt hatten, während sie diese natürlich heimlich bewunderten – vor allem die Gattinnen der Lodenjoppenträger!) in ihrer Ottakringer Erde begraben liegen sollte. Also hatte Jack kurz vor dieser Operation sein Testament noch einmal dahingehend geändert, dass er keinesfalls in Ottakringer Erde begraben liegen wollte, stattdessen war ihm der Zentralfriedhof dann lieber. Und weil er keine Kinder hatte – wie auch, wenn man bis auf eine Ausnahme immer nur geschleckt hatte! –, war es am Ende Willi, der ihm hier ein Grab kaufen sollte. Der suchte zunächst nach einem Loch möglichst nahe beim Eingang des Friedhofs, damit er nicht so weit gehen müsste, wenn er die Blumen darauf goss, was er Jack versprochen hatte. Aber möglichst weit weg vom Eingang war es am Ende billiger gewesen, also kaufte er schließlich weiter draußen eines für sie beide, in dem er dann dereinst neben ihm liegen wollte.

Es dauerte daher, bis wir endlich dort draußen ankamen, und die halbe Ewigkeit Fußmarsch, die wir dabei hinter uns gebracht hatten, gab uns eine kleine Ahnung von der ganzen Ewigkeit, die noch auf uns warten würde. Kubelka nutzte die Gelegenheit, mir während des langen Gehens mit einem Rätsel auf die Nerven zu gehen, er konnte einfach seinen Mund nicht halten: „He, pass mal auf! Wir sind, was du sein wirst. Und du bist, was wir waren. Wer redet so zu dir?“

Ich kratzte mich hinterm Ohr, dachte nach, grübelte, drehte und wendete, aber mir fiel dazu einfach nichts ein: „Keine Ahnung!“

Er fragte: „Willi?“

Der war gerade wieder aufgewacht und sagte: „Was? Ach, leck mich am Arsch!“

„Herschel, weißt du es?“

„Lutsch mir die Wurst!“

Also verriet er es uns endlich selbst: „Es sind die Toten!“

Darauf fiel mir wirklich nichts anderes ein als: „Aber die Toten können doch nicht reden! Herrgott! Manchmal frage ich mich wirklich, wie lange du selbst eigentlich gestillt worden bist!“

Wir gingen noch ein paar Schritte, und dann sahen wir endlich den riesigen Grabstein, den Willi in Form einer gewaltigen Zunge für Jack hatte meißeln und dort aufstellen lassen im Angedenken an die Zunge, die Jack Ruhm, Ehre, Anerkennung, Geld und jede Menge Preise eingebracht hatte. Und auf der stand:

Jack Schleck alias Johann Wüst
Die Zunge von Ottakring
* 1945 in Ottakring † 2012 in Burbank, CA

Nach seinem Tod (bzw. eigentlich schon ein paar Jahre davor) hatte die Welt ihn mehr oder weniger vergessen gehabt, spätestens als dieses verdammte Internet jeden zum Pornostar machte, der ein Telefon halten konnte. Und nur noch manchmal stand zu Allerheiligen die eine oder andere Lady an seinem Grab, die behauptete, sie wäre Jacks letzte Geliebte in Wien gewesen – also quasi die, die er in Wien als letzte geschleckt hätte, bevor er nach Kalifornien in die Pornoindustrie wechselte –, was aber natürlich lächerlich war oder bestenfalls Wunschdenken oder längst verblasste Erinnerung. Denn niemand wusste genau, wen Jack in Wien tatsächlich als Letzte geschleckt hatte, bevor er hinüberging. Und seit dieser Film aufgetaucht war, würde es auch keinen mehr überraschen, wenn plötzlich eine am Grab stehen würde, die behauptete, er hätte sie als Letzte gepimpert.

Manchmal standen aber auch einfach ein paar junge Verrückte von der Kunstschule an seinem Grab herum, die in Jacks Schleckerei nicht mehr nur den reinen Akt der Befriedigung der Ladys sahen, sondern verdammte Kunst! (Und diese Verrückten kamen auch immer weiter zu uns in die Vorstadt hinaus, anstatt in den inneren Bezirken der Stadt zu bleiben, wo man sich an Röcke und angemalte Fingernägel auch bei Männern längst gewöhnt hatte!) Irgendwann war eine kaum Zwanzigjährige, die wegen eines „Daddy Issues“ bei Kubelka auf der Couch lag und von ihm Lemmys Gras als Therapie verschrieben bekommen hatte, zum großen Meister ins *Quattro Stazzione* heruntergestakst, um bei ihm selbst einzukaufen, und schon hatte sie eine Idee für eine sogenannte „Installation“: Sie nahm Lemmy und seine Couch einfach mit in die Stadt hinein und brachte sie in eine sogenannte Galerie, wo sie die Couch dann hineinstellte und Lemmy daraufsetzte, und um ihn herum spannte sie dann eine Absperrkordel und nannte das Ganze: *I Will Never Get Myself a Real Life!* Zu der sogenannten Vernissage waren wir am Ende alle eingeladen gewesen, wofür wir sogar dankbar waren, weil es dort Soletti zu futtern gab, und die Leute, die kamen, waren so begeistert von Lemmys Aussehen und sogar seinem Geruch, dass einer dieser Kunstfuzzitas sogar ihre trockene Scheide feucht wurde, als sie schrie, dass sie so etwas „Ehrliches" überhaupt noch nie gesehen hätte. Und damit meinte sie Lemmys verlausten Schädel, auf den sie von oben hinabgeschaut hatte.

Endlich standen wir also nun vor Jacks Grab, und nachdem es die beiden älteren Herren aus ihren Scheibtruhen herausgeschafft hatten, holte ich die Rindszunge aus der Innentasche meines Mantels und wollte mit der Zeremonie beginnen – dem chronologischen Aufzählen all seiner Hits begleitet von einem jeweils gut hörbaren „Jack! Schleck! Hurra!". Aber kaum stand Willi halbwegs gerade auf seinen dünnen Beinchen, trat er auch schon gegen Jacks Grabstein und brach sich dabei fast den großen Zeh. Wie Charlie Chaplin hüpfte er auf einem Bein herum und hielt sich den Fuß des anderen, während er gleichzeitig den Gürtel aufmachte und die Hose herunterließ. Nicht schlecht für sein Alter! Trotzdem musste ich ihn fragen: „Verdammt! Was ist denn mit dir los?"

„Ich scheiß auf ihn!", schrie er mich an. „In meinem ganzen Leben will ich nicht mehr neben ihm begraben liegen!"

Es hatte keinen Sinn, ihn nach dem „Warum?" zu fragen, auch wenn es Kubelka genau damit versuchte: „Willst du reden?"

Wo doch klar war, dass er scheißen wollte!

Aber wie die Gefühle in seinem Innersten staute sich auch die Scheiße in seinem Darm, und so sehr er auch drückte, es ging einfach nichts. Er war so wütend auf Jack und gleichzeitig so aufgeregt, dass er es einfach nicht rauslassen konnte, und vielleicht setzten ihm auch die Kälte zu und die Scham, weil wir auch heute nicht ganz alleine an Jacks Grab standen.

Natürlich war ich wieder der Erste, der mit seinem *Truth-or-Lie*-geschulten inneren Auge diesen Kerl in seinem langen schwarzen Mantel sah, der so ungepflegt und abgerissen aussah wie der Sensenmann persönlich, während er da an Jacks Grab stand oder jedenfalls am Grab daneben.

„Seht ihr ihn denn nicht?“, fragte ich die anderen, die ihren Blick immer noch gespannt auf Willis weißen Arsch gerichtet hielten.

Also ging ich alleine zu ihm hin und legte ihm die Hand auf die Schulter, dabei sagte ich: „Du hast dich doch sicher an der Türe geirrt, Arschgesicht. Sollen wir dich vielleicht zum Grab deiner Mutti bringen? Wobei ich mir gerade nicht vorstellen kann, welche Mutti dich Elenden überhaupt geboren haben könnte!“

Ich mochte es nun mal nicht, wenn wir nicht alleine an Jacks Grab standen, darum war es mir ein besonderes Anliegen, alle, die uns dabei störten, möglichst zu verletzen, erst recht, wenn sie nicht einmal ordentlich reden konnten. Denn nur mit Schwierigkeiten stammelte er irgendetwas daher, das ich kaum verstehen konnte.

Genervt hakte ich nach: „Was? Ich hab dich akustisch nicht verstanden!“

Das war nämlich einer meiner Lieblingssätze: „Ich hab dich akustisch nicht verstanden!“

Endlich merkte auch Kubelka, dass der Typ ein Problem mit Reden hatte, und wie immer tippte er auf:

„Zu lange gestillt oder vielleicht auch zu kurz!", ergänzte dann aber noch um: „Das kann bei ihm allerdings auch irgendetwas mit Inzest zu tun haben, und zwar zwei Generationen vor ihm."

Der Kerl sah nämlich bei näherer Betrachtung wie ein waschechter Habsburger aus!

„Und ganz sicher ist er auch gehemmt vor der übergroßen Figur Jack Schleck."

Er sah in dem Kerl dann einfach nur einen weiteren Patienten, den er mit seiner Karte locken konnte, und sagte wieder: „Ruf mich an, Sportsfreund, wenn du mal reden möchtest. Ich ruf dich nicht an."

Als wäre Reden seine Stärke!

Da lief der Sportsfreund im Gesicht rot an wie ein Pavianarsch und schnaubte wie ein Dampfreiniger. Ich wich also ein paar Meter vor ihm zurück, weil man bei solchen ja nie wissen konnte, ob sie am Ende nicht doch explodierten. Und als er mich in seiner fahrigen Hektik anfassen wollte, machte seine Nase Bekanntschaft mit meiner rechten Führungshand. Er sackte auf seine Knie, betete dabei aber in die falsche Richtung, denn Jack, unser Gott, lag hinter ihm begraben.

***

Ich hatte den Zinnober abgebrochen und eine Rückkehr zu meinem Japaner verordnet, und als wir dort ankamen, standen die Bullen um ihn herum und überlegten wohl gerade, ihn abschleppen zu lassen. Als sie uns aber näherkommen sahen, mit Willi und Herschel in den Scheibtruhen, zerknüllten sie den Strafzettel und fragten nicht einmal, auf welchen von den beiden Behinderten das Auto zugelassen war. Im Gegenteil halfen sie uns sogar noch – als Herschel seinen Daumen in den Mund steckte – sie in den Wagen zu heben und wünschten uns einen guten Tag.

„Verdammte Idioten!“, sagte Herschel, nachdem er den Daumen wieder aus dem Mund genommen und die Türe zugeknallt hatte. „Bullen sind einfach solche Idioten.“

Und da fiel mir ein: „Sag mal, Herschel! Hast du eigentlich Guttmanns Versetzung zum Straßendienst in Favoriten beeinsprucht, so wie du es ihm versprochen hattest?“

Aber da tat er schon so, als ob er schlafen würde.

So fuhren wir also wieder zurück in die Stadt, und die Stimmung war dabei sogar noch schlechter als zuvor. Na, wie auch nicht? Wir hatten zwei Stunden am Friedhof vertrödelt, ohne dass einer von uns getan hätte, was er eigentlich tun wollte. Und dann quälte mich auch noch die Frage, wer dieser Kerl war, der da an Jacks Grab gestanden hatte.

„Ist dir denn nichts aufgefallen an ihm?“, fragte ich schließlich Willi.

Aber der sagte nur: „Wenn du mich so fragst, nein.“

Ich ließ aber nicht locker. „Er muss so Anfang der Siebzigerjahre geboren worden sein.“

Und er sagte: „Viele sind Anfang der Siebzigerjahre geboren worden.“

„Seine Lippe hing ihm irgendwie herunter.“

„Vielen hängt die Lippe irgendwie herunter.“

„Ja gut, aber er konnte auch nicht ordentlich reden.“

„Viele können nicht ordentlich reden.“

Dabei rutschte Willi immer tiefer in seinen Sitz hinein, rauchte hektisch seine Zigarette und schaute beim verregneten Fenster hinaus auf die vorbeiziehenden Häuser. Und als ich ihn dann endlich fragte, ob ihm nicht aufgefallen wäre, dass der Kerl aussah wie Jack

Schleck, der ja auch nicht bekannt dafür war, besonders gut ausgesehen zu haben, und dessen Gesicht ebenfalls Spuren von Inzest zeigte, da sagte er nur noch: „Jetzt ist dann aber mal Schluss mit Reden!"

Gut drauf war in diesen trüben Tagen eigentlich nur noch Lemmy in seinem Keller unten, was vor allem an seinen Grassorten lag. Vor allem an *Vaya Con Dios* sollte man sich halten, wenn man auf den Friedhof ging, das hatte ich vorher ganz vergessen. Also holte ich nun Versäumtes nach und zündete mir einen schönen, wärmenden Ofen mit diesem Zeug drin an. Da fiel mir auch wieder ein, dass Lemmy mich ja gebeten hatte, ihm dieser Tage bei der Grasernte zu helfen, und das wollte ich die anderen nun auch wissen lassen, redselig wie ich nun mal war: „Ich werde Lemmy heute noch bei der Grasernte helfen."

Das würde immerhin ein sonnig vernebelter Ausklang eines vollkommen nebeligen Tages werden, aber Willi maulte nur zurück: „Du immer mit deinem verdammten Gras!"

Also bot ich ihm zur Aufhellung der gedrückten Stimmung Russenschnaps aus meinem Flachmann an, da hörte ich Kubelka von hinten: „Du immer mit deinem Russenschnaps! Als wäre Russenschnaps die Lösung für irgendetwas!"

„Was schlägst du stattdessen vor?", fragte ich. „Reden?"

„Na, gib schon her!", sagte Ku schließlich und dann griff auch Willi zu. Und als ich ihnen auch noch einen Joint anzündete, hatten beide auch gegen den nichts einzuwenden.

Beim Hauptbahnhof parkte ich schließlich in zweiter Spur, um Kubelka rauszuwerfen, denn von hier aus konnte er zu Fuß seine geräumige Altbauwohnung erreichen, in der er auch ordinierte. In Gumpendorf bog ich dann wieder ab hinaus in Richtung *Goldene Eichel*.

Wir ruckelten gemütlich dahin, während Herschel im Halbdusel etwas von einem Nachmittagsfick plapperte, den irgendjemand noch schrecklich bereuen würde. Keine Ahnung, was da draußen los war in diesem Heim, wer sich in welchem Zimmer zu wem legte und wer wem unter den Rock oder in die Hose fasste. Aber je länger ich Herschel dahinbrabbeln hörte, desto weniger wollte ich ausschließen, dass es dort schlimmer zuging als auf dem Sommercamp der jungen Katholiken.

Als wir wieder bei der *Goldenen Eichel* ankamen, war es Mittag und Herschel quälte sich aus meinem Japaner. Während er sich ausgiebig durchstreckte, meinte er so laut, als redete er gegen ein Theaterpublikum: „Dann wollen wir mal sehen, ob er heute endlich gegen mich spielt!"

Er gab die Hoffnung einfach nicht auf.

„Wann soll es denn so weit sein?", fragte ich.

„Um vierzehn Uhr, nach dem Mittagessen!"

„Du meinst kurz vorm Abendessen? Na dann, schöne Revanche!"

Schon kam eine Hotte auf uns zu, um sich Herschel zu krallen, bog aber sofort wieder ab, als sich ein Ferrari der Einfahrt näherte.

„Was ist denn eigentlich der Job von denen?", fragte ich Herschel, als ich ihm den Kragen seiner Jacke richtete, und deutete auf die, die ihn gerade hatte stehen lassen.

„Sie sollen uns das Geld aus der Tasche ziehen", sagte er. „Aber bei mir läuft da gar nichts, von mir kriegen die keinen müden Schekel!"

***

Als ich gegen Mittag nach Hause kam, parkte der Schwanzpatient immer noch mit laufendem Motor vor meinem Fenster. Ich ging also hinauf in mein Büro, das mir auch als Wohnung diente, und schaute durch das Fenster aus dem ersten Stock hinunter zur Straße. Er nervte, und ich war nicht bereit, seinem Nerven nachzugeben. Es lief wohl auf Folgendes hinaus: Er oder ich? Heißes Öl oder sechs Kugeln aus der Dienstwaffe? Meine lautstark vorgetragenen Überlegungen rührten ihn aber nicht, er schrie nur wieder herauf: „Was ist, du dickbäuchiger Bauernbube! Wenn dir die Stadt mit ihrem Lärm und ihren Gerüchen nicht gefällt, dann zieh doch aufs Land!"

Mehr noch als das „Bauernbube" verletzte mich das „dickbäuchig".

Wo er aber schon von Gerüchen redete, fiel mir plötzlich etwas anderes ein als heißes Öl und die sechs Schuss aus der Dienstwaffe. Ich rief meinen Kumpel Laszlo an und fragte ihn: „Wie läuft's denn so?"

Er sagte: „Könnte besser laufen. Und da meine ich nicht nur meine Show! Aber sag, wie läuft's denn bei dir so?"

Ich sagte: „Läuft auch nicht so ganz rund, und damit meine ich nicht nur die Heizkosten und die galoppierende Inflation. Ich werde immer fetter, was mich auch bei den Ladys immer seltener einen Stich machen lässt. Aber sag, wie läuft's denn bei Viktor?"

Ich meinte seinen Ziegenbock Viktor, den er immer mit in seine *How low can you go Show* nahm. Den hatte er mal aus Ungarn mitgenommen, weil er nicht ohne Heimatfeeling und frische Lammkoteletts leben wollte, also hatte er sich hinter seinem klapprigen Häuschen in Meidling ein paar Quadratmeter Grund dazugepachtet, auf denen er ein paar Ziegen weiden ließ. Und für das sexuelle Wohlergehen der Ziegen hatte er eben Viktor aus Ungarn geholt, einen Jungbock von enormer Kraft und Männlichkeit. Man konnte auch sagen: Viktor hatte kein Aufmerksamkeits- und Schwanzproblem, ganz im Gegenteil.

„Ach, der ist irgendwie unleidlich, ich vermute mal, weil er heute noch nicht gestuhlt hat."

Das kam mir irgendwie bekannt vor, aber in diesem Fall freute ich mich sogar darüber: „Unleidlich und nicht gestuhlt trifft sich gut", sagte ich. „Also hör zu, ich hab da eine Idee für ein lustiges Filmchen für deine *How low can you go Show*."

„Nichts gegen ein lustiges Filmchen!"

„Dann nimm Viktor mit."

Kaum hatte ich aufgelegt, läutete es schon an der Türe, und neben Laszlo stand Viktor, den er am Strick führte und der tatsächlich etwas unleidlich aussah. Nachdem sie eingetreten waren, füllte sich das Raumklima augenblicklich mit sehr viel Testosteron. Laszlo war ein Riese, der einen Baukran umwerfen konnte, und Viktor konnte ihn dann wieder aufrichten. Während Laszlo seinen Fellmantel, den er während Dreharbeiten einem ungarischen Schafhirten abgekauft hatte, ablegte, sagte er: „Ist echt schwer, bei euch in der Gegend einen Parkplatz zu finden. Und Hölle auch, was ist denn das für ein Stinker da unten vor deinem Fenster? Dreht der seinen Motor überhaupt nie ab?"

„Tja", sagte ich. „Wo du schon von dem redest ... Stell doch bitte einfach mal deine Kamera hier zum Fenster, ich gehe mit Viktor kurz hinunter. Vielleicht kann er ja stuhlen und ist dann weniger unleidlich."

„Wenn du das schaffst – bitte gerne!"

„Und wenn er dann endlich gestuhlt hat, gehen wir hinunter zu Lemmy und helfen ihm bei der Grasernte, was meinst du?"

Er meinte: „Okeydokey."

Bevor ich mit Viktor hinunterging, reichte ich Laszlo noch ein Plastiksäckchen mit Ziegenbockurin, einen Liter, den ich gestern einem kosovarischen Ziegenkäseverkäufer am Markt abgekauft hatte.

„Wofür du brauchen?", hatte er mich gefragt.

„Du werden morgen sehen und hören!", hatte ich ihm geantwortet.

Ich wies Laszlo also an, das Säckchen auf den Impala hinunterzuwerfen, sobald wir bei der Wohnungstüre raus waren. Und als ich mit Viktor unten aus der Haustüre auf den Gehsteig trat, konnte er die Pisse natürlich sofort riechen. Er verwechselte den Achtzylinder-Amerikaner mit einem Ziegenbock, der ihm die heißeste Ziege in Meidling streitig machen wollte, und senkte die Hörner.

Ich sagte: „Gib!", und schon konnte ich Viktor nicht mehr halten. Er gab dem amerikanischen Blechhaufen sein patentiertes Horn aus ungarischer Fertigung, so als wollte er seine Vormachtstellung in dieser Gasse für die nächsten dreihundert Jahre sichern. Nachdem er den Amerikaner ordentlich zerdeppert hatte, sprang er noch durch das Fahrerfenster hinein und schiss dem Schwanzpatienten ein paar hundert Kügelchen Ziegenbockscheiße auf die Rückbank. Kaum war er beim anderen Fenster wieder hinausgesprungen, wirkte er schon deutlich weniger unleidlich, als er mich mit seinen braunen Augen ansah.

„Braver Viktor."

Der Schwanzpatient schrie immer noch nach seiner Mutter, als ich mit Laszlo schon längst wieder bei mir in der Bude heroben saß und mit Laszlo zusammen Schlibo trank, während Viktor *Hör mal, wer da hämmert* anschaute, seine Lieblingsserie. Und diesmal konnte ich die

Fenster meiner Bude gar nicht weit genug aufmachen, weil ich plötzlich sowohl von Lärm als auch von Geruch nicht genug kriegen konnte. Der Schwanzpatient hatte sich nämlich selbst eingekotet, als er gemerkt hatte, wie unterlegen er trotz amerikanischen Oldtimers sogar einem Ziegenbock war, und gegen seinen Auswurf roch sogar der Stuhl von Viktor wie eine Dose Zimt.

***

Wir wollten uns gerade das Filmchen anschauen und machten es uns mit Joints, Bieren, Russenschnaps und reichlich Riegeln auf der Wohlfühlcouch gemütlich, als schon wieder Gutti der Bulle anrief.

„Was ist denn?“, fragte nun ich ein wenig unleidlich. „Kannst du mich nicht in Ruhe lassen?“

Aber er ließ sich nicht abwimmeln. Das Ministerium wollte nämlich, dass er heute noch in dieses Palais fuhr, um dort die Räumlichkeiten zu besichtigen, in denen übermorgen dieses Bankett für diese Regierungschefs dieser Staaten dieser Europäischen Union stattfinden sollte. Die Eingänge, die Fenster, die Dächer, die Klos, der Keller – er sollte überall checken, ob und wo man diese Chefs vielleicht umlegen, abstechen oder in die Luft sprengen konnte und über welche Treppen und durch welche Fenster man fliehen könnte, wenn der Job erst mal erledigt war. Es liefen da draußen ja jede Menge Impfgegner herum und solche, die immer noch glaubten, dass die Erde eine Scheibe war, in der ein paar Echsen wohnten, die uns beherrschten, und die alle nichts von „der Regierung“ wissen wollten. Gutti sollte also den ganzen Scheiß, für den er weder ausgebildet noch geeignet war, erledigen, ich war mir jetzt nicht einmal mehr sicher, ob er Karate konnte.

„Sag mal Gutti, kannst du überhaupt Karate?“

„Leck mich am Arsch!“

„Und wenn dich jemand angreift, kannst du dann überhaupt davonlaufen mit deinen hundertvierzig Kilo?“

„Fragst ausgerechnet du mich, der du mich bis Weihnachten eingeholt haben wirst, wenn du so weiterfrisst?“

„Leck du mich auch am Arsch!“

Es war dann aber klar, dass er den Job nicht ohne Hilfe eines immer noch deutlich schlankeren, aber auch nicht mehr ganz fitten Freundes erledigen konnte. Daher ließ ich mich wieder einmal breitschlagen wie Billigfleisch, obwohl ich wie ein Stück Stahl dagegenhalten wollte: „Na gut, dann komme ich halt!“ Ich stieg also wieder in die Fellstiefel, warf mir den Fellmantel über und setzte die Fellmütze auf, bevor ich mit Laszlo und Viktor zusammen die eiskalte Bude verließ.

„Den Film darf ich behalten?“, fragte der.

„Den kannst du gleich heute Nacht noch senden!“, sagte ich.

„Oh wow, danke!“

Als wir unten auf die Straße traten, versuchte der Schwanzpatient gerade die Türe seines zerbeulten Impalas zu öffnen. Laszlo blieb stehen, schaute sich die Sache interessiert an und deutete anerkennend auf Viktor: „Das kommt davon, wenn er in der Früh nicht scheißen kann.“

„Immer schön den Motor abdrehen!“, sagte ich noch zu dem Kerl. „Oder noch besser: Gar nicht erst zu uns hierher in die Gegend kommen. Lemmy kann nämlich auch liefern, wenn du pünktlich im Voraus zahlst, capito?“

Er sagte: „Capito.“

Wir stiegen dann in meinen Japaner und ruckelten gemütlich in den 1. Bezirk hinein, dabei vermied ich es,

Mannis Nachttanke anzufahren, weil auch bei dem der Sprit immer teurer wurde und mir das nötige Kleingeld für eine neue Füllung fehlte. Weil auch die scheiß Heizung nicht funktionierte, ließen wir im Wagen die Mäntel an und fuhren eingepackt wie die Bären dahin. Trotzdem war ich dem Erfrierungstod nahe, während Laszlo auch unter seinem Fellmantel wie immer nur ein weit geöffnetes schwarzes Hemd trug, unter dem sich sein Brustpelz ausbreitete und über dem das klassische Gold. Die Kälte verstärkte die Friedhofsstimmung und Einsamkeit und die Gedanken an das Alleinsein im Alter, und so fragte ich Laszlo, als wir durch das Burgtor fuhren: „Hast du dir eigentlich schon mal überlegt, was aus Viktor werden soll, wenn du einmal nicht mehr bist?"

„Ich hab mir schon öfter überlegt, was aus mir werden soll, wenn Viktor einmal nicht mehr ist", sagte er ohne Umschweife. „Aber daran möchte ich lieber nicht denken. Er ist einfach zu süß!"

Und da hatte er recht. Viktor war auch mir längst ans Herz gewachsen mit seinen schönen Augen und dem Herzen eines Löwen, mit seiner Kraft und Eleganz, wohingegen es mit den Ladys gar nicht mehr lief in letzter Zeit. Und was meine Kumpels anging, wollten die immer nur nehmen, aber immer weniger geben, Laszlo mal ausgenommen. Ich könnte mich also durchaus an die Gesellschaft des kleines Rackers gewöhnen, jetzt, wo die Tage wieder lang und einsam waren und Lemmy halt einfach keine Frau war, auch wenn er immer stärker wie eine Oma aussah. Außerdem hieß es wohl nicht zu Unrecht: Das letzte Kind trägt ein Fell. Auch wenn in meinem Fall das letzte das erste Kind wäre, weil ich ja keine anderen hatte, und das Kind auch kein Kind wäre, sondern eben ein Bock.

„Ich wollte nur sagen: Falls dir mal irgendetwas zustoßen sollte, dann würde ich mich natürlich um Viktor kümmern."

„Das ist sehr nett von dir, Rocky. Dafür danke ich dir."

„Sag doch bitte nicht Rocky zu mir. Ich heiße Rock wie der Felsen und nicht Rocky wie das Felschen. Aber das weißt du doch, nicht wahr?"

Und natürlich wusste er es.

Wir erreichten diese Innenstadtimmobilie, vor der Gutti bereits auf uns wartete, und als er mich mit Laszlo zusammen aussteigen sah, fragte er gleich wieder irgendwie angepisst: „Was macht denn der hier?"

Ich sagte: „Aber du wolltest doch, dass ich komme!"

„Ja, du!"

Als auch noch Viktor aus dem Datsun sprang, drehte Gutti beinahe durch.

„Und was ist mit dem da? Herrgott, habt ihr einen Ziegenbock mit?"

„Einen Sprengstoffsuchziegenbock", sagte Laszlo und tätschelte Viktor die Schnauze.

Kurz vor halb eins standen wir dann also vor dieser Hütte, die riesig war. Ein richtiger Palast oder eben ein ... Palais, das Trautgott hieß. Sofort fantasierten wir uns im Angesicht der ganzen Pracht etwas zusammen: dass dem verdammten Besitzer sicher noch ein paar andere Häuser in dieser Preisklasse gehören mussten und dass er dafür sicher nur das Kleingeld ausgegeben hatte, mit den großen Scheinen kaufte er sich dann die Yachten und Privatjets. Dabei hatte alleine Laszlo weit über hundert Verwandte in der ungarischen Tiefebene, die ein ordentliches Zimmer mit Dusche gebrauchen konnten, es sich aber nicht leisten konnten. Er selbst tat, was in seinen Möglichkeiten stand, konnte aber natürlich nicht alle durchfüttern mit seiner Show, auch wenn sie alle an ihm hingen wie die Kordel am Seil und immer noch mehr von ihm wollten. Die hätten da drin alle schön Platz gehabt, aber solche wie Laszlo und seine Verwandten wollte hier in dieser Gegend niemand sehen, lieber hängte man in diesen Häusern in jedem Zimmer Gemälde auf und ließ sie dann leer stehen, während die Besitzer irgendwo waren, meist in Dubai oder auf Zypern zum Steuerschonen.

Irgendwas lief da nicht ganz richtig!

„Wem gehört denn die Bude?“, fragte ich Gutti. „Hast du eine Ahnung?“

„Nicht die geringste!“, sagte er.

Das war schon mal ein guter Ansatz, wenn ein Bulle nicht wusste, wem der Bau gehörte, den er inspizieren sollte. Aber natürlich: Es wurde immer schwerer, herauszufinden, wem solche Häuser am Ende gehörten, darum gab es auch immer weniger Zinshausbesitzerwitwen-Grabsteine. Eine GmbH ließ man nicht begraben, die ging einfach in Konkurs.

Wie wir so dastanden mit offenem Mund, mussten wir schließlich auch dem Portier des Palais aufgefallen sein. Er hatte ein Kreuz wie ein Schwimmer und Arme dick wie Äste. Auf dem massigen Schädel fehlten ihm alle Haare, aber nicht, weil sie ihm ausgegangen waren, sondern weil er ihn rasierte. Auf seine beiden Handrücken hatte er sich die Ziffern 1 und 8 tätowieren lassen, die wiederum für die Buchstaben A und H im Alphabet standen, die wiederum die Initialen des größten Trottels aller Zeiten waren – klassischer Nazibube also. Der kam nun aus seinem Kobel heraus wie ein Halbaffe und baute sich vor Laszlo auf, der ihm mit seiner Visage nicht gefiel, weil sie ihm, wie ich gleich vermutete, nicht weiß genug war.

„Du! Was du hier wollen? Du nicht 1. Bezirk. Du Vorstadt.“

Redete der Kerl also in der Blödsprache mit Laszlo, was wiederum dem nicht gefiel, schließlich war er ein hoch angesehener Mann. Ich musste den Portier fragen, ob er denn nicht wisse, mit wem er es hier zu tun hätte: „Das ist Laszlo, du Arschgesicht! *Der* Laszlo aus der *How low can you go Show*!"

„Na und?", fragte der, nicht ahnend, auf welch abschüssigem Gelände er sich mittlerweile befand. Laszlo war nämlich ein guter Mensch, aber er konnte natürlich auch anders. Schon reichte er mir seine Videokamera und bat mich, diese während der nächsten geschätzt dreißig Sekunden zunächst auf den Portier, dann auf sich und dann auf sie beide zu richten, was ich auch gerne tat. Dabei filmte ich, wie Laszlo langsam auf den Glatzkopf zuging und dieser ihm langsam entgegenkam. Dann standen sich die zwei Tresore auf Augenhöhe gegenüber, wie Ali und Foreman in Kinshasa, und schauten sich für meinen Geschmack ein wenig zu lange und zu tief in die Augen, sodass ich mir beinahe schon dachte: Verdammt! Funkt es da gerade zwischen den beiden? Einem heimischen Neonazi und einem ungarischen Zigeuner? Ich hätte lieber ein wenig Drama gehabt, ein paar „Ey, ich fick dich!"- und „Was guckst du?"-Dialoge, aber am Ende war es ein einziger kurzer Schlag, mit dem Laszlo trotz hörbarer Schmetterlinge im Bauch den Kerl zusammenfaltete.

So etwas kam aber nicht gut rüber im Fernsehen!

„Verdammt, du hättest noch ein wenig mit ihm reden müssen, bevor du ihn umhaust, wegen dem Spannungsaufbau!"

„Jaja, ich weiß", gab Laszlo zu. „Da habe ich ganz sicher dramaturgische Schwächen, wenn es um den Spannungsaufbau geht, aber ich wusste echt nicht, worüber ich mit dem reden sollte!"

Über die Liebe vielleicht?

Immerhin hatte er nun schon ein zweites Filmchen im Kasten, das er heute in seiner Late-Night-Show senden konnte, wenn auch ein sehr kurzes!

Wie ein nasses Hemd lag der Kerl nun also da. Ich zog ihm selbst noch eine über sein poliertes Schädeldach und erinnerte ihn daran, was sein Freund AH mit meinem Freund Herschel und dessen Freund Django im KZ angestellt hatte.

„Dass mir so etwas nie wieder vorkommt, okay?"

„Okay!"

Danach fragte mich Gutti besorgt: „Und jetzt?"

„Ja was und jetzt?", gab ich zurück. „Ich weiß es doch auch nicht!"

Da meldete sich über das Portierstelefon jemand auf Leitung zwei, ich griff in die Loge hinein und holte mir den Hörer zum Ohr.

„Ja? Was ist?"

Eine gewisse Svetlana ließ uns wissen, dass wir jetzt hineinkommen könnten: „Wird Sie gleich abholen das Butler." Und hatte schon wieder aufgelegt, während ich noch zur Überwachungskamera hinaufwinkte, durch die sie uns zweifelsohne beobachtete. Diese Svetlanas waren ja oft sehr heiß, da wollte man ihnen ein paar von seinen besseren Zähnen zeigen.

„Cheeeeese!"

Ich ließ die anderen wissen, dass mir die Haushälterin gerade einen Butler in Aussicht gestellt hatte, der uns gleich abholen würde. Das waren zwei Wörter – Haushälterin, Butler –, die in unserem Sprachgebrauch nicht vorkamen. Wir waren also durchaus ein bisschen aufgeregt, als uns der Butler die Türe öffnete und hineinbat: „Ich bin Franz."

Darauf hätte ich alles verwettet. Er musste ungefähr in Willis Alter sein, war aber im Gegensatz zu dem – und auch im Gegensatz zu mir! – noch verdammt drahtig und sah mit seinem kühlen Bärtchen aus, als hätte er in seinem Leben schon alles gesehen (und aus seinem Mund roch er, als hätte er in seinem Leben schon alles gesoffen). Sympathischer Typ irgendwie. Ich deutete auf Viktor und fragte: „Er darf doch mit hinein?“

Und Franz sagte: „Wenn er immer schön auf dem Teppich bleibt.“

Witzig war er also auch.

Oben im ersten Stock angekommen, latschten wir zunächst ewig dahin, bis Franz endlich den Saal mit der Gemäldesammlung fand. Dort stolperte er über einen ausgelegten Tigerkopf, der am Ende eines Tigerfells am Boden lag, was einem Butler wirklich nicht passieren durfte. In dem Saal hingen ein paar Kronleuchter herum, an denen mehr Glühbirnen befestigt waren, als in der herbstlichen Wiese eines niederösterreichischen Bauern Streuobst herumlag. Das Parkett glänzte, sodass sogar ich darauf hätte tanzen können, aber ich ließ es dann doch lieber bleiben. Wir schauten uns interessiert um, als ich Laszlo einen Schrei ausstoßen hörte: „Viktor!“

Der hatte ein paar kleine Kügelchen geschissen, und Laszlo schob sie nun verschämt mit dem Schuh unter den Teppich, während Franz souverän darüber hinwegsah. Als sich aber eine größere Ladung in Viktors Darm zum Ausgang drängte, entschied sich Laszlo, mit ihm noch einmal hinunter auf die Straße zu gehen: „Mir scheint, er hat sich einen Virus eingefangen.“

Oder Laszlo wollte dringend noch einmal den Portier sehen, das konnte natürlich auch sein.

***

Endlich erreichten Gutti und ich zusammen mit Franz den Saal, in dem übermorgen das Abendessen für diese Staatsgäste stattfinden sollte. An der Wand hingen Hirschgeweihe und Fotos vom Kanzler in Lederhose und Trachtenjoppe, in der Mitte stand ein Tisch, die schöne Gmundner Keramik darauf war bereits angerichtet, auch das polierte Silberbesteck lag schon da, das der Kanzler dann wie ein Hufschmied nehmen würde, um sich ein ordentliches Schnitzel reinzuschaufeln. Und dort, in der einen Ecke, standen auch bereits die Instrumente für die Jodelband, die den Gästen den Marsch blasen sollte, und in einer anderen die originalgetreue Nachbildung einer Tiroler Heumilchkuh namens Johanna. Da fiel mir ein Witz ein: „Was sagt eine blonde Sennerin, die ..."

Na gut, den behielt ich lieber für mich, denn da kam gerade eine wirklich umwerfend aussehende Blondine (perfekte Beine, perfekter Arsch, perfekte Titten – Herrgott, sie war halt einfach perfekt, wirkte dabei aber auch irgendwie unglücklich) herein und stellte sich vor: „Bin ich Svetlana."

Eine Russin also, denn die hießen ja alle Svetlana. Aber nicht so eine, mit deren aufgespritzten Schlauchbootlippen man Leben retten konnte, wenn man mit ihr gerade auf einem sinkenden Kreuzfahrtschiff unterwegs war – die Russen hatten sich ja im 1. Bezirk breitgemacht und mit ihrem Verbrechergeld mehr oder weniger alles aufgekauft, was es aufzukaufen gab, auch die Botoxbestände der Schönheitschirurgen. Svetlana jedoch kam noch ganz ohne aus, was ihr wirklich gut zu Gesicht stand. Sie kam mir irgendwie bekannt vor, aber ich kam einfach nicht drauf, wo ich sie schon mal gesehen hatte.

„Sie sind dann also die Haushälterin?“, fragte ich.

Und sie: „Witzig wirklich sehr. Bin ich Ehefrau.“

„Oh. Vom Butler?“

„Von Besitzer von Palais.“

„Ah! Und wie läuft's so mit dem?“

Fragen konnte man ja! Vielleicht kriselte es in der Beziehung und es war eine kurze Nummer mit ihr drin in einem der Gemächer. Und tatsächlich seufzte sie: „Ach! Macht er nur Arbeit immer, Arbeit und immer mehr Arbeit wegen Geld, Geld und immer noch mehr Geld!“

Hört, hört! Meine Chancen stiegen, wenn sie genug hatte von Geld, denn damit konnte ich gerade nicht dienen.

„Bin ich gekommen nach scheene Land Eeestareich wegen Liebe, Liebe und noch einmal Liebe, aber habe ich seit Hochzeit vor vier Wochen nur bekommen ... trockene Scheide.“

Uuupsi.

„Lady“, säuselte ich und legte ihr einen Arm um die Schulter. „Das muss doch aber nicht so bleiben!“

Ich trug, wie gesagt, den feinen Rapid-Zwirn über meiner Wampe und sah darin sehr kühl aus, während Gutti in seinem Blouson und den braunen Hosen aussah wie die letzten Tage des Kommunismus. Und trotzdem schob sie meinen Arm weg und schmachtete ihn mit loderndem Feuer hinter ihren blau-grünen Augen an: „Bin ich geraten in Falle von goldene Käfig, hol mich hier raus!“

Du lieber gütiger Himmel!

Seine knuddelige, harmlose Art zog sie an, er war wohl ganz anders als der stets auf Gewinnmaximierung ausgerichtete Gatte. Aber was erwartete sie sich in Hinblick auf ihre trockene Scheide ausgerechnet von Gutti, wo er ihm doch schon lange nicht mehr stand?

Das Übergewicht, der Zucker, die insgesamt ungesunde Lebensführung samt dem inneren Unwohlsein ...

Es musste an ihrem kleinen Kläffer liegen, der Gutti sofort in die Arme gesprungen war, kaum dass er ihn gesehen hatte, während er mich nicht einmal ignorierte. Frauen waren so, dass sie oft ihren Hund entscheiden ließen, wer zu ihnen in die Kiste durfte – zusammen mit dem Hund! Die Töle hieß „Boris wie Boris Jelzin, was war letzte richtige Mann in Sowjetunion!“. Das sagte sie tatsächlich, und da war mir auch klar, was der Köter an Gutti fand. Der sah nämlich genauso aus wie der alte Suffkopf im Kreml. Erfreulicherweise vertiefte sie dann auch gleich das Thema, indem sie fragte: „Wodka?“

Und ich antwortete: „Ja, warum denn nicht?“

Bei mir war nämlich längst der Durst zum Hunger dazugekommen, und Gutti, dessen Antwort ihr wichtiger war als meine, hatte auch nichts gegen den Russenschnaps. Also nahmen wir um den Tisch herum Platz, der größer war als der von Putin, wenn er einen auf dicke Hose machte. Vor jedem der goldenen Stühle stand schon eines der Fähnchen der Staaten Europas, für jedes schöne Land eines. Ich setzte mich zu dem von Schweden, weil mir die Schwedinnen immer ganz gut gefielen, während es sich Gutti bei den Bulgaren gemütlich machte, deren Speerwerferinnen er sich bei den Olympischen Spielen gerne im Fernsehen anschaute. Svetlana ließ zum Wodka auch Kaviar bringen, und wer wollte, der konnte sich gerne auch an die Heringe in Mayonnaisesauce halten. Gutti wollte beides, ich aber wollte mehr: „Gibt’s denn auch was zu essen?“, fragte ich. „Ich meine: was Richtiges zu essen, sowas wie Bohnenpfanne?“

Sie rollte angepisst die Augen, ließ aber immerhin Würstel mit Senf bringen, mehr hatte ihre Küche gerade nicht zu bieten. Und nachdem wir ordentlich reingeschaufelt und ein paar ordentliche Becher Schnaps getrunken hatten, kam ein weiterer Schrank im dunklen Anzug in den Saal herein, vielleicht zweimal so groß wie Laszlo und mit einem Securityknöpfchen im Ohr. Er stellte sich breitbeinig vor Gutti und fragte ihn mit einer Stimme, die so tief war, dass sie in einem Bohrloch in Sibirien gut aufgehoben gewesen wäre: „Noch Fragen zu Sicherheit?"

Er klang dabei insgesamt nach russischem Bären, der im Gefrierfach übernachtet hatte.

Guttmann schluckte, bevor er wortlos verneinte. Aber ich stieß ihn in die Seite und sagte: „Jetzt frag sie doch wenigstens nach ihrer Nummer!"

Da musste sie sogar kichern – ein dankbares Kichern, eins in der Art: Endlich mal was los hier! – und gab ihm tatsächlich ihre Visitenkarte, was ich dann fast nicht glauben wollte.

„Echt jetzt? Und ich?"

Dann schob sie den Schrank beiseite und führte uns in die Küche, wo das Festmahl zubereitet werden sollte: „Wird es geben in Absprache mit Ministerium von Europa Schnitzel mit Kartoffel von Petersilie oder Cordon bleu mit Kartoffel von Petersilie", weihte sie uns in den Speiseplan ein.

Ich aber musste sie korrigieren, womit ich mich bei ihr nicht beliebter machte: „Heißt nicht Kartoffel bei uns, heißt Erdäpfel."

Und schlug dann vor, dass die Speisen vor dem Festmahl von jemandem verkostet werden sollten. Aber Gutti meinte nur: „Wozu denn? Jeder weiß doch, wie ein Schnitzel schmeckt!" Einzig was die Beilage anging, hatte er einen Vorschlag in eigener Sache: „Kann ich dann vielleicht auch Salat statt Petersilienerdäpfel haben? Ich meine Erdäpfelsalat, keinen grünen Salat?"

Svetlana fand ihn zum Niederknien witzig, kicherte wie ein kleines Mädchen, das sich gerade angepinkelt hatte, und nahm sich mit roten Wangen endlich selbst ein Gläschen, mit dem sie ihm zuprostete: „Stößchen!"

Sie schien eindeutig bereit, ihn als „Daddy" anzunehmen, obwohl Gutti doch längst der „Grandpa-Typ" war, aber auch gegen Großväterchen hatte sie nichts einzuwenden. Und nach einer weiteren Flasche Wodka waren sich Gutti und ich zusammen mit dem schwarz gekleideten Schrank im Wesentlichen einig, dass in der Küche alles in Ordnung war, fehlten also nur noch die Klos, die man inspizieren musste. Gutti aber konnte schon nicht mehr ordentlich gehen, er lachte nur noch wie Oliver Hardy und legte irgendwann den Kopf auf den Küchentisch, dabei schaute er sie grinsend an, während seine Arme an seinem fleischigen Körper baumelten.

Also bat ich Franz, mich auf die Kackhütten zu begleiten, und auf dem Weg dorthin erzählte ich ihm, dass ich nebenberuflich in *Dirty Willis Swedish Pornhouse* arbeiten würde. Dabei entpuppte er sich als Fan, ja sogar als Connaisseur: „Oh. Spielt ihr dort auch *Die-Rote-Hedda*-Filme?", fragte er sofort, aber die sagten mir gerade gar nichts.

Doch, halt! Moment!

„Hast du gerade Hedda gesagt? Hedda wie Hedda Horny?"

„Und ob die horny war!"

Franz war in der Wiener autonomen Szene groß geworden, und dort, so erzählte er nun, reichte man sich Filme mit der Roten Hedda in der Hauptrolle als Super-8-Filme unter dem Tisch weiter. Meist konnte man die zwar nicht abspielen, weil die wenigsten Spinner dort einen Projektor hatten, aber dann schaute man sich halt Bild für Bild auf den Filmstreifen an, was allerdings recht umständlich gewesen sein musste, wenn man sich dabei einen runterholen wollte.

„War sie gut?“, fragte ich. „So wie Titt Eklund oder Immanuela Cunt?“

„Was heißt gut?“, fragte er zurück, als wäre „gut“ nicht annähernd die Beschreibung, die auf die Rote Hedda zutraf. „Sie hatte ein Muttermal oberhalb der Lippe und das linke Ohr stand ihr deutlich ab, was geil aussah.“

Hört, hört!

„Vor allem aber waren bei ihr nicht nur die Schamhaare rot, sondern auch das Herz! Sie spielte in Sozialistenpornoklassikern wie *Hedda im Walzwerk* oder *Hedda 500*, wo fünfhundert kubanische Revolutionäre über sie drüberrutschen durften als Belohnung für das Erreichen des Produktionsziels, ein linker Gangbang.“

„Was ist denn das bitte für eine Aussage?“, fragte ich. „Wenn ihr am Tag genug Gurken vom Feld geholt habt, dann muss am Abend die arme Rote Hedda die Beine für euch breit machen?“

Er sagte: „Na ja, so ungefähr. Sie verdiente eine Zeit lang richtig Schotter mit ihren sozialistischen Filmen, was eigentlich ein Widerspruch in sich ist, bevor sie sich im Feministinnenporno versuchte. Aber am Ende sind es nicht die Gesellschaften, die schwach sind, sondern der Einzelne. Die Rote Hedda hat ihre Feministinnenporno-Karriere also schon nach einem einzigen kleinen miesen Kunstfilm, den in der autonomen Szene kein Schwein sehen wollte, beendet und einen reichen Banker geheiratet, mit dem zusammen sie, wie man hört, Kunst zu absurd hohen Preisen kaufte. Und auf Feminismus und Sozialismus ließ sie aus ihrem damals noch süßen Arsch heraus einen fahren!“

„Wohingegen du im Herzen immer rot geblieben bist?“

„Cuba mi amor!“, sagte er. „Revolución o muerte!“

Na, von mir aus.

Wir wählten das Klo für uns Herren, stellten uns vor die Muscheln und ließen es laufen, während ich überlegte, ob die Götter mich als Statisten in ein mieses Schauspiel gestellt hatten oder ob es schlicht an Lemmys Gras lag, dass all das passierte: Im Sommer dieser Film mit Jack Schleck als John Porn in einer Hauptrolle und Hedda Horny als rote Versuchung, und nun Franz, der mir sagte, dass diese Hedda Horny auch die Rote Hedda war. Ich musste mich von all dem ablenken, schaute die Fliege im Pissoir an, die ich mit meinem Strahl erledigte, und fragte schließlich Franz: „Was ist denn eigentlich mit dieser Svetlana los? Kommt ihre trockene Scheide eigentlich von Lieblosigkeit oder von schlichter Vernachlässigung durch ihren Ehemann?“

Das hatte Kubelka nämlich in seinem Ratgeber *Die trockene Scheide – Ursache und Bekämpfung* beschrieben, dass die wesentlichen Ursachen für trockene Scheiden Lieblosigkeit und Vernachlässigung waren, plus natürlich Stress, Geldmangel und eine allgemein um sich greifende Lustlosigkeit vor allem bei Putzfrauen und Handelsangestellten.

Franz tropfte ab und sagte, bevor er einen ordentlichen Schluck aus seinem Flachmann nahm: „Ich würde sagen, ihr Ehemann hat schon ein, zwei gröbere Probleme, beginnend vielleicht damit, dass seine Mutti ihn wohl zu kurz gestillt hat.“

Oha.

„Nun kompensiert er den Mangel an Muttermilch mit Konsum und Geld, kauft Autos, bevor er sie wieder verkauft, und kauft Häuser ...“

„Bevor er sie wieder verkauft.“

„Und Seniorenheime ...“

„Die er dann wieder verkauft."

„Das Seniorenheim noch nicht", sagte Franz. „Das hat er erst im Sommer gekauft, und mit dem muss er erst noch ordentlich Geld verdienen, bevor er es wieder verkauft."

„Und wie macht man das?", fragte ich interessiert, weil ich ja selbst gerade öfter in einem Seniorenheim zu Besuch war.

„Er stellt Automaten auf und holt auch auf diese Art noch Geld aus den Taschen der reichen Leute, die dort wohnen und ohnehin schon genug löhnen müssen dafür, dass sie dort schlafen dürfen."

Franz wirkte plötzlich, als hätte ihn die Rote Hedda mit reichlich Klassenkampfmilch gestillt oder als wäre er gerade im Dschungel von Bolivien, von wo aus er mit dem Che in den Kampf ziehen würde. Die Reichen gingen ihm entschieden gegen den Strich, und wenn es nach ihm ginge, dann würde er ihren Palästen den Krieg erklären und den Hütten Frieden bringen.

Wir wuschen uns die Hände und fassten gleichzeitig nach dem Handtuchspender, aber der war leer. Da fuhr Franz mit der rechten Hand in seine Hosentasche und zog ein zusammengeknülltes rotes Taschentuch heraus, das, als er es mit ausholender Bewegung aufschüttelte, Hammer und Sichel drauf zeigte.

„Franz!"

„Was denn?"

„Du bist ja richtig kommunistisch! Würdest du die Paläste der Reichen auch in die Luft jagen, wenn du könntest?"

Da klopfte er mir fröhlich grinsend gegen die Wampe: „Willst du vielleicht einen Riegel, Dicker?"

Und was soll ich sagen? Plötzlich fühlte ich mich, als hätte auch ich endlich eine Mutti, die sich um mich kümmerte! Ich musste sogar kichern, als er mich „Dicker" nannte, und wie durch Zauber hatte er tatsächlich einen Riegel in der Hand – noch dazu meine Lieblingssorte! – und hielt ihn mir vor die Nase. Gierig griff ich danach und würgte ihn hinunter, und das Stanniol warf ich danach einfach auf den Boden.

„So ist's gut", sagte Franz, und dann: „Magst du vielleicht noch einen?"

Ich nickte wie ein kleines Kind, das vielleicht noch nie so glücklich war, weil Mutti es endlich richtig fütterte. Und nachdem er mich sogar noch mit einem dritten verwöhnt hatte, streichelte er mir über den Schädel und sagte streng: „Das Papier hebst du aber wieder auf, sonst muss es die unterbezahlte Putzfrau wegmachen, weil du so ein Schwein bist, und wie käme denn die dazu? Ha?"

Zuckerbrot und Peitsche – er hatte es wirklich drauf!

Dann gingen wir fröhlich *Bella Ciao* pfeifend raus auf den Gang, wo wir die Damenklos links liegen ließen und erst gar nicht inspizierten, denn: „Welcher verdammte Terrorist würde denn die Sache übers Damenklo erledigen?"

„Richtig!", waren wir uns beide einig. „Der müsste ja komplett bescheuert sein!"

Ich gab ihm dann noch meine Karte und sagte: „Schau doch mal bei uns in *Dirty Willis Swedish Pornhouse* vorbei, wenn du gerade nicht weißt, was du machen sollst, mein Freund. Zwar hat der Besitzer gerade einen Durchhänger und du musst die Öffnungszeiten bei mir telefonisch erfragen, aber du kannst es ja mal probieren."

Er nahm sie gerne und sagte: „Oki."

Dann gingen wir zurück zu Svetlana, und als wir dort ankamen, war auch Laszlo mit Viktor wieder da, und beide waren bester Laune. Wohingegen Gutti angepisst auf seinem Sessel saß und wütend das Bulgarienfähnchen zerknüllte. Denn Boris hatte sich auf Viktor draufgesetzt und wollte von ihm nicht mehr runter. Die beiden sahen aus, als wären sie schwul und könnten gar nicht mehr voneinander lassen, aber wie sie das anstellen wollten mit Geschlechtsverkehr – wer wen wie? –, das war nicht sofort ersichtlich. Und als Guttmann seine Hand noch einmal nach Boris ausstreckte, um ihn wieder an sich zu nehmen – ein letzter verzweifelter Versuch –, biss der ihm beinahe die Finger ab.

„Tut mir leid wirklich sehr!", sagte Svetlana in seine Richtung, sie hatte jetzt nur noch Augen für Laszlo, weil Boris nur noch Augen für Viktor hatte. Aber Laszlo hatte keines für sie.

Also vielleicht doch noch mal ich?

„Lady?", fragte ich. „Wollen wir beide uns vielleicht noch Ihre trockene Scheide ansehen?"

Aber mit der Kälte eines russischen Eisbrechers sagte sie nur: „Njet."

Da wusste ich wieder, wo ich sie schon mal gesehen hatte. Nur dass sie damals am Tennisplatz des *Wiener Park Clubs* noch rothaarig gewesen war, als sie Herschel die Tennisplätze der *Goldenen Eichel* schmackhaft gemacht hatte. Und als Franz uns rausführte, stand vor der Türe ein Bentley, einer, wie ich ihn heute früh schon vor der *Goldenen Eichel* gesehen hatte. Gerne hätte ich, im Angedenken an die Rote Hedda, dagegengepisst, aber gepisst hatte ich ja gerade vorhin mit Franz. Und Viktor hatte wohl zuvor schon geschissen, als er mit Laszlo noch mal rausgegangen war, der wollte jetzt auch nicht mehr. Also stiegen wir einfach wieder in den Japaner, und als wir drinnen saßen, wandte sich Laszlo an Gutti: „He, guter Mann! Du kannst sie echt haben, mich interessieren die Weiber nicht."

Als ich wegfuhr, winkte er freundlich dem Portier zu, den er, als wir reingegangen waren, noch zusammengeschlagen hatte, der sich aber nun in seinem Kobel gerade die Krawatte richtete und wieder ganz proper aussah.

Nur den Hosenstall hatte er vergessen zuzumachen.

***

Zurück in der Vorstadt, setzten Gutti, Laszlo und ich uns bei Jolanda im *Hard & Heavy* zum Pollerofen und Viktor legte sich unter den Tisch. Wir bestellten Gulasch und Bier und gingen dann noch einmal alles durch: Die Sache im Palais war astrein, versicherten wir uns gegenseitig, es bestand überhaupt keine Gefahr für Gutti, dass da etwas schiefgehen und an ihm hängen bleiben könnte.

„Absolut keine Gefahr!", wiederholte er immer wieder. „Alles in trockenen Tüchern! Wenn nicht sogar in Butter! Alles in bester ... Butter!"

Jetzt erst merkte ich, wie besoffen er war, denn gegen den Schmerz des Liebeskummers hatte ihm am Ende nur der Schnaps geholfen. Trotzdem starrte er immer wieder die Telefonnummer an, die Svetlana ihm gegeben hatte, mittlerweile musste er sie wohl auswendig kennen. Ich sagte: „Die kannst du dann ja auch mal wegwerfen oder wie lange willst du dich noch wegen ihr quälen?"

Er aber küsste die Karte und steckte sie ein wie einen Schatz. Tröstend tätschelte ich ihn wie ein Betweib und sagte: „Kopf hoch!" Und das machte ich dann auch mit Viktor, der nicht weniger unglücklich verliebt unter dem Tisch lag und an Boris dachte, vermutlich fragte er sich die ganze Zeit: Werde ich ihn jemals wiedersehen?

Armer Viktor!

Bei Jolanda im *Hard & Heavy* gab es an Feiertagen immer Cevapcici zum halben Preis, und da kamen dann immer ein paar ihrer finanzschwachen Landsleute, die hier ein kleines Stück Heimat genossen, und eben die Serbenstäbchen. Sie tranken Slibowitz aus Biergläsern und tuschelten abfällig über uns, weil wir ihre Rezepte nicht kannten und auch nicht ihre Bräuche, ihre Lieder und ihre Sprache. Und weil wir in ihren Augen von der schwulen Sorte waren, die noch keine Kriegsverbrechen begangen oder Auftragsmorde für die Serbenmafia verübt hatten, kurz: Weil uns allen nicht annähernd solche Schnauzbärte wuchsen, machten sie auf dicke Eier und gingen uns immer wieder mal auf die Nerven.

„Was ist?“, rotzte ich also hinüber Richtung Balkanmafiatisch, an dem einer saß, der Milan hieß und hauptberuflich beim Sozialamt angemeldet war, sich aber nach fünf Bieren immer damit brüstete, dass er für den serbischen Geheimdienst arbeitete und Informationen über unser schönes Land zusammentrug, die im Wesentlichen lauteten: Nur die Tschechen tranken noch mehr Bier als wir. Und was Schweinefleisch anging, lagen wir weltweit auf Platz drei.

Als müsste man für diese Informationen den Geheimdienst beauftragen!

Der drosch jetzt also mit seiner behaarten Faust auf den Tisch und schrie: „Ist nicht alles in beste Butter!“

Das fuhr Gutti, der beinahe eingeschlafen war, wie ein kaltes Messer in die Knochen, und besorgt lallte er in Richtung des Serben: „Was? Wieso denn nicht? Weißt du vielleicht mehr als ich?“

„Weiß ich sicher mehr als du!“

Fing also wieder das gute alte Weiß-ich-bin-ich-hab-ich-sicher-mehr-als-du-Spiel an!

Ich hatte Guttmann, bevor er zum Straßendienst nach Favoriten abkommandiert wurde, einen Packen Freikarten für *Willis Pornhouse* organisiert, zusammen mit einem Packen Rauchwaren, die ich ihm von Lemmy organisiert hatte. Die konnte er als letztes Ass immer aus dem Ärmel schütteln, wenn er mal in einer dunklen Gasse in die Enge getrieben wurde, aber er sollte diese Kostbarkeiten auf keinen Fall verschwenden. Nun winkte er aber schon mit einer Monatskarte für *Dirty Willis Swedish Pornhouse* vorm Gesicht des Serben herum und fragte: „Wie würde dir denn eine von diesen für den kalten Dezember schmecken, in dem du doch sicher sehr einsam bist, im Gegenzug für ein paar Informationen, die du mir geben kannst?“

Und natürlich: Es kam der Winter mit Riesenschritten auf uns zu, und da war einer wie Milan bestimmt noch einsamer als sonst. Denn er sah aus wie ein Mulch, dem die Haut aus dem Gesicht hing – keine Ahnung, wie das funktionierte, aber er sah halt richtig scheiße aus. Er aber wollte von Einsamkeit nichts wissen, lehnte sich zu Gutti hinüber und schrie ihn an: „Bin ich nicht einsam! Bist du einsam viel mehr!“

Krallte sich aber trotzdem die Karte, ohne dass er ihm im Gegenzug Informationen geliefert hätte.

Guttmann zitterte nun und kaute an seinen Nägeln, weil er sich plötzlich sicher war, dass beim EU-Gipfel ein Anschlag stattfinden würde und Milan der Einzige war, der darüber im Detail Bescheid wusste. Ich aber legte meinen Arm um seine fleischigen Schultern und redete beruhigend auf ihn ein: „Jetzt hör doch mal zu, Gutti. Du kannst unmöglich glauben, dass dieser Idiot mehr weiß als wir. Schließlich habe ich Lemmys neues Zeug probiert, das mir die Augen in die Hirnmasse hineingedrückt hat, von wo sie dann frisch gewaschen wieder herauskommen sind, und mit denen sehe ich die Wahrheit viel besser als der da! Glaube mir! Es wird dort keinen Anschlag geben, ganz sicher nicht! Und jetzt komm endlich, wir gehen hinüber zu Lemmy."

Denn dem wollte ich ja heute noch bei der Grasernte helfen. Und nach all dem Feiertagsbier bei Jolanda hatte auch Laszlo nichts gegen ein bisschen Gras bei Lemmy einzuwenden, und erst recht nicht Viktor, der noch nichts von der Welt wusste und deshalb wegen seines Liebeskummers dringend abgelenkt werden musste. Also sagte ich zu ihm: „Gib!", und deutete auf Milan und seine Serbenmafiarunde, und sofort lief er Horn voran auf den Festtagstisch zu, sodass diesen Serben die dicken Eier schrumpften und ihre Fleischstäbchen durch die Luft flogen.

„Braver Viktor!"

***

Kurz vor fünfzehn Uhr dockten wir endlich bei Lemmy unten im Keller an, ernteten frisches Gras und rauchten ein bisschen vom alten, rauchten und ernteten, beamten uns weg und holten uns mit Dosenbier wieder runter. Dabei dachten wir – es war ja schließlich Allerheiligen! – an die vielen, die schon von uns gegangen waren: Ruhet in Frieden, ihr aus dem Club 47, die ihr mit siebenundvierzig gestorben seid! Ebenso wie ihr aus dem Club 27, die ihr schon mit siebenundzwanzig die Patschen gestreckt habt! Bald war ich selbst siebenundfünfzig, und schön wär's, wenn ich nicht meinen eigenen Club 57 gründen würde. Dann fragte ich mich, wie alt Willi eigentlich war. Richtig, siebenundsiebzig! Also wünschte ich mir für Willi, dass auch er noch lange die Ohren steifhalten würde, denn auch der Club 77 nahm jederzeit neue Mitglieder auf! Und Herschel? Er war siebenundneunzig.

Verdammt!

„Fink?", fragte ich. „Wie sieht's denn bei dir aus?"

„Ich bin in zwei Jahren pensionsberechtigt und dann fange ich endlich an, richtig zu leben!"

Der Satz aller Verzweifelten, die noch keine freudige Minute in ihrem Leben gehabt haben, aber dann alles nachholen wollten, inklusive Schifffahrt am Wolfgangsee und Blick auf das Kraftwerk Kaprun.

„Hast du dir denn irgendetwas auf die Seite gelegt, das dich die Pension entspannt genießen lassen wird?", fragte ich.

„Was genau meinst du?"

„Na Geld, das du brauchst, um dann endlich richtig davon leben zu können! Und dann noch Extraschotter, mit dem du deine Pflege finanzieren kannst! Und vergiss nicht das Moos für die Gasrechnungen!"

Er verlor plötzlich alle Farbe im Gesicht und meinte: „Gute Frage. Daran hab ich noch gar nicht gedacht."

Er nahm sich eines seiner warmen Biere und trank es in einem Schluck hinunter, und dabei sah ich in seinen Augen die schiere Angst.

Danach wandte ich mich an unsere Frohnatur im Kamelhaarmantel: „Und du, Ku? Wie sieht es bei dir aus?"

„Ich bin achtundvierzig und habe weiß Gott genug Geld auf die Seite gelegt."

„Du lügst schon wieder!"

„Okay, aber ein paar Millionen werden es schon sein!"

„Du lügst!“

„Na gut, ich bin achtundfünfzig, aber ich sehe doch deutlich jünger aus. Das sagen jedenfalls meine Klientinnen, und auch dir ist doch aufgefallen, dass meine Wangen extrem glatt sind.“

Die, die jünger aussehen und glatte Wangen haben wollten, waren am Ende die Verzweifeltsten von allen. Aber ich ließ ihn in seinem Glauben und fragte schließlich: „Weiß denn jemand, wie alt Lemmy eigentlich ist?“ Keiner wusste es, nur dass er aufpassen musste, das wussten wir alle. Sehr viele Tabletten und Joints und anderes Zeug würde sein gammeliger Körper nicht mehr vertragen, denn der Sensenmann wartete längst um die Ecke auf ihn und hatte seine langen Finger nach ihm ausgestreckt. Allerdings war Lemmy schwer zu fassen, weil er so verdammt dürr war, und vielleicht ekelte es den Sensenmann auch ein bisschen davor, ihn auf seiner verranzten Couch in seiner verdreckten Lederjacke Marke Willie Nelson überhaupt anzufassen. Konnte also gut sein, dass er den alten Lemmy einfach bis in alle Ewigkeit hier sitzen lassen würde.

So redeten wir also bekifft und besoffen dahin, während Viktor längst die Harzkügelchen gefunden hatte, die Lemmy wie eine Bonbonniere in einer Schachtel gebunkert hatte, und sie mit dem Appetit der Jugend verschlang.

„Viktor!“

Aber zu spät. Seine Augen drehten sich schon im Kreis, und nun fing er auch noch an, sich im Takt von Frank Zappas *Bobby Brown* zu bewegen, das sich Lemmy zur Grasernte immer wieder gerne mal auf den Plattenteller legte.

Bald waren wir alle so breit, dass ich mich endlich traute, Lemmy die Frage zu stellen, die mir schon lange auf der Zunge brannte: „Wie sieht's denn eigentlich mit neuen Fenstern für meine Bude oben aus?"

Erstaunt gab er zurück: „Wieso neue Fenster? Und wo wohnst du überhaupt?"

War das nun gut für mich, dass mein Vermieter keine Ahnung hatte, wo ich wohnte, oder schlecht? Ich wusste es gerade selbst nicht mehr so genau.

Dass er auf meine Mieteinnahmen nicht angewiesen war, das sahen wir daran, dass überall die kleineren und größeren Scheine aus seinen Drogenverkäufen herumlagen. Er ging denkbar sorglos damit um, obwohl man doch – je älter man wurde! – das Geld immer gut verstecken und sich das Versteck dann möglichst auch merken sollte. Er aber ließ es einfach herumliegen wie eine Einladung an uns, sich daran zu bedienen, was aber natürlich ein schwerer Fehler gewesen wäre: Denn wenn er auch sonst nichts mehr wusste – wo wie viel von seinem Geld herumlag, das wusste er immer! Und ihm davon etwas zu nehmen, hätte bedeutet, dass er einen von den Versorgungswegen abgeschnitten hätte, was wirklich keiner riskieren wollte.

Mich drängte es dann hinauf in meine Bude, um mich dort endlich zum späten Mittagsschläfchen hinzulegen, der Wodka bei Svetlana und die Biere bei Jolanda hatten mich in eine nachmittägliche Bettschwere versetzt, für die ich keine Schlaftablette brauchte, um gut wegzukippen. Und Lemmys Gras hatte dann noch zusätzlich die dicke Bettdecke auf mich draufgelegt, unter der ich nicht mehr hervorkriechen wollte.

Aber verdammt! Da läutete schon wieder die Schelle und es war schon wieder Herschel dran, den ich gleich fragen musste: „Was gibt's denn? Seid ihr noch nicht im Bett?"

Das war eine kleine Spitze gegen diese Art von Seniorenheimen, wo man ja bekanntlich um fünfzehn Uhr die Pillen kriegte, die einen bis zum nächsten Morgen um zehn Uhr in die Federn drückten. Aber Herschel war nicht nach Scherzen zumute, vielmehr hörte er sich richtig verzweifelt an, als er sagte: „Django ist tot ..."

Willkommen also im Club 104.

Ich versuchte, Herschels Satz ein wenig die Wucht zu nehmen, indem ich „Aber hör zu, alter Freund. Da war doch sicher nicht mehr die Hebamme schuld!" sagte. „Also warum rufst du mich deswegen an?"

„Weil er ermordet wurde!"

Darauf konnte man schwer etwas sagen, außer vielleicht: „Ach, komm schon! Wer sollte ihn denn ermordet haben?"

„Das sollst ja du herausfinden!"

Und schon legte er auf.

Ich war zwar Privatdetektiv und konnte einen guten Auftrag durchaus gebrauchen, denn die Heizkosten würden den Winter über massiv auf meine Ausgaben drücken und die Inflation fraß den Rest meines Ersparten, das ich ohnehin nicht hatte. Aber ich wollte jetzt einfach nicht dorthin fahren, denn sein „Das sollst ja du herausfinden!" lastete sofort schwer auf meinen Schultern. Das kannte ich ja noch vom letzten Sommer, als ich zu Willi kommen und mir seinen Film anschauen sollte. Und nachdem ich ihm gesagt hatte, was ich gesehen habe (Jack beim Pimpern!), war er in eine Depression gestürzt, was ich dann doch irgendwie auf meine Kappe nehmen musste.

Nun fragte ich mich also, was in der *Goldenen Eichel* auf mich warten und wie es am Ende Herschel gehen würde, wenn ich für ihn herausfand, was dort geschehen war. Und anstatt ins Bett zu gehen, was die einzig richtige Entscheidung gewesen wäre, schaute ich nun in die traurigen Augen von Guttmann und sagte: „Komm mit!"

„Aber wohin denn?", fragte der, während er ausgiebig gähnte.

„In die *Goldene Eichel.*"

„Jetzt schon? Ich bin doch erst neunundfünfzig!"

„Du sollst dort auch nicht einziehen, sondern ermitteln!"

Wenn es sich nämlich wirklich um einen Mord handelte und er ihn aufklären könnte, dann wären die Tage beim Straßendienst in Favoriten für ihn gezählt und er müsste sich auch nicht mehr um die EU kümmern.

„Major Gustav Guttmann, Mordermittler!" So sollte er sich in Zukunft wieder vorstellen können, nicht mit „Äh ... Guttmann. Gerade Straßenbulle in Favoriten und Verantwortlicher für die Sicherheit beim Bankett der EU-Staatsoberhäupter, weil der Fachkräftemangel auch bei der Kieberei gerade eklatant ist."

„Aber mir gefällt es beim Straßendienst!", sagte er, nachdem ich ihm meine Idee unterbreitet hatte. „Und mir gefällt die EU!"

Na klar, seit er Svetlana kannte und ihre Nummer hatte, gefiel ihm plötzlich sogar die EU, obwohl die Russen ja nicht einmal in der EU waren und sie sofort zu Laszlo abgebogen war, als Boris sich für Viktor entschieden hatte und gegen ihn.

„Wenn du imstande bist, einen Mord aufzuklären, dann wird sie dich vielleicht wieder geil finden!", lockte ich ihn mit säuselnder Stimme.

„Glaubst du wirklich?"

„Aber natürlich!“

Und natürlich glaubte ich nicht daran, aber ich wollte dort einfach nicht alleine hinfahren. Daher versuchte ich die *Goldene Eichel* auch noch Kubelka schmackhaft zu machen: „Du willst doch einen Bestseller schreiben über Sex im Alter, oder etwa nicht?“

Auch wenn das mit dem Geschichtensammeln in so einem Heim nicht einfach werden würde, weil die meisten sich an ihren letzten Fick nicht mehr erinnerten, auch wenn der erst zwanzig Minuten zurücklag, Stichwort: ballaballa. Aber Ku antwortete nur mit der Selbstsicherheit eines Gustav Gans, die mir bei ihm (und auch bei Gustav Gans) so auf die Nerven ging: „Den werde ich auch schreiben! Und ich werde sogar noch heute vor Ort recherchieren!“

„Vor welchem verdammten Ort denn?“

Da überraschte er uns alle damit: „Ursel hat mich angerufen.“

„Wer ist denn bitte Ursel?“

„Die vom Friedhof.“

„Die Zinshausbesitzerwitwe?“

„Genau die.“

Die aussah wie Margaret Thatcher und auch eine ähnliche sexuelle Ausstrahlung hatte wie sie, nämlich die eines Betonmischers? Besorgt wollte ich wissen: „Du triffst sie doch hoffentlich nur zum Reden.“

„Das, mein lieber Freund, wirst du spätestens nächsten Herbst in meinem Buch nachlesen können!“, beschied er mir. „Ach, was sag ich Buch! Bestseller!“

Blieb also nur noch Fink, der aber zu breit war, um mitzukommen, denn: „Mir fehlt gerade die Virilität des juvenilen Liebhabers!“

Ich fragte: „Die was? Ach, vergiss es!“

***

Einzig Laszlo brauchte ich erst gar nicht zu überreden, denn er erkannte sofort das Potenzial, das so ein Seniorenheim für ein interessantes Filmchen hergeben könnte, wenn man nur die richtigen Leute traf. Und Viktor hatte auch sofort genickt, als ich ihn fragte, ob er mitkommen wolle – das war schon erstaunlich, was Lemmys Gras anzurichten imstande war!

Gegen alle Vernunft entschieden wir uns dann, mit zwei Autos zu fahren, Laszlo in seinem Mustang und ich in meinem Datsun. Die Tage des Sinnlos-in-der-Gegend-Herumfahrens waren eigentlich gezählt, andererseits wollte man dann doch immer im eigenen Auto sitzen und nicht in einem anderen. Als aber Guttmann neben mir Platz nehmen wollte, saß dort schon Viktor und er musste auf die Rückbank kriechen.

„Braver Viktor!"

Als wir bei der *Goldenen Eichel* ankamen, parkten wir uns dort ein und schauten uns um. Nirgendwo war Polizei zu sehen, keine Spurensicherung, keine Absperrbänder, nichts. Kurz: Es gab keinen Tatort. Nur ein Leichenwagen stand vor dem Gebäude im Kies herum, ein Billigleichenwagen, wie mir gleich auffiel, der nicht einmal richtig schwarz lackiert war. Man hatte ihn nur von *Elektrická inštalácia* notdürftig auf *Ostrowski-Bestattung* umgespritzt, und auch das Kennzeichen deutete auf die Slowakei als Standort des Bestatters hin. Vor Kurzem hatten sie also noch Kloschüsseln und Abflussrohre damit transportiert, jetzt holten sie damit Leichen ab. Das war wirklich erbärmlich.

Ich sagte zu Gutti: „Da in dem Sarg neben diesem Leichenwagen liegt sicher Djangos Leiche drin. Wir müssen also zunächst dafür sorgen, dass sie nicht sofort in die Slowakei gebracht wird zur Billigverbrennung, sondern zur Biene Mayr in die Obduktion."

Zu Doktor Beate „Biene" Mayr nämlich, der Leiterin der Forensik in Guttis ehemaliger Abteilung Mord-West, die auch die Asservatenkammer verwaltete, sehr zu unserer Freude, denn sie war eine großzügige Verwalterin.

„Aber warum denn?", fragte Gutti.

„Weil Django ermordet wurde!", schrie Herschel, der sich jetzt zu uns drängte, auf wackeligen Beinen und schon in der Pyjamahose, was für diese Tageszeit wirklich erstaunlich, aber auch typisch war. Sofort fragte er mich, was denn Laszlo und Guttmann hier machen würden.

„Aber du sagtest doch, dass ich kommen soll!"

„Ja, du!"

Nein, nein, nein, auf diese Diskussion ließ ich mich nicht mehr ein.

„Ich habe ja nicht den Pferdefleischhauer mitgebracht, sondern einen ausgewiesenen Mordermittler!"

„Und der da?"

„Sucht Material für seine *How low can you go Show*! Also pass lieber auf, dass er dich nicht gleich zum Star macht in deiner Pyjamahose!"

„Und der Ziegenbock?"

Ich sagte: „Alte Leute lieben nun mal Haustiere, noch nie gehört?" Und zündete mir müde einen Joint an. Dann klopfte ich ihm gegen die weißbehaarte Brust, die sich rachitisch unter seinem weit geöffneten Schlafmantel versteckte: „Erzähl doch mal, was genau passiert ist und warum du glaubst, dass Django ermordet wurde."

„Na ja", fing er etwas umständlich an. „Ich kam ja heute vom Friedhof zurück, irgendjemand muss mich hierhergebracht haben."

Resigniert blickte ich zu Boden: „Das war ich."

„Ah ja, stimmt. Dann ging ich hinauf in den dritten Stock, wo mein Zimmer liegt, und dort ging ich aufs Klo, wohin mich eine dieser Kurzberockten begleitete. Ich musste wirklich sehr dringend pissen, aber sie verlangte hundert Eier dafür."

„Hundert Eier nur fürs Pissen?"

„In meinem eigenen Zimmer!"

Ich stieß Gutti in die Seite und sagte: „Frag ihn doch mal, wie der Eigentümer heißt!"

„Du denkst, das ist wichtig?"

„Und wenn es nicht wichtig ist, dann hast du wenigstens gefragt!"

Herschel antwortete: „Hitler!"

Und Gutti fragte: „Mit -er oder mit -a?"

„Verdammter Idiot, ich habe keine Ahnung, wie der Eigentümer heißt! Ich weiß nur, dass die Kurzberockten bald auch noch den Dreck aus unserem Arsch haben wollen, aber von mir kriegen die gar nichts!"

Gegen einen Eigentümer, der die Röckchen der Mitarbeiterinnen ständig kürzte, war zunächst nichts einzuwenden. Aber hundert Eier fürs Pissen, das konnte teuer werden in Herschels Alter, wo man ja alle zwei Minuten mal musste.

„Jedenfalls richtete ich am Klo eine ordentliche Sauerei an", fuhr er schließlich fort. „Worauf sie mir drohte, die Heimleitung zu rufen, falls ich nicht sofort noch einmal hundert Eier ins Schweinchen werfen würde für die Reinigung. Ich sagte, dass sie sich ficken soll und dass ich kündige! Aber da sagte sie, dass ich eine Kündigungsfrist von zehn Jahren mit indizierter Wertanpassung hätte, was auch so im Vertrag stünde, den ich wohl nicht richtig gelesen hätte! Zehn Jahre! Kannst du dir vorstellen, wie alt ich in zehn Jahren sein werde?"

„Älter als Django heute, wenn er nicht gestorben wäre?“

„Ermordet wurde!“

„Aber von wem denn? Und wie?“

Ich hoffte halt noch immer, dass nichts dran war an der Sache und ich doch noch zu meinem Mittagsschläfchen käme.

„Also pass auf!“, sagte er. „Nach der Sache mit dem Pissen wollte ich mir frische Sachen anziehen, weil ich ja endlich die Schachpartie mit ihm zu Ende spielen wollte, du weißt doch, dass er mir noch eine Revanche schuldete?“

„Wir haben davon gehört.“

„Gestern früh jedenfalls hatte ich ihn bei einem Schnabelbecher voll Tee auf heute vierzehn Uhr festgenagelt, aber da hatte ich schon so eine Ahnung, weil ...“

„Die Jüngere?“

„Genau! Kaum hatten wir die Sache verabredet, fing er schon wieder von der an zu reden: ‚Heute ist es so weit, ich werde sie endlich ficken!‘ Genau das hat er schon in der Früh gesagt! Ab da war keine Rede mehr von mir und der Schachpartie, die er mir schuldete!“

Ich konnte verstehen, dass Django nicht mit Herschel Schach spielen wollte, aber ich konnte nicht verstehen, wie er in diesem Alter noch ficken wollte. Kubelka hatte mal ein Fachbuch über einen Fußballer geschrieben, der die Hängende Spitze hieß, kein Stürmer, sondern ein Tormann, dem aber der Schniedel schon mit knapp dreißig nicht mehr stand, daher die Hängende Spitze.

„Ja, und dann?“, fragte ich.

Herschel schob uns zum Leichenwagen, wo Guttmann den beiden Leichenabholern beiläufig seinen Ausweis zeigte: „Guttmann, Mordkommission.“

Von einer Mordkommission wollten die beiden aber nichts hören, weil sie sofort die Verzögerung rochen: „Wo ist Mord?“, fragte der eine. „Ist alte Mann gestorben ganz normal, also gemma!“, sagte der andere.

„Nix da gemma!“, sagte Gutti überraschend breitbeinig. „Bleimma!“

Der Mordverdacht war nun quasi amtlich, und die zwei Slowaken machten einen auf enttäuschte Kupferdiebe, die ihre gestohlenen Kabel nicht mehr über die Grenze bringen konnten, wodurch ihnen ein paar dringend benötigte Euros an Provision entgingen. Auch vor der Slowakei hatte die Inflation ja nicht Halt gemacht!

„Also wohin mit Sarg?“, fragten sie, die sich an den Auftrag klammerten wie die Nutten früher an Willi.

„Lasst ihn einfach mal hier stehen!“, sagte ich genervt. „Wir holen Profis, die sich um ihn kümmern werden!“

Das klang ein bisschen von oben herab und das sollte es auch. Als sie ihn trotzdem einpacken wollten, vermittelte ihnen Laszlo mit einem Blick aus seinen Ungarische-Tiefebene-Augen, dass im Sarg durchaus noch Platz für zwei Slowaken wäre, wenn sie hier nicht aufhörten, die Halbstarken zu spielen. Sie spuckten angepisst auf den Boden, bevor sie sich dann doch in ihren Billigleichenwagen verkrümelten, ohne eine Schlägerei um die Leiche anzuzetteln, und mit durchdrehenden Reifen fuhren sie davon.

„Und jetzt?“, fragte ich Herschel.

Der bat uns überraschend, den Deckel von der Zinntruhe zu heben. Und nachdem der Sarg offen war, zog er das Tuch, das auf Djangos Leichnam lag, von unten herauf bis zur Körpermitte.

Und da schau her!

Wir konnten Djangos nacktes Rohr sehen, das über seiner heruntergelassenen Hose Richtung Norden zeigte und nun in der kühlen Novemberluft stand.

„So hast du ihn gefunden?“, fragte ich ihn.

„Mit diesem überaus beachtlichen Rohr?“, sagte Laszlo.

„Mit diesem durchschnittlich großen, durchschnittlich harten Schniedel!“, korrigierte er ihn. Und dabei klang so etwas wie leise Verachtung durch, während ausnahmslos alle anderen alten weißen Männer, die um den Sarg herumstanden, auch einmal so sterben wollten (und alle alten weißen Frauen, die um den Sarg herumstanden, noch einmal auf so etwas draufsitzen wollten).

„Das ist ein verdammt beeindruckendes Rohr!“, beharrte Laszlo. „Und kein Wunder auch, schließlich war er wie ich Zigeuner!“

„Und ob er Zigeuner war!“, gab Herschel zurück. „Darum die allenfalls durchschnittliche Härte seines bestenfalls durchschnittlichen Stäbchens, willst du es mal anfassen?“

„Was anfassen?“, fragte Laszlo. „Seinen gewaltigen Schwanz? Na gut, warum denn nicht!“

Laszlo hatte wenig Berührungsängste, wenn es um andere Schwänze ging, also bückte er sich und fasste ihn an.

„Und? Was fühlst du?“, fragte Herschel.

„Reines Eisen“, antwortete Laszlo mit dem Ausdruck größten Respekts. „Was aber auch kein Wunder ist, denn wir Zigeuner haben nun mal immer die härtesten Latten.“

Als hätte Herschel genau auf diese Kampfansage gewartet, brüllte er: „Ah! Dass ich nicht lache! Die härtesten Latten haben seit ewigen Zeiten wir Juden!“

„He!“, wollte ich mich mit meiner österreichischen Variante ins Spiel bringen, aber da schob mich Laszlo zur Seite, stellte sich direkt vor Herschel und antwortete diesem: „Hör zu, ich kann nicht mit Sicherheit sagen, wie hart die Latten von euch Juden sind, denn ich hatte noch nie etwas mit einem von euch! Fest steht allerdings, dass wir Zigeuner nicht nur die härtesten, sondern auch die exklusiv größten und längsten Latten haben, oder kennst du vielleicht eine Volksgruppe, die härtere, größere und längere Latten hat als wir?“

Nun schob Herschel seine Stirn gegen die von Laszlo, sodass sie sich gegenüberstanden wie zwei Steinböcke, die zum Äußersten bereit waren: „Größere, härtere und längere Latten als wir also?“

„Jawohl! Größere, härtere und längere! Und das bis ins hohe Alter hinauf ganz ohne Hilfe, wie du siehst!“, setzte Laszlo noch eins drauf und deutete dabei auf Django.

„Die größten und längsten und härtesten Latten und das verdammt noch mal natürlich bis ins höchste Alter hinauf ganz ohne Hilfe also?“, wiederholte Herschel, und da konnte man schon erahnen, dass er sich damit nicht abfinden würde. Kubelka hätte längst „Unreif!“ gerufen und hinter dieser Diskussion „tiefe Verunsicherung“ erkannt. Aber das war natürlich weder unreif noch war hier irgendjemand verunsichert, das war schlicht ein Fachgespräch unter Männern, in das ich mich aber kaum und Guttmann gar nicht einbringen konnte. Was vielleicht am Ende auch besser war, denn meiner eigenen Erfahrung nach schrieb man Penis ab Mitte fünfzig mit weichem B, und wenn hier von Eisen die Rede war – mit welchem Metall würde ich dann meinen vergleichen? Mit Quecksilber?

„Könnt ihr euch an die Hängende Spitze erinnern?“, fragte ich, um ihrer Diskussion ein wenig Wind aus den

Segeln zu nehmen. „Und wisst ihr noch, warum er impotent war? Wegen dem Druck, der auf ihm lastete! Dem Druck, dem Druck, dem Druck!“

Aber es hörte mir niemand zu. Stattdessen erhöhte Herschel noch einmal den Druck auf Laszlo: „Ganz ohne Hilfe also bis ins hohe Alter, sagst du?“

„Jawoll, ganz ohne Hilfe! So sind wir nun mal!“, schrie dieser zurück.

Es fehlte nicht viel und die beiden hätten wegen ihrer Latten einen ordentlichen Weltkrieg vom Zaun gebrochen. Aber da fasste sich Herschel plötzlich in die Hose und zog mit überlegenem Grinsen eine blaue Pille hervor, hielt sie zwischen Daumen und Zeigefinger in die Höhe und wedelte damit genau vor Laszlos Nase herum.

„Und warum habe ich dann die in seinem Bett gefunden?“, schrie er triumphierend.

Ich nahm ihm die Pille ab, und schon warfen wir alle einen interessierten Blick darauf. Natürlich wussten wir, wofür so eine blaue Pille gut war, nur Guttmann hatte keine Ahnung.

„Was ist das?“, fragte er. „Redet denn gar niemand mit mir, obwohl doch ich der Mordermittler bin?“

„Das ist eine blaue Pille, Gutti!“, klärte ich ihn auf. „Wenn du die nimmst, dann kriegst du einen Ständer, auch wenn du sonst keinen Ständer mehr kriegst.“

Das interessierte ihn: „Darf ich?“

Er machte sich eben immer noch Hoffnungen auf Svetlana, aber ich sagte: „Finger weg!“

„Eine halbe?“, bettelte er.

„Auch keine halbe!“

„Bitte!“, flehte er.

„Nein!“

Nun nahm mir Laszlo, dem der überraschende Gesprächsverlauf gar nicht mehr schmeckte, die Pille ab und prüfte sie von allen Seiten, als könnte es unmöglich so eine blaue Pille gewesen sein, die Djangos Schwellkörper in Schwung gebracht hatte, bevor er starb, und tatsächlich: „Dass ich nicht lache! Da steht ja nicht einmal ‚Blaue Pille' drauf, obwohl normalerweise auf jeder blauen Pille ‚Blaue Pille' draufsteht!"

Ein paar Augenblicke lang herrschte peinliches Schweigen und am peinlichsten war das Schweigen natürlich für Laszlo selbst, denn: „Woher weißt du denn so genau, was auf einer blauen Pille draufsteht, wenn ihr keine blauen Pillen braucht?", fragte Herschel triumphierend.

„Ich habe mal für einen Freund gefragt, wie so eine blaue Pille aussieht, für einen Tschetschenen. Die haben nämlich die weichsten! Und kürzesten! Und kleinsten!"

(Tatsächlich hatte auch ich einmal in einer Apotheke – ebenfalls für einen Freund, für einen Österreicher, auch sehr weich, auch sehr kurz, auch sehr klein – gefragt, wie das mit diesen blauen Pillen denn funktionieren würde, worauf man achten müsse und was für Nebenwirkungen bei der Einnahme möglich waren. Und die Auskunft der nicht sehr geduldigen, schon etwas älteren Apothekerin ging in die Richtung, dass mein Freund sofort einen Arzt aufsuchen müsste, falls seine Erektion stundenlang halten würde, denn dann würde ihm das Blut möglicherweise woanders fehlen. Und dann bog sie sich vor Lachen.)

Im sicheren Glauben, die Ehre der Seinen gerettet zu haben, wollte Laszlo die Pille wieder an Herschel zurückgeben, als ihm aber ein Eichhörnchen auf seinen starken Arm draufsprang und von dort aus weiter zu seiner Hand, wo es ihm die Pille aus den Fingern nahm und wieder zurück auf den Baum hüpfte.

Verdammtes Vieh!

„He!“, schrie Herschel ihm nach. „Gib sie wieder her! Das ist ein Beweismittel!“

„Aber Beweismittel wofür denn?“, fragte ich. „Dass Django mit einhundertvier ohne Pille keinen mehr hochkriegte, wohingegen du schon?“

„Ganz genau!“, schrie er, während er plötzlich aus der anderen Hosentasche noch eine weitere Pille zog, von der er jetzt nicht genau zu wissen schien, wo die plötzlich herkam.

Ich hatte genug von dem Scheiß. Ich legte den Deckel wieder auf den Sarg und wies Laszlo an, ihn zu bewachen, und Viktor stellte sich sofort darauf, damit ihn ja niemand mehr öffnen konnte.

„Braver Viktor!“

Dann rief ich die Biene Mayr an und beauftragte sie, den Leichnam eines Einhundertvierjährigen von hier abholen zu lassen, „mit schönen Grüßen aus der *Goldenen Eichel*“.

„*Goldene Eichel*?“, fragte sie gelangweilt. „Geht nicht auch mal Chippendales oder was richtig Geiles?“

Das war ihre besondere Art, Unzufriedenheit mit dem Leben allgemein und mit uns alten weißen Männern im Speziellen auszudrücken.

„Der Leichnam hat vielleicht eine oder mehrere blaue Pillen im Blutkreislauf“, sagte ich. „Ein Chippendale braucht aber doch keine blauen Pillen.“

„Na, da hast du mal wieder keine Ahnung!“, sagte sie. „Weißt du, wie hoch für einen Chippendale der Druck ist, performen zu müssen? Und du weißt doch, dass es vor allem der Druck ist, der …“

Ich drückte sie weg und ging mit Guttmann und Herschel zusammen in Richtung Heim, dabei sagte ich zu Gutti: „Schreib doch mal in dein kleines Büchlein: ‚Mögliche Todesursache: Ständer verursacht durch blaue Pille'."

Der schrieb das sorgfältig rein und sagte dann: „Aber ich sehe noch immer keinen Mord."

„Ja, was ist mit dem Mord?", fragte ich Herschel. „Wo ist denn der?"

„Denk doch mal nach!", sagte er. „Django schuldete mir diese Revanche, aber er wollte nicht mit mir spielen, weil er lieber die Jüngere ficken wollte. ‚Morgen ist es so weit, morgen, morgen, morgen!', sagte er ständig, aber gefickt hat er sie nie, weil er ja keinen mehr hochkriegte, wie wir wissen. Aber heute früh war er sich plötzlich sicher, dass es doch funktionieren würde, und jetzt denk doch mal nach, warum?"

„Weil er mit blauen Pillen rechnete?"

„Genau! Irgendjemand muss sie ihm gebracht haben, und es war sicher nicht der Arzt, denn Django ging nie zum Arzt! Sobald du nämlich zum Arzt gehst, wirst du nicht einhundertvier!"

„Aber wo ist der Mord?", fragte Guttmann noch einmal.

„Denkt doch mal nach!", sagte Herschel wieder und damit ging er mir langsam auf die Nerven.

Ich wandte mich also an Guttmann und wollte dessen Fähigkeiten als Mordermittler wieder in Schwung bringen: „Jetzt verrat uns doch mal, was die häufigsten Motive für einen Mord sind."

„Na ja", sagte der. „Nummer eins: Wenn sich jemand in die Enge getrieben fühlt."

Ich klatschte ihm gegen die Stirn: „Jetzt vergiss doch mal den Scheiß mit ‚Wenn sich jemand in die Enge getrieben fühlt'! Was noch?"

„Na ja, Nummer zwei: Niedertracht!"

„Vergiss auch den Scheiß mit Niedertracht! Komm endlich zum Punkt!“

„Ääh, also dann vielleicht ... Eifersucht?“

„Bingo! Vor allem und über allem ist die gute alte Eifersucht das Nummer-eins-Motiv für einen Mord!“

Ich wandte mich also wieder an Herschel, sah ihn eindringlich an, und obwohl ich es selbst nicht glauben mochte, fragte ich: „Hast also du ihn vielleicht selbst mit blauen Pillen gefüttert und darauf gewartet, dass ihm das Blut vom Hirn in den Schniedel sickert, weil du eifersüchtig warst und die Jüngere selbst ficken wolltest?“

Dass er diese Fangfrage mit „Ja!“ beantworten würde, war meine letzte Hoffnung, heute doch noch zu meinem verdienten Mittagsschlaf zu kommen. Aber obwohl Herschel früher mit jedem in den Ring gestiegen wäre, um eine Jüngere selbst flachzulegen, schien ich mit meiner Frage nun völlig ins Leere zu zielen. Er regte sich nicht einmal darüber auf, sondern sagte nur mit weinerlicher Stimme: „Denk doch mal nach! Er war mein Freund ...“

Tatsächlich schien er so traurig darüber zu sein, seinen besten Freund verloren zu haben, dass ich ihn unbedingt wieder in die Spur bringen und ihm eine Karotte vor die Nase hängen musste, wegen der es sich lohnte, immer weiterzugehen und nicht aufzuhören, an ein sonniges Morgen zu glauben: „Hör zu, Herschel“, sagte ich also. „Vielleicht taucht ja die mit dem Kopftuch wieder mal auf, die, die ausgesehen hat wie dein Hildchen! Und wer weiß, vielleicht spielt sie dann sogar Schach mit dir, wenn du Glück hast.“

***

Wir gingen hinein, wo hinter dem Glas der Portiersloge einer saß, dem das riesige blaue Polohemd an seiner traurigen Gestalt hing, und auch aus seiner riesigen hellen Cargohose hätte man ein ordentliches Zelt bauen können. Seine weißen Gesundheitslatschen trug er ohne Socken, was ganz schön mutig war bei diesen Temperaturen, denn wer so viel Wasser in den Füßen hatte, der musste aufpassen, dass sie ihm nicht gefroren.

Er saß da in seinem Kobel, löste ein Sudoku und schaute kaum auf, als er uns aus den Augenwinkeln heraus wahrnahm. Das Desillusionierte war ihm in Fleisch und Blut übergegangen. Er wollte nur wissen, was wir verkaufen wollten. Als wir nicht antworteten, ging er ins Detail: „Windeln? Rollatoren? Reisen?"

Guttmann sagte: „Polizei."

Endlich blickte er doch noch auf: „Polizei? Was habt ihr denn im Angebot, das unsere Alten hier interessieren könnte? Schlagstöcke?"

Ich schaute auf sein linkes Männerbrüstchen, das eine ordentlich hängende Quaste war und an dem ein Schildchen hing: *Tilman R., Portier.* Ich klopfte dagegen und sah, wie es wackelte. Dabei überlegte ich: Tilman? Hm? *Der* Tilman?

Und konnte es dann nicht glauben! Bei genauerem Hinsehen war das nämlich wirklich der Kerl, den ich vor Jahren in jener Rehaklinik getroffen hatte, in der Rott, der rechtsextreme Wursthändler vom Brunnenmarkt, wegen seines Leberproblems einquartiert war und Herschels Hildchen wegen ihres Analbleachings. Und dem ich erst ein paar Infos aus der Rotznase ziehen hatte können, nachdem ich ihn mit zwei Schokoriegeln geködert hatte, weil er so verfressen gewesen war, dass er im Austausch für Futter alles getan hätte: „Einen kriegst du sofort, einen, nachdem du mir alles erzählt hast!"

Klassischer Trick, wenn man es mit Fetten zu tun hatte, die nie genug Futter kriegen konnten.

Hätte ich sein Schildchen aber nicht gesehen, hätte ich ihn heute nicht einmal mehr an seiner Ausdünstung erkannt, die damals so intensiv war, dass ich ihn tadeln musste. Aber heute? Mit der Verachtung der Apfelspaltenesser schaute er mich an, als wäre jetzt ich der Fette und er der Schlanke. Während an ihm die Hautlappen hingen wie leere Getreidesäcke an einem störrischen Esel, quoll an mir alles über. Ich musste unbedingt wieder Oberwasser kriegen und fragte: „Tilman! Was ist denn mit dir los? Hast du Krebs? Oder noch schlimmer: Trinkst du neuerdings Tee?"

Ich wollte Laszlo rufen und ihm sagen: „Das glaubst du mir nicht, aber das ist Tilman und als ich den vor zehn Jahren gesehen habe, war er eine einzige Portion Fett ohne Willen, die nichts auf die Reihe kriegte, ich schwöre, du hättest ihn geliebt und eine ganze Serie für deine Show mit ihm machen können! Er gehört dir!" Aber heute war Tilman nicht mehr so low wie früher, denn er hatte sich, so erzählte er stolz, nach unserem letzten Zusammentreffen einen Magenring einsetzen und obendrein sieben Achtel des Magens entfernen lassen (mit dem herausgeschnittenen Zeug konnte man bestimmt ein Fußballfeld auslegen!). Solcherart deutlich erschlankt, redete er wie eine Lebensberaterin: „Ich habe damals einfach gemerkt, wie das Fett mich buchstäblich hinuntergezogen und mir die Kraft geraubt hat, der zu sein, der ich wirklich war. Ich habe dann auch meine Homosexualität entdeckt und fand endlich den Mut, zu ihr zu stehen. Wie sieht's bei dir aus? Willst du einen Riegel?"

Nun hatte er mich. Ich war bereit, für einen Riegel auf die Knie zu sinken und ihn um einen anzuflehen, aber da lachte er nur und deutete auf seine Tupperware, in der die Apfelspalten lagen.

„Davon ernährst du dich?“, fragte ich. „Von Kindergartenessen?“

Endlich zeigte ihm Guttmann seinen Lappen und sagte: „Kriminalpolizei Mord-West.“ Kein Wort mehr davon, dass er gerade nur Straßenbulle in Favoriten war. Aber Tilmans Drüsen, die letztes Mal noch auf Hochtouren gearbeitet hatten, blieben auch jetzt ganz ruhig, sein unfassbarer Gestank, den er damals noch entwickelt hatte, wollte sich nicht mehr einstellen. Ich verstärkte den Druck: „Er ist von der Mordkommission und untersucht das unerwartete Ableben eures Mitbewohners Hans Django Wurm. Ist dir also irgendetwas aufgefallen heute? Irgendjemand reingegangen, den du nicht gekannt hast?“

Er zuckte nur ahnungslos die Schultern, als hätte er hier längst den Überblick verloren. Plötzlich drängte sich ein Grabsteinverkäufer zum Ausgang, der ein paar Kataloge im Rollkoffer hinausschleppte: „Ich habe mir deutlich mehr erwartet!“, sagte er wütend. „Der Stand war das Geld nicht wert, das ich dafür bezahlt habe!“

„Was ist denn mit dem los?“, fragte Guttmann.

„Er ist wohl unzufrieden“, sagte Tilman.

Guttmann packte ihn am Hautlappen, der ihm um den Hals herum hing, und schüttelte ihn kräftig durch. Nun immerhin fiel ihm doch noch was ein: „Der Eigentümer veranstaltet an jedem Ersten des Monats eine Art Messe, wo die Anbieter sanitärer und sonstiger auf die Bedürfnisse alter Menschen zugeschnittener Produkte direkten Kontakt zu den solventen Kunden aufnehmen können. Sie müssen sich nur hier anmelden, der Betreiber des Heimes bekommt fünfzig Prozent vom Umsatz.“

„Gibt's auch einen Stand für blaue Pillen?", fragte ich.

„Bis jetzt nicht", sagte er. „Aber die Idee ist sicher nicht schlecht."

Da fiel mein Blick auf einen Zettel, der bei ihm in der Loge lag. Auf dem stand *Chef* und darunter stand eine Telefonnummer. Während ich mir mit einem Kugelschreiber die Nummer in die Handfläche schrieb so wie früher an der Bar die Nummern der Ladys, die man später mal anrufen wollte, stieß ich Guttmann in die Seite und sagte: „Jetzt frag ihn doch mal, wo hier eine Jüngere wohnt!"

Und Tilman fragte: „Wie jung denn genau?"

***

Wir gingen in die Aula und dort Richtung Aufzug, und dabei fragte ich Herschel, wo denn diese Jüngere wohnen würde. Aber er hatte keine Ahnung.

„Was weiß denn ich?", sagte er. „Django wollte sie ficken, nicht ich!"

In der Aula standen überall Tische herum, und dahinter standen heiße Ladys, die Versicherungen, Kreuzfahrten, Rollatoren und Investments anboten. Wer hier einem Hundertjährigen einen Anteil an einer Immobilie mit Potenzial verkaufte, der konnte das Geschäft seines Lebens machen. Hausschuh- und Windelvertreter, Yachtverkäufer und Notare, die für einen ein schönes Testament aufsetzten, in dem vielleicht das Heim der Begünstigte war, boten ihre Dienste an. Die Bewohner hier sollten auf keinen Fall zwei Meter gehen, ohne dass sie irgendwo ihr Geld loswerden konnten.

Da war auch ein Stand der *Schweizerischen Vermögensberatung*, die Anteile an einer Diamantenmine im Kongo verkaufte, alles hochseriös, die Russen, versicherte man uns, hätten garantiert nicht ihre Finger im Spiel. Trotzdem war das nichts für mich, weil ich ja kein Geld hatte, um mir Diamanten kaufen zu können. Da fiel mir Lemmy ein und die Stapel mit kleineren und größeren Scheinen, die er bei sich im Keller als Schwarzgeld bunkerte und zwischen die LPs steckte oder in die Couch, wo es die Mäuse fraßen. Das Wichtigste am Kapitalismus war aber, dass das Geld für dich arbeitete! So ein Anteil an einer Diamantenmine könnte also vielleicht das Problem mit den Mäusen lösen, ich fragte: „Nehmt ihr auch Schwarzgeld aus Drogenhandel?"

Der Typ räusperte sich, verwies umständlich auf internationale Abkommen, das Bankgeheimnis, Geldwäschevorschriften und so einen Scheiß, um schlussendlich zu sagen: „Selbstverständlich gerne!"

So, als wäre das überhaupt ihre Spezialität: Schwarzgeld aus Drogenhandel.

„Na gut, Wilhelm Tell", sagte ich. „Dann komme ich die Tage mal mit meinem Vermieter vorbei! Bis dahin: Wiedaluaga!"

Herschel zog uns weg von ihm, denn er kannte das Pack und seine Absichten: „Neulich wollte man mir Anteile an einem Kreuzfahrtschiff verkaufen, das erst noch gebaut werden muss und nicht vor 2050 fertiggestellt sein wird, zur Jungfernfahrt darf dann aber jeder, der Anteile hat, gratis mitfahren. Noch Fragen? Ich sage den anderen immer, dass sie nichts unterschreiben sollen, aber auf mich hört ja keiner! Man kann denen hier Schokoladedukaten als Goldbarren verkaufen!"

Und ich sagte: „Mmmmmh, Schokoladedukaten ..."

***

Der Lift stoppte im dritten Stock, wo wir uns Djangos Zimmer anschauen wollten. Die Wände hier waren ganz in Blau gehalten, die Türen aber waren gelb umrahmt und am Boden führten orangene, braune und grüne Linien entlang. Kaum waren wir ausgestiegen, hielt uns eine Hotte die Hand entgegen und wollte Geld dafür, dass wir den Aufzug benutzt haben. Zwei Rollatorpiloten, die mit uns im Lift waren, zückten sofort ihre Geldtaschen und zahlten anstandslos, weil sie dabei genau auf den Arsch der Hotten schauen konnten, der ihnen ganz gut gefiel.

Geld spielte für die Bewohner hier keine Rolle, denn sie schwammen alle darin. Auch Herschel hatte seine Schäfchen längst im Trockenen. Aber wie konnte sich Django das alles hier leisten? Er war, so viel wir wussten, ein Lebemann gewesen, der gerne aufs Tempo drückte, schnelle Autos, kühle Drinks und heiße Ladys liebte, und den Rest, falls es je einen gab, hatte er verprasst.

„Weißt du denn, wie Django sich das Ganze hier finanzierte?", fragte Gutti.

„Das hab ich mich auch lange gefragt!", sagte Herschel.

„Und? Hast du eine Antwort darauf gefunden?"

„Jemand brachte ihm Geld."

„Weißt du zufällig auch, wer?"

„Keine Ahnung!" Und dann: „Die grüne Linie entlang!"

„Sicher?"

„Nein, die braune!"

„Na gut, dann halt braun ..."

„Moment! Vielleicht doch orange."

Genauso gut hätten wir würfeln können!

Es war der Putzwagen vor einer Türe, der mich dann auf eine Idee brachte: „Vielleicht ist es ja hier?"

In solchen Einrichtungen wurde immer schnell jedes Zimmer ausgeräumt, damit die nächsten einziehen konnten. Tatsächlich stand auf dem Schildchen neben der Türe noch Djangos Name, aber bald würden sie es herausziehen und ein neues hineinschieben. Dann würden die Kofferträger für den Nächsten kommen, der es sich hier gemütlich einrichten wollte. Mit Bildern von den Enkelkindern an der Wand und zunächst noch echten Blumen in der Vase, aus denen aber bald Plastikblumen werden würden, sobald die Besuche der Enkelkinder aufhörten.

Die Türe stand leicht offen. Wir drückten sie auf und gingen hinein. Darin sahen wir das Bett, das noch unaufgeräumt war, und in der weichen Matratze sah man noch deutlich die Abdrücke von Djangos Körper. Da war er also gelegen, als er starb, auf dem Rücken mit seiner Latte nach oben gerichtet. Aber was war davor passiert? War die Jüngere bei ihm gewesen? Saß sie auf ihm und fütterte ihn mit blauen Pillen, eine nach der anderen? „Eine noch! Braver Django!" Spürte sie, wie seine Latte in ihr wuchs, und wartete sie reitend darauf, dass endgültig alles Blut aus seinem Hirn verschwand, weil es sich in seinem Schniedel sammelte?

Und wenn ja, warum?

Die Fenster waren geschlossen und ließen nichts von draußen rein, anders als meine. Und so roch es hier wie in allen Zimmern, in denen alte Leute wohnten, nach alten Leuten, und wie in allen Zimmern, in denen der Tod regelmäßiger Gast war, roch es auch hier nach ihm, und diesen Geruch bekämpfte man mit Citrus und Lavendel. Aber mein feines Näschen sagte mir plötzlich, dass es hinter dem Tod und dem Essigreiniger auch noch nach etwas anderem roch, nach Krankenhaus nämlich. Und da fiel mir wieder ein, wo und wann mir dieser Duft zuletzt in die Nase gedrungen war – heute früh draußen am Parkplatz, als ich Herschel hier abholte und sich diese Lady im Alfa hinter mir breitmachte.

Verdammt! War sie am Ende hier gewesen, als Django starb? Und wenn ja, wer war sie?

„Herschel! Hast du eine Ahnung?“

Aber der deutete nur auf den herrlichen Arsch von einer, die in ihrer engen Putzschürze hinter dem Bett kniete, ein eindeutig osteuropäischer Arsch voller Krautrouladen, Strudeln und Torten.

Sofort kriegte ich wieder Hunger.

Sie nahm die Kopfhörer, aus denen wir Michael Jackson hörten, von den Ohren, und sofort stellte ich mir vor, wie sie früher zu *Billie Jean* den Moonwalk tanzte.

Ihr Gesicht sah leider nicht annähernd so gut aus wie ihr Arsch, sie hatte schlechte Haut, wohl von den vielen Putzmitteln, und schien nur an die nächste Zigarette zu denken, was sie mir aber gleich sympathisch machte. Als sie sich langsam aufrichtete, ächzte sie zufrieden, denn sie hatte etwas gesucht und gefunden. Zwischen ihrem wurstigen Zeigefinger und ihrem wurstigen Daumen der rechten Hand hielt sie eine ...

„Blaue Pille, was ist unter Bett gefallen!“, sagte sie mit aller Verachtung, zu der sie als polnische Katholikin fähig war. Dann schlug sie ein Kreuz. „War ganze Bett voll mit blaue Pille! Muss gewesen sein sexverruckte Mann, was ist gestorben in Bett hier, muss ich sagen Gott sei Dank gestorben, weil ist nicht gut, wenn lebt zu viele Sexverruckte auf diese Erde.“

Nichts stieß sie mehr ab als Männer, die Sex haben wollten.

Sie wollte sich die Pille zu den anderen in die Putzmanteltasche stecken, aber Gutti zeigte ihr seinen Lappen und wollte die Pille für sich haben. Ich schlug ihm auf die Hand, die er ihr entgegenhielt, und sagte: „Nein,

nein, nein!", nahm sie ihr zusammen mit den restlichen ab und wickelte sie in Klopapier, bevor ich sie alle in die Außentasche meiner Jacke steckte.

Herschel lächelte zufrieden: „Siehst du! Er stand ihm nicht ohne! Wohingegen ..."

„... er euch Juden immer ohne steht, ich weiß, ich weiß. Das hatten wir schon!"

Interessiert schaut die Putze ihn an. „Ist wahr?", fragte sie. „Opa steht ohne? Dann er ist achte Weltwunder!" Ihr Lachen hörte sich an wie eine ruckelnde Waschmaschine beim Schleudern. „Sonst kenne ich nur Mann, was steht er gar nicht mehr. Ist, glaube ich, Stress, was macht Mann so schwach. Und Druck."

„Aber hören Sie mir doch mit Druck auf!", sagte ich.

„Und Einsamkeit", schob sie noch eins nach. „Einsamkeit ist gräßte Probläm für Mann, dann Druck, dann Stress."

Es entstand eine etwas unangenehme Pause, während der wir alle nachdenklich zu Boden schauten. Keiner von uns wollte als einsam erkannt werden, schon gar nicht ich. Aber natürlich hatte sie sich mich ausgesucht, auf dem sie herumtrampeln wollte.

„Was ist mit dir?", fragte sie und klopfte mir gegen die Wampe. „Weinst du gleich, weil ist vorbei deine Jugend schon so lange und bist du jetzt alleine und wirst du immer alleine bleiben, weil du wirst immer fetter?"

Sie wollte gar nicht mehr aufhören, über mich zu lachen, dabei hustete sie den Teer einer ganzen langen Autobahn aus ihren Lungen.

„Wer dich wird pflegen, wenn du bist alt und einsam?", fragte sie, um ihrer Frage gleich ein Angebot nachzuschieben: „Mache ich auch Pflege."

Pflege interessierte sie mehr als Sex, denn der interessierte sie schon lange nicht mehr. Sie brauchte

Geld und versuchte sich beruflich breiter aufzustellen. Denn sie musste hier sogar den Putzfetzen selbst mitbringen, weil die einfach an allem sparten, vor allem an den Gehältern.

„Und sagen dann immer: ‚Auch wenig kann viel sein. Wir schaffen dort, wo die herkommen, eine neue Mittelschicht.' Ha! Ist immer dasselbe!"

„Was?", fragte ich müde. „Was zum Teufel ist immer dasselbe?"

„Hast du nicht studiert Wirtschaft wie ich, ha? Na, pass auf, Goldkind: Geld muss in neoliberale Wirtschaftssystem werden immer noch mehr Geld, vastehst du? Und wie du machen noch mehr Geld? Du stehlen Geld, aber du nie geben Geld, vastehst du? Sogar hier Chef will nur verdienen Geld. Jetzt denkst du mal nach, was das wird heißen für dich, wenn du wirst sein alt, was wird man machen mit dir, ha?"

Sie hatte ein besonderes Talent, die Stimmung zu drücken. Erst zerstörte sie den Glauben an unsere Männlichkeit, nun den an unsere Zukunft.

Noch wehrte ich mich gegen ihr Angebot, aber ich wollte es auch nicht endgültig ablehnen: „Kann ich mich melden, wenn es so weit ist?"

Sie aber schien mich nicht zu denen zu zählen, die noch sehr lange warten müssten. Außerdem hielt sie nichts auf unverbindliche Zusagen. „Kann sein, dass ist zu spät, wenn du glaubst, dass ist so weit. Also was ist mit Putzefraue? Mache ich auch Putzefraue, wie du sehen. Brauchst du Putzefraue?"

Das klang schon besser, ich überlegte: „Putzen Sie auch Fenster?"

„Putze ich auch Schuhe! Heiße ich Mariola, rufst du mich an." Sie kramte in ihrer Schürze nach einer Visitenkarte, während sie einen verächtlichen Blick auf meine Schuhe warf, die heute schon manch abseitige Strecke gegangen waren.

„Klingt gut“, sagte ich. „Aber eigentlich suche ich eine Jüngere.“

Uuups. War nun auch ich schon vom Virus infiziert? Oder rutschte mir einfach heraus, was ich wirklich dachte?

Ihr aber war das völlig egal, sie blickte einfach immer nach vorne: „Wenn du suchst Jüngere, habe ich auch Tochter, was ist Hure in Ungarn drüben, kann auch putzen und pflegen. Hat aber nur ein Auge. Willst du sehen?“

Sie hielt nun ihre Visitenkarte in der Hand und kramte auch ihr Handy hervor, um mir Fotos von ihrer Tochter zu zeigen, aber ich sagte: „Na ja, ich weiß nicht so recht ...“

Da musste ich plötzlich an Willi denken, der sich auch nie entscheiden konnte, wenn es um die Frauchens ging. Nachdem ihm sein Herzliebchen weggestorben war, versuchte er es zunächst mit einer sportlichen Seiltänzerin, aber er verließ sie, weil er Angst hatte, dass auch sie vor ihm sterben würde (was bei einer Seiltänzerin keine ganz abwegige Sorge war!). Dann mit einer schlanken Schuhverkäuferin, die ihn aber irgendwann dazu bringen wollte, selbst Damenschuhe zu tragen. Dann mit ein paar Huren, einer Kindergärtnerin, zwei Krankenschwestern, einer Managerin (Stahlbau), die er wie alle anderen verließ, bevor sie ihn verlassen konnte.

„Na gut, dann nehm ich halt die Jüngere!“, sagte ich endlich, aber da hatte Mariola mich längst abgeschrieben als Freier, Arbeitgeber oder Ernährer für ihre einäugige Tochter. Sie hatte Handy und Visitenkarte wieder weggepackt und war in den zweiten Raum des geräumigen Appartements gegangen, wo Djangos Garderobe im Schrank hing. Sie fuhr mit der Hand hinein, schnappte ein paar Anzüge und warf sie in eine Umzugstasche, die sie mitgenommen hatte, und mit dem Rest der Anzüge machte sie genau das Gleiche. Dann schmiss sie die Krawatten Marke Farbenpracht dazu, Djangos weiße Hemden und ebenso weiße Socken, und dann noch seine Unterhosen, die auch die Hotten hier hätten tragen können, denn wie es aussah, war Django zeit seines Lebens Tigertangafan gewesen.

Guter Mann!

Guttmann aber hatte etwas dagegen: „He! Du kannst das doch nicht einfach alles einpacken! Was ist, wenn er Angehörige hatte?"

„Der hatte doch keine Angehörigen!", schrie Herschel.

***

Wir gingen raus aus dem Zimmer, und dann sahen wir draußen auf dem Gang unsere Zukunft. Es war bald siebzehn Uhr, und das bedeutete Schlafenszeit. Hinkende, Sabbernde und Gebeugte waren in Richtung ihrer Zimmer, in denen sie dann die Windeln kriegten, oder in irgendeine Richtung, weil sie keine Ahnung mehr hatten, wo ihre Zimmer waren, unterwegs. Es gab Rollatorkollisionen, als die, die es noch einmal wissen wollten, an unübersichtlichen Stellen die Stehengebliebenen überholten. Wir sahen Jogginghosen, die weniger ausgeleiert waren als andere, und ich fragte mich, ob meine Rapid-Trainingshose *Meistermannschaft 1982* noch durchhalten würde, bis ich in so einem Heim landete. Die Zähne, die sie hier alle trugen, waren immerhin nicht aus Ungarn, sondern vom Privatarzt aus dem schönen Döbling. Manche gingen wie Zombies und hatten keinen blassen

Schimmer, wo sie überhaupt waren. Sie liefen quer durcheinander wie auf einem Fußballfeld, auf dem sich keiner mehr auskannte. Wenn die ihre Geldtasche mithatten, dann musste man als Wegelagerer nur um die nächste Ecke auf sie lauern. Den Job erledigten aber ohnehin die Kurzberockten, die ihnen wie Verkehrspolizisten einen Schein nach dem anderen aus der Tasche zogen.

Einer mit Hitlerbärtchen und Großvaterjacke nahm mich plötzlich an der Hand und sah mich an, als wäre ich Rock Hudson. Verdammt, wo war denn Laszlo, wenn man ihn mal brauchte? Altersschwulheit war eine Sache, von der ich schon gehört hatte, aber aus der Ferne interessierte sie einen nicht, bis man eben selbst einen an der Hand hatte. Herschel schaute mich an und schüttelte verächtlich den Kopf, ich spürte, wie er mich in Gedanken aus seinem Testament strich.

„Herschel! Bitte nicht!"

Während der Alte mich nicht loslassen wollte, entdeckte Guttmann das Wägelchen, auf dem eine Ärztin die Tabletten für die Bewohner geschlichtet hatte, für jedes Zimmer eine eigene Schachtel. Mit einer davon verschwand sie in einem der Zimmer, den anderen konnte Gutti nicht widerstehen. Er griff nach einer davon und öffnete sie, ich rief noch: „Nein, Gutti! Nicht!"

Aber da hielt er schon etwas Grünes in der Hand und flehte: „Eine halbe?"

„Auch keine halbe!"

Andererseits: Was soll's! In zwanzig Jahren spätestens würden wir den Stoff sowieso kriegen. Also riss ich mich von Opa los und prüfte selbst das Angebot, das nicht viel schlechter war als das von Lemmy. Ich sah Diazepam, Xanax und sogar Propofol, das Zeug, zu dem Michael Jackson Polka tanzte. Solche Leckereien gab es bei Lemmy nur zu Weihnachten! Ich schnappte mir zwei Handvoll Pillen und steckte sie mir in den Mund, dann noch einmal zwei Handvoll, die ich mir mit größter Mühe in die Hosentaschen steckte. Meine Rapid-Trainingshose *Meistermannschaft 1982* war zur Wursthaut geworden, die mich Wurstmasse kaum mehr bändigen konnte. Weil mich das so frustrierte, schluckte ich gleich noch ein paar von den Dingern, und endlich gingen wir, nein, endlich schwammen wir, nein, endlich flogen wir weiter.

Gar nicht mal schlecht, diese neue Medizin!

Dabei stieß Guttmann spitze Schreie aus, die eine Glasscheibe springen ließen, und ich sang „Nur mehr Rapid Wien!" dazu.

Und Herschel ...

Der war nicht mehr da, als wir ganz hinten am Gang zu einer Türe kamen, die halb offen stand und in der sich drei Zombies ineinander verkeilt hatten, die wohl alle gleichzeitig hineinwollten und genau deshalb nicht weiterkamen. Was war es, das sie dort hineindrängte? Ich versuchte sie zur Seite zu schieben, aber sie gaben nicht nach. Also entknotete ich sie und schob sie zurück auf den Gang, wo ich sie vor einen der aufgestellten Spielautomaten stellte, die hier neben jeder Zimmertüre standen. Nun stand Gutti in der Türe, und er rief sofort: „Das ist sie!"

Und ich fragte: „Wer?"

„Na, die aus dem Film!"

„Aus welchem Film denn?"

„Aus *Die wahre Königin der Eskimos*! Die Rothaarige, die Jack Schleck, als er noch John Porn hieß, nicht pimpern wollte."

Weil er ja unbedingt die Dicke pimpern musste!

Ich konnte es nicht glauben, aber als ich selbst einen Blick ins Zimmer warf, saß dort eine auf dem Bett, die uns ihren fleischigen Rücken zuwandte. Ihren Kopf hatte sie so verdreht, dass sie über ihre Schultern zu uns herschaute, wie das die hotten Girls machten, wenn sie einen mit geilen Blicken in die Kiste locken wollten, und so konnte ich ihr Muttermal oberhalb der Lippe erkennen und das ein wenig größere linke Ohr. Gaukelten uns die Tabletten etwas vor oder war sie es wirklich? Und wenn ja: Was war denn bitte aus ihr geworden? War ich im Sommer noch der Meinung, Jack hätte in diesem Filmchen unbedingt sie pimpern müssen, so war ich dieser Meinung jetzt entschieden nicht mehr. Sie hatte alles Geile verloren, denn neben allen anderen Spuren (Wetter, Umwelt) sah man in ihrem Gesicht auch die Spuren, die das Leben insgesamt dort hinterlassen hatte: den Gram darüber, dass sie nach vielversprechendem Beginn *(Die Rote Hedda)* in den Feministinnenporno *(Die wahre Königin der Eskimos)* abgeglitten war und dann endgültig die falsche Abzweigung genommen hatte, als sie einen reichen Banker heiratete, mit dem zusammen sie Kunst zu absurd hohen Preisen kaufte. (Ich nahm mir fest vor, in Zukunft immer gleich zwei Kleine gegen den Durst und zwei Große zu trinken, anstatt immer nur ein Kleines und ein Großes zu bestellen, um aus dem Leben möglichst noch alles herauszuholen, was drin war. Außerdem musste ich unbedingt noch das Sexmuseum im Prater besuchen, wo ich bisher auch noch nicht war. Und wenn ich der Biene ein Geschenk brachte, wer weiß – vielleicht war ja vor Weihnachten noch eine Nummer mit ihr drin?)

Verdammt! Ihr Kopf! Warum hatte sie ihn so verdreht?

Vielleicht wollte sie einfach den Regen nicht sehen, der draußen in Tropfen herabfiel wie die noch verbleibenden Sekunden ihres Lebens. Die Bäume im

Garten hatten längst ihre Blätter verloren so wie sie ihren Glanz, den sie als Rothaarige im Eskimoiglu noch hatte. Der Himmel war grau und finster. Aber auch das Leben, das da herinnen noch vor ihr lag, glich einer Platte aus Blei. Vom vielen Zurückschauen mussten sich ein paar Wirbel in ihrem Genick verschoben haben, mit einiger Mühe fragte sie endlich: „Können Sie mir helfen?"

Sie dachte wohl, wir wären die Pfleger. Langsam näherte ich mich ihr von hinten und sah, dass sie immer noch rothaarig war, jedenfalls zog sich ein heller Flaum dünner, roter Härchen über ihren beinahe kahlen Schädel. Was die Unterwäsche anging, hatte sie noch einmal die große Kiste bei Beate Uhse bestellt, und die hatten ihr alles an geiler Wäsche geschickt, was ihr nicht mehr passte. Das sollte heute wohl ihr großer Tag werden, aber einen dicken Wintermantel über sie zu werfen, wäre das Beste gewesen, was man für sie tun konnte.

Auf wen sie wohl wartete?

Ich hatte so eine Ahnung! Und griff nach dem braunen Teddybären, der auf ihrem Bett lag und richtig mitgenommen aussah, und wenn ich mich nicht täuschte, dann sah ich auch rote Schamhaare an ihm. Ich musste einfach an ihm riechen – und verdammt, er roch nach Fisch. Der hatte ihr aber heute nicht mehr genügt, und sie wollte etwas anderes.

Sie wollte Django.

Plötzlich kam Viktor bei der Türe herein. Sofort drückte ich ihn fest an mich, um diesen verdammten Fischgeruch aus meiner Nase zu kriegen. Aber die rote Wäsche an der ehemals Roten Hedda schien ihn zu reizen und auch den Teddy fand er irgendwie geil, sodass er beide besteigen wollte. Ich fasste mir in die Manteltasche und hielt ihm ein Harzkügelchen von Lemmy entgegen, eines von seinem sesseldrückenden *Origano Speziale*, das ihn runterbringen sollte, und tatsächlich: Das Zeug schmeckte ihm mittlerweile besser als ein Salzstein und er ließ sowohl vom Teddy als auch von der ehemals Roten Hedda ab.

„Braver Viktor."

Hatte sie hier Juwelen, Diamanten, Uhren? Sachen, die ihr der reiche Banker, den sie schließlich heiratete, geschenkt hatte? Wenn sie sich schon nicht bewegen konnte, dann wäre das ja eine gute Gelegenheit, mitzunehmen, was da war. Ich sah aber nur diesen ganzen Kunstkram, diese riesigen polierten Schwänze aus Stahl, und die waren nichts für mich, auch weil sie mir zu schwer waren, um sie zum Datsun zu schleppen.

Und überhaupt wollte ich lieber etwas Süßes zu futtern haben!

Mittlerweile war mir der volle Magen wichtiger als der volle Geldsack, und so fett, wie die Hedda geworden war (nachdem sie den reichen Banker geheiratet hatte), musste sie ja irgendwo etwas zu futtern haben. Ich öffnete eine Lade und fand darin tatsächlich ein paar Schachteln, auf denen Konfekt stand. Ich hielt sie ihr vor die Nase und fragte: „Darf ich?"

Sie versuchte, den Kopf zu schütteln, schaffte es aber nicht, also sagte sie: „Nein!"

Das Konfekt lag nämlich für den Fall in der Lade, dass ihre Enkelkinder sie doch noch einmal besuchen kommen würden. Ihr Leben war längst zu einem ewigen Warten geworden auf etwas, das nicht mehr passieren würde. Wichtig war in ihrem Alter daher, sich nicht mit falschen Träumen aufzuhalten, darum versicherte ich ihr, dass niemand mehr kommen würde, und riss eine Schachtel auf.

So schmeckte also Konfekt?

Gar nicht mal schlecht!

Ich bot auch Gutti welches an, aber der wollte lieber ihr Fleisch, das in einen roten Fischnetbody gequetscht war. Flehend schaute er mich an und bat mich, dass er doch bitte eine halbe Pille nehmen dürfe (anstatt Konfekt!), aber ich sagte: „Nein, Gutti! Du kriegst keine halbe Pille!"

Von welchen Pillen wir denn reden würden, fragte die Rote Hedda plötzlich interessiert, und dabei schien sie sich sogar ein Stück aufzurichten.

„Von den blauen!", sagte ich streng, und da schaute sie uns ganz traurig an.

„Heute wollte er doch kommen", informierte sie uns.

Weil er sie heute endlich kriegen sollte!

„Also verstehe ich nicht, warum er nicht kommt."

Sie hatte sich in der Früh für Django schick gemacht und seither saß sie da auf ihrem Bett und wartete auf ihn. „Heute ist es so weit!", hatte er ja zu Herschel noch in der Früh gesagt, heute wollte er sie endlich pimpern, gestärkt mit der Kraft der blauen Pillen. Stattdessen hatte er ein paar Meter weiter vorne den Löffel abgegeben – immerhin mit einem Ständer in der Hose – und sie hatte sich beim langen Warten auf ihn den Hals verrenkt.

„Und auch Django wird nicht mehr kommen", musste ich sie schon wieder enttäuschen. „Der ist tot und als man ihn fand, hatte er einen Steifen. Allerdings nicht wegen Ihnen, sondern wegen ein paar blauer Pillen zu viel, die er genommen hat respektive die ihm womöglich zugeführt wurden, waren Sie es?"

Aber verdammt! Wie hätte sie in ihrem Zustand denn in sein Zimmer kommen sollen? Sie konnte sich ja nicht einmal selbst ein blutdrucksenkendes Mittel besorgen!

Wie sie nun so dasaß mit ihrem verdrehten Kopf, tat sie sogar Viktor leid. Er stellte sich vor sie hin wie eine

Einladung, ihn zu streicheln: „Komm schon, streichle mich, sei zärtlich!", schien er ihr sagen zu wollen (ausgerechnet ein Ziegenbock!), aber sie schaffte es nicht. Also hob ich ihn hoch und setzte ihn zu ihr aufs Bett, wo er sich gleich an ihren fetten Arsch kuschelte, als wollte er dort den ganzen Winter verbringen.

Ich selbst brauchte, als ich das sah, dringend mehr Konfekt und griff noch einmal in die Lade, holte von dort eine weitere Schachtel heraus, und da sah ich darunter einen pinken Vibrator liegen, ein älteres Modell, vermutlich Jahrgang 1971. Ich nahm ihn heraus und schaltete ihn ein, aber es schnurrte nicht mehr, denn es fehlten die Batterien.

„Ich hoffe, Sie haben ihn seit damals mal gewaschen!" Seit sie ihn, wie ich vermutete, bereits in *Kitti Natale – Die wahre Königin der Eskimos* verwendet hatte, als sie neben der Dicken auf dem Eisbärenfell lag.

Was nämlich nicht an ihm fehlte, das war ihr Geruch daran! Ich winkte damit vor ihrem Gesicht herum und sagte: „Einmal Rote Hedda, immer Hedda Horny, was? Ihnen geht es wohl nur um Sex, Sex und noch einmal Sex!"

Ich war selbst überrascht, dass ich das sagte, und Gutti war es erst recht, denn er kannte sie zwar als Hedda Horny, hatte aber von einer Roten Hedda noch nie etwas gehört.

„Warum denn Rote Hedda?", fragte er. „Hieß sie nicht Hedda Horny?"

„Erklär ich dir später."

Ihr war es nicht unangenehm, dass ich sie als Pornodarstellerin, die sie mal war, erkannt hatte, im Gegenteil schien sie sogar ein wenig stolz darauf zu sein. Es war wohl doch das, was ihr Leben am meisten „bereichert" hatte, wie Kubelka das nennen würde, allerdings war dieser Reichtum längst aus ihrem Leben verschwunden, denn: „Für mich spielt Sex wirklich keine Rolle mehr“, sagte sie, „seit mein Mann vor zwei Jahren gestorben ist.“

Nun musste ich unbedingt Folgendes wissen: „Und wie alt waren Sie da?“

Sie sagte: „Achtzigeinhalb.“

Gerne hätte ich Herschel gefragt, wie sie dazu gekommen waren, sie „Die Jüngere“ zu nennen, aber der war ja nicht mehr da.

„Und Django?“, fragte ich. „Welche Rolle spielte Sex für ihn?“

„Ach, zunächst gar keine“, sagte sie überraschend. „Wir lernten uns vor einem Monat beim Bällezuwerfen kennen, und danach konnten wir einfach gut miteinander reden, das heißt: Er redete und ich hörte zu. Aber dann hat er sich plötzlich so viel vorgenommen und wollte unbedingt noch einmal ... na ja, Sie wissen schon, der Größte und Stärkste sein und der, der einen Härteren hatte als sein Freund, darum ging es plötzlich in diesen Gesprächen.“

Interessant!

„Hieß dieser Freund vielleicht Herschel?“

„Herschel der Jude, genau.“

„Und ging es in diesen Gesprächen auch darum, wem er noch ohne Pillen stand?“

Sie kicherte: „Natürlich! Du meine Güte, Männer machen sich immer so einen Kopf wegen ihrem Ding. Dabei muss man doch in unserem Alter kein Geräteturner mehr sein, es gibt ja genug andere Möglichkeiten, eine Frau zu verwöhnen.“

Ich flehte innerlich: Sag mir jetzt bitte nicht, welche du meinst!

Aber da ließ sie die Kuh schon aus dem Stall: „Schließlich kann man eine Frau doch auch oral befriedigen, nicht wahr, junger Mann? Jedenfalls, wenn man es so gut macht wie einer, den ich früher mal kannte."

„Und der sich gewiss John Porn nannte und in einem gewissen abseitigen Porno den Weihnachtsmann spielte, hab ich recht?"

Kicherte und nickte.

„Nur dass sie die Szene, in der er mir den Vibrator wegnahm und mich mit seiner Zunge bearbeitete, leider herausgeschnitten haben. Also wer weiß, wie mein Leben weitergegangen wäre, wenn sie daraus einen Zungenporno geschnitten hätten."

„Und wer weiß, wie mein Tag heute verlaufen wäre, wenn sie die Szene besser mal drinnen gelassen und die, in der er sie gepimpert hat, rausgeschnitten hätten. Dann hätte ich mir heute am Grab von Jack viel Ärger erspart!"

„Ach, ist er denn tot?"

„Schon ein paar Jahre, Gnädigste. Aber jetzt sagen Sie, wo ist überhaupt Ihr ehemals rotes Herz geblieben?", fragte ich sie dann noch, um die Sache mit dem „oral befriedigen" endlich aus dem Kopf zu kriegen, und angewidert warf ich ihren pinken Vibrator gegen einen der polierten Stahlpenisse, was ihr aber gar nicht gefiel: „He! Das ist ein Jeff Koons!"

„Und wenn schon!"

Bevor wir gingen, musste ich noch unbedingt ein Foto von ihr machen, das ich Franz zeigen konnte, falls ich den noch einmal treffen würde. Ich stellte mich vor sie hin und sagte: „Lächeln!"

Und als wir dann schon fast bei der Türe draußen waren, warf ich ihr noch Folgendes an den verdrehten Kopf: „Sie haben wohl Daddy Issues, was? Das ist ja schließlich nicht normal, dass Sie sich mit Ihren dreiundachtzig noch etwas mit einem Siebenundneunzigjährigen anfangen wollten!"

„Zweiundachtzigeinhalb."

Als ob es auf das halbe Jahr noch ankäme!

Ich gab Gutti eine halbe Pille und sagte: „Sie gehört dir!"

***

Draußen am Gang sah ich die drei Alten wieder, die nebeneinander vor dem Automaten standen und versuchten Geld einzuwerfen, aber sie schafften es einfach nicht. Immer wieder drängte der eine den Nächsten zur Seite und sagte, dass er es besser könne (Geld einwerfen!) und dass nur er wisse, wie es richtig geht (Geld einwerfen!), und bevor er es richtig machen konnte, schob der andere ihn schon wieder zur Seite und behauptete das Gleiche von sich, aber keiner fand den Schlitz. Fehlte nur noch Herschel, der ihnen zeigte, wie es wirklich ging, und der ihnen nebenbei auch gleich erklärte, wer der Größte und Stärkste überhaupt war. Hatte er Django in einen olympischen Wettkampf gehetzt, an dessen Ende der Tod stand?

Ich stellte mich zu ihnen und ersuchte sie, ein paar Schritte zur Seite zu treten: „Meine Herren, lassen Sie mich das machen, einen wahren Könner des Geldeinwerfens, der noch genug Schmalz in der Birne hat, um hier ein paar Münzen hineinzustecken, schließlich bin ich der mit Abstand Jüngste." Aber verdammt, auch ich kriegte die verdammten Münzen nicht in den Schlitz. Da spürte ich Viktor an meinem Hosenbein, der mich seinerseits entschieden zur Seite drängte und danach ein paar Schritte zurückging, um Anlauf zu nehmen – dramatisch wie ein Bock –, um mit einem einzigen Stoß den Automaten zu knacken. Tausende Münzen fielen heraus, die drei Alten bückten sich gleichzeitig nach ihnen, kamen sich dabei aber wieder in die Quere und stießen sich gegenseitig um. „Lass mich, ich kann es besser!“ Diesmal wollte ich ihnen aber nicht helfen, sondern füllte mir selbst die Taschen, soweit ich sie vollkriegte, bis Gutti schon wieder aus Heddas Zimmer kam.

„Wie war's?“, fragte ich.

Und er sagte: „Nicht so gut. Ich hab einfach vergessen, wie es geht.“

Wir wollten dann noch in Herschels Zimmer schauen, aber da packten uns plötzlich zwei Securitys am Arm und führten uns zu Tilmans Portiersloge, in der sich Laszlo gerade den Hosenstall zumachte und so tat, als würden wir ihn gar nicht sehen. Doch da klemmte er sich in der allgemeinen Hektik die ansehnliche Wurst in seiner Fleischbank ein und hüpfte herum wie ein Hüpfball. Ich fasste nach seiner Kamera, die noch im Kobel lag, und hielt darauf.

„Das ist dein Glückstag heute!“, sagte ich. „Das werden richtig schöne Filmchen!“

Die Gelegenheit wäre gut gewesen, wieder einmal das Thema „Warum gibt es so viele schwule Ungarn, wo es doch eigentlich keine schwulen Ungarn gibt?“ anzusprechen, da fiel mein Blick auf das Eichhörnchen, das Laszlo in der Innentasche seines Hirtenmantels stecken hatte.

„Herrgott, was hast du denn mit dem gemacht?“, fragte ich. „Ich dachte, du isst nur Lamm!“

„Ich hab es nicht gekillt!“, presste er heraus, nachdem er endlich seine Wurst aus dem Reißverschluss befreit hatte. „Es ist vom Baum herunter- und auf mich draufgefallen, als ich auf den Sarg aufgepasst habe!“

„Ist es das Eichhörnchen, das die blaue Pille gefressen hat?“

„Blaue Pille ist gut!“, sagte Laszlo und hielt mir das Ding vor die Nase. „Der Freund, für den ich mal wegen einer blauen Pille gefragt habe, hatte dort keinen Schaum, wo das Eichhörnchen jetzt überall Schaum hat!“

Und ich konnte mich ebenfalls nicht erinnern, dass der Freund, für den ich mal gefragt habe, Schaum um Mund, Ohren und Nase hatte, nachdem er sie genommen hatte.

***

Der Sarg mit Django drin war mittlerweile abgeholt worden und als wir wieder draußen bei den Autos standen, fragte ich Laszlo, ob Viktor heute Nacht bei mir schlafen dürfe. „Also nicht in meinem Bett, aber bei mir halt, du weißt schon.“ Ich konnte mir nämlich gar nicht mehr vorstellen, ohne ihn zu leben. Und Laszlo sagte: „Na gut. Ich hab sowieso genug zu tun mit dem Auswerten meiner Filmchen, ich habe ja ganz schön Material gesammelt heute, danke jedenfalls dafür.“

Sicher freute er sich nicht über jedes Filmchen, aber ich sagte trotzdem: „Bitte, gerne.“

„Und dreh ruhig ein, zwei Runden mit ihm ums Haus“, gab er mir dann noch mit auf den Weg. „Ein bisschen Bewegung kann ihm nicht schaden, und dir auch nicht.“

Fing der also auch noch damit an!

Ich öffnete für Viktor die Türe zu meinem Datsun und klopfte mir auf den Schenkel: „Na komm schon, rein mit dir, du kleiner Racker!“

Ich mochte ja sonst keine Hunde, aber Viktor mochte ich, weil er eben kein Hund war, sondern ein Ziegenbock. Nun saß er neben mir auf dem Beifahrersitz und schaute interessiert beim Fenster hinaus nach vorne, als wir mit durchdrehenden Reifen von hier wegfuhren.

Guttmann war bei Laszlo eingestiegen, denn der hatte keine Lust, für Viktor auf den Platz neben mir zu verzichten. Also konnte ich mich nun auf der Fahrt zurück hinein in die Stadt ungestört und überraschend vernünftig mit Viktor unterhalten. Die Pillen, die die Alten dort im Heim kriegten, waren wirklich nicht schlecht.

„Wie ist das bei euch Ziegenböcken?“, fragte ich Viktor. „Müsst ihr auch immer den Größeren haben?“

„Määäääääh.“

„Schon mal daran gedacht, dass ein anderer einen Größeren haben könnte als du?“

„Nääääääääääääääh.“

„Näh?“

„Määääääh!“

„Und wenn du nicht den Größten hast, musst du dann zumindest die größten Hörner im Ziegenstall haben?“

„Määäh!“

Wie gesagt, mit ihm konnte ich mich wirklich gut unterhalten.

Die rote Wäsche an der ehemals Roten Hedda hatte mich dann doch noch ein wenig geil werden lassen, nicht geil auf sie, aber ein wenig grundgeil halt. Und wenn ich ein wenig grundgeil war, dann war die Biene die richtige Adresse, wo ich Berufliches mit Privatem verbinden konnte. Es war nicht immer ganz einfach mit ihr, weil sie ja – wie auch ich – immer hoffte, etwas Besseres zu finden. Sie fand mich insgesamt ein wenig unreif, und ich fand sie mittlerweile insgesamt ein wenig zu reif, als Frucht nämlich, die es zu pflücken galt. Aber wir fanden meist beide niemand Besseren, also kam ich doch alle halbe Jahre zu einem Stich bei ihr, immerhin.

Und heute hatte sie Nachtdienst.

Es war kurz nach acht, als ich noch zu *Mannis Nachttanke* abbog, wo ich mich normalerweise mit Duftbäumen eindeckte, wenn ich doch noch mal den Tank vollmachte. Diesmal müssten aber fünf Liter reichen, denn für mehr hatte ich kein Geld, weil ja Guttmann mich beim Münzenaufheben im Seniorenheim frühzeitig gestört hatte. Fünf Liter wollte er mir aber nicht verkaufen. „Für fünf Liter stecke ich dir den Stutzen nicht rein!“, sagte er und beharrte auf mindestens zwanzig. Ich entgegnete, dass ich das Geld dafür schlicht nicht hätte, also bot er mir fünfzehn plus einen Duftbaum zum halben Preis an. Darauf ich: „Mach zehn, aber gib mir lieber einen Riegel statt einem Duftbaum!“ Dann er: „Darüber können wir reden, wenn ich dafür deine Fellstiefel kriege.“ Ich schrie: „Was?“ Er sagte: „Ja, die gefallen mir, seit ich sie an dir sehe, und meine Füße sind immer verdammt kalt, wenn ich hier die ganze Nacht herumstehen muss. Ich denke, wir haben dieselbe Größe.“ Und ich schrie erneut: „Ich hab sicher größere!“, weil ich nun auch schon nichts anderes mehr im Schädel hatte, und dann noch: „Da krieg ich dann aber zwei Riegel dafür!“

Mit letztlich sieben Litern im Tank und drei Riegeln und einem Duftbaum zum halben Preis fuhr ich schließlich ohne meine Fellstiefel weiter in Richtung der Biene. Die drei Riegel hatte ich neben Viktor sofort gefuttert und dann noch zwei weitere, die ich unter meinem Fahrersitz als letzte Reserve gebunkert hatte. Aber Viktor war egal, wie viel ich futterte, er schaute mich deswegen nicht einmal schief an, seufzte nicht vorwurfsvoll und machte auch sonst keinerlei Andeutungen, wie fett ich geworden war. Wenn er sich weiterhin bewährte und mich so sein ließ, wie ich war, dann würde ich ihn Laszlo vielleicht abkaufen, wenn ich mal wieder genug Geld hatte, denn: Wer brauchte schon Freunde, die einem dauernd die Wahrheit sagten, wenn man einen Ziegenbock haben konnte, der mit einem durch die Stadt fuhr?

„Määäh!“

Vor der forensischen Abteilung der Gruppe Mord-West parkte ich mich kühl ein, um Viktor zu zeigen, wie kühl man sich als Mann einparken musste, wenn man bei einer Lady zum Stich kommen wollte. Soweit man sich mit halb erfrorenen Füßen kühl einpacken konnte! Keine Ahnung, wie ein Ziegenbock das machte, wenn er zur Geiß ging, aber sicher trug er kein Patschuli auf, so wie ich das machte, denn ein Fläschchen davon hatte ich immer im Handschuhfach.

Schon hüpfte ich aus dem Datsun und öffnete für Viktor wieder die Türe, er sprang heraus, und zusammen gingen wir zum Gebäude. Auf den nassen Blättern rutschte ich ein paarmal aus, man vergisst so schnell, wie schwer es war, ohne Schuhe zu gehen. Meine Freunde hätten sich wahrscheinlich längst lustig gemacht über mich, wohingegen Viktor einfach neben mir lief und schwieg. Sein Tritt war sicher, aber er ließ mich nicht spüren, dass er mir – zumindest in dieser Sache! – überlegen war.

Ich läutete und sogleich öffnete die Biene die Türe. Sie sah verschlafen aus, weil sie schon geschlafen hatte. Nachtdienste Anfang November nutzte sie vor allem zum Schlafen, auch mal zum früher Schlafengehen, und als sie mich sah, schien sich ihr Drang zum Schlafen nur zu verstärken. Sie zeigte keinerlei Freude, und das war ein Rückschlag, den ich mir vor Viktor eigentlich nicht leisten wollte. Und als sie den sah, fragte sie gleich: „Fickst du ihn?“

Was ein weiterer Rückschlag war.

„Aber nein!“, sagte ich. „Ich mag ihn einfach! Als Freund!“

„Hast du denn Freunde auch keine mehr, wo du schon keine Weiber mehr hast?“

Und dann setzte sie gleich noch eins drauf: „Wie fett bist du eigentlich geworden seit dem Sommer?“

Da hatten wir uns das letzte Mal gesehen. Sie selbst trug damals ein Sommerkleidchen, das auch schon ordentlich spannte um die Hüften herum. Jetzt trug sie ausgebeulte Jogginghosen und einen Pullover, in dessen Ärmel sie ihre Hände steckte. An den Ellenbogen konnte ich große Löcher erkennen.

Da redete also die Richtige!

„Kann schon sein, dass ich ein wenig zugelegt habe“, gab ich zu. „Aber fett geworden?“

„Siehst du denn dein Zäpfchen überhaupt noch, wenn du dich auf die Waage stellst?“

Mein Zäpfchen? Wovon redete sie? „Du hast doch immer gesagt, dass er der größte ist!“

„Und jetzt sag ich dir zur Abwechslung mal die Wahrheit. Oft sieht man die Veränderung ja erst, wenn man das nackte Zahlenwerk vor sich hat, also stell dich mal wieder drauf, ich tippe: Bald dreistellig. Auch ohne Schuhe.“

Das war ihr natürlich auch längst aufgefallen, dass ich keine Schuhe trug. Möglich also, dass Viktor gerade ihre letzten Funken Zuneigung für mich versprühen sah. Falls es denn jemals Zuneigung gewesen war und nicht nur ihre eigene Verzweiflung. Wäre es nämlich Zuneigung gewesen, dann hätte sie ja auch die Zeiten, in denen ich mich von ihr distanzierte und nichts von ihr wissen wollte, wie ein Mann genommen.

Wichtig war jetzt, auf Kurs zu bleiben, sonst würde auch Viktor noch seinen Glauben an mich verlieren: „Du findest mich doch auch mit Wampe und ohne Schuhe geil, gib’s zu. Also wie wär’s mit einer schnellen Nummer?“

„Lieber drück ich mich selbst in den Fleischwolf."

„Soll ich gehen?"

„Ach was, kommt rein."

Im Raum, in den sie uns führte, lenkte sie mich dann aber nicht gleich zur Couch, sondern zum Tisch. Dort standen Grissini, die ihr eindeutig lieber waren als ich. Salziges, mehliges Zeug, das die zehn Kilo erklärte, die sich auf sie selbst drauflegten, sobald die gelbe Sonne am Himmel verschwand. Und dann kam bei ihr ab Allerheiligen auch noch die Angst vor Weihnachten dazu, die für weitere fünf Kilo sorgen würde. Ich konnte ihre Angst bereits spüren und kriegte selbst Angst davor, dass sie mich nicht wieder in ihre Weihnachtspläne miteinbinden würde. Auch wenn ich natürlich wusste, dass ich nicht ihr Toptyp war (das war James Bond, egal wer ihn spielte), wusste ich doch, dass sie mich immer auf ihrer Zehn-Personen-engere-Wahl-Liste für Weihnachten stehen hatte, die sie am Tag davor durchtelefonierte, mich verlässlich als Zehnten und Letzten. Die anderen neun waren da alle längst verabredet (vor allem James Bond), und ich war dann schon so dicht, dass ich gar nicht mehr wusste, dass überhaupt Weihnachten war. Also sagte ich immer zu.

„Versprichst du mir, dass du bis Weihnachten zehn Kilo weniger hast?", fragte sie nun und schob sich ein weiteres Grissini hinein. „Dann lade ich dich dieses Jahr ganz sicher früher ein, bitte, bitte, bitte."

Aber mit Frauen, die einen ganz sicher zu etwas einladen wollten, saß man in einem wackeligen Boot. Zeit also, das Gespräch weg von Weihnachten hin zum Beruflichen zu lenken: „Ich nehme an, dass Django bereits bei dir angekommen ist?"

„Wer ist Django?"

„Der Einhundertvierjährige mit dem Rohr."

„Oh, oh, oh“, sagte sie. „Ein wirklich gewaltiges Rohr.“

„Na ja“, sagte ich. „Das sieht im Sarg vielleicht größer aus, als es in Wirklichkeit ist, weil der so klein ist.“

„Er hatte die Menge von zwanzig blauen Pillen im Blutkreislauf“, sagte sie. „Mit denen hätte er ein Zelt in seinem Schwanz bauen können, aber dafür fehlte ihm das Blut dann woanders in seinem Körper, insbesondere in seinem Hirn. Das fehlende Blut in seinem Hirn hat dann auch zu seinem Tod geführt.“

„Gleich zwanzig? Du lieber Himmel!“

„Er musste sich also entweder sehr impotent gefühlt haben oder jemand konnte ihm einreden, dass er mit zwanzig gefressenen Pillen noch einmal die Rakete zünden kann.“

Wo ich schon mal hier war, zog ich nun auch gleich das Eichhörnchen aus der Innentasche meines Fellmantels und legte es auf den Tisch. Aber das war ein Fehler, ein Stimmungskiller. Sie wich augenblicklich zurück und wollte sich nicht zum Schaum um seinen Mund äußern. Sie wäre schließlich nicht bei der Tierbeschau und es sei eine Frage mangelnden Respekts, ihr dieses behaarte Vieh überhaupt auf den Tisch legen.

Frauen und der mangelnde Respekt, den sie glaubten, dass man ihnen entgegenbringt – darüber sollte Kubelka mal ein Buch schreiben!

„Jetzt hör doch auf!“, sagte ich. „Du hast doch schon ganz andere behaarte Teile in deiner Hand gehabt!“

Aber sie hatte keine Lust, mein behaartes Teil in die Hand zu nehmen. Sie aß lieber weiter Grissini, ich schaute ihr dabei zu und hoffte, dass sie vielleicht doch noch geil auf mich werden würde, aber das passierte nicht. Beim Trinken wurde man geil aufeinander, aber nicht beim Essen. Außer vielleicht, es gab flüssige Schokolade, die man vom anderen runterlecken konnte.

Erst als Viktor die Sache für mich in die Hand nahm und sie treuherzig anschaute, mit schiefem Kopf und leisem „Määäh ..." aus seinem kleinen Mund, kam doch noch Bewegung in die Sache, denn Viktors Blick sagte ihr: Hab doch bitte Mitleid mit ihm, er braucht es ganz dringend.

Was im Grunde eine Frechheit war und irgendwie auch die erste Krise auslöste, die ich mit ihm hatte, denn: So nicht!

Aber ganz klar verstand Viktor mehr von den Frauen als ich. Jedenfalls wusste er, wie man Mitleidssex organisierte, während ich mich noch immer an der guten alten Cowboynummer abrackerte. Tatsächlich bat sie mich plötzlich aufzustehen, während sie selbst sich hinkniete und mir die Rapid-Meisterhose samt der Rapid-Unterhose herunterzog, dabei aber freilich nicht aufhörte zu essen. Sie nahm halt einfach zu ihren Grissini dazu auch noch mein behaartes Teil mit in ihren Mund, ohne erkennbaren Appetit darauf, was der Nachteil bei Mitleidssex war – dass beiden daran die Freude fehlte. Es führte aber auch deswegen zu nichts, weil ihr Mund so trocken und staubig war von den vielen Grissini – und weil ich keine Beilage sein wollte, als die sie mich behandelte. Also machte sie jetzt den großen Fehler und versuchte es zunächst mit Anfeuerung („Na komm schon, du Schlaffi!"), Ermunterung („Das schaffst du, mein Kleiner!") und schließlich mit Vorwürfen („Du bist ja weicher als meine Schenkel!"), bevor sie Klein-Rocky den Todesstoß versetzte: „Herrgott, seit du so fett bist, ist es noch schlimmer mit dir!"

Da war sie wieder, die gute alte Sache mit dem „Druck". Ich konnte ja nicht einmal pissen, wenn am Männerklo einer neben mir stand, der mich aus den Augenwinkeln heraus anschaute. Also wie sollte ich einen

Ständer kriegen, wenn die Biene alles falsch machte und mir obendrein ein Ziegenbock dabei zuschaute, wie ich mich im Mund der Biene gegen ihre Grissini behaupten musste? Ich hoffte wirklich, dass Viktor wegen meiner kleinen Schwäche nicht innerlich über mich lachte: „Oder wie ist das bei euch Böcken?", fragte ich ihn gereizt. „Ist es dir egal, wenn dir einer dabei zusieht?"

Da schaute mich die Biene plötzlich von unten herauf an, so, wie ich es eigentlich mochte, spuckte mich dabei aber angewidert aus: „Sag mal, redest du mit ihm?"

***

Na, dann halt nicht!

Ich fuhr mit Viktor weiter zurück in die Stadt hinein, den Gürtel hinauf Richtung *Willis Pornhouse*. Ich drehte das Radio auf, in dem ein alter Roy-Orbison-Hit lief: *Only the Lonely*. Ich sang den Refrain mit, und während ich Roy die Strophe überließ, sagte ich zu Viktor: „Weißt du was? Schade eigentlich, dass ich keine Ziege bin. Also, du weißt schon ... Nicht, dass ich dich als Mann geil finde. Aber wäre ich eine Frau, also eine Ziege, könnte es sein, dass ich dich ... Ach, vergiss es!"

Viktor schaute mich besorgt an. Das hatte er als Ziegenbock auch noch nie erlebt, dass ein Mann neben ihm saß und eine Ziege sein wollte. Ich rettete mich aus der etwas peinlichen Situation, indem ich ihn fragte: „Kommst du noch mit zu meinem Freund Willi?"

Er schien tatsächlich erleichtert zu sein, dass ich das Thema wechselte, und ließ seinen Schädel gegen mein Radio krachen. Der Sender sprang auf *Heavy Rotation Night*, und endlich war er auch mit der Musik zufrieden: *It's Only Rock'N'Roll (But I Like It)*! Dazu bangte er seinen Head.

Auf dem Weg zum *Pornhouse* erzählte ich ihm dann von den vielen Filmen, die Willi dort gezeigt hatte, und von den vielen schönen Stunden, Wochen und Monaten, die wir dort gemeinsam verbracht hatten.

„Ach was! Es müssen Jahre gewesen sein!“, rief ich.

Aber Moment mal – hatte ich Jahre gesagt?

Am Ende sind es wohl tatsächlich Jahre gewesen und jetzt kam mir das selbst ein bisschen viel vor. Hätte ich stattdessen auch draußen die frische Luft genießen können, mir die Berge anschauen und öfter mal ans Meer fahren sollen, als mir im *Pornhouse* Filme anzuschauen? Hatte Willi mir vielleicht Jahre meines Lebens gestohlen, indem er mich für sein *Pornhouse* engagierte? Hätte ich Bouldern, Radfahren, Schwimmen oder Zierfische züchten sollen?

Ach, scheiß doch der Hund drauf!

„Weißt du was, Viktor: Es waren ganz wunderbare Jahre, die ich dort mit meinem Freund Willi verbracht habe!“

Und mit Big Mama Mia, Immanuela Cunt und vor allem Jack Schleck.

„Der“, sagte ich zu Viktor, „konnte nämlich schlecken wie kein anderer, aber er hatte auch eine Zunge wie kein anderer. Wenn du dem einen Leckstein hingelegt hättest, dann hätte er den in zwei Minuten ... also ... äh ... weggeschleckt, einfach weg, ratzfatz. Und ich meine einen richtigen Leckstein, verstehst du? So einen mit vier, fünf Kilo.“

Und sollte ich ihm noch von *Die wahre Königin der Eskimos* erzählen, in dem Jack auch mitspielte, wo er aber noch John hieß und pimperte, anstatt zu schlecken? Würde Viktor verstehen, wie falsch sich das für uns alle anfühlte?

„Es war einmal eine Eskimokönigin ..."
Aber diese Geschichte gefiel Viktor gar nicht.

***

Wir kamen beim *Pornhouse* an und ich parkte mich ein, dann gingen wir hinauf und fanden Willi oben in seiner Bude über dem Kinosaal. Die Vorhänge hatte er längst zugezogen, oder hatte er sie seit Tagen nicht mehr geöffnet? Seit Wochen? Seit letztem Sommer? Wahrscheinlich saß er schon seit Stunden, wenn nicht den ganzen Tag über rauchend hier an seinem Schreibtisch und blies Trübsal. Wenn er in schlechter Stimmung war, dann verkroch er sich immer öfter hinauf in sein Büro und griff ins Regal mit der Videosammlung. Aber nicht in das, in dem die guten Filme steckten, sondern in das mit den Buddy-Movies. Er hatte ein Faible entwickelt für Filme, in denen es immer um Männerfreundschaft ging, am liebsten schaute er sich *Ein verrücktes Paar* mit Walter Matthau and Jack Lemmon an, wobei er immer Wert darauf legte, dass er in diesen Filmen Walter Matthau wäre und nicht Jack Lemmon. In diesen Filmen schien er etwas zu sehen, was ihm längst wichtiger war als die warme Haut einer Lady, die sich an seine runzelige schmiegte.

Aber auch der Super-8-Filmprojektor stand noch immer auf seinem Schreibtisch, und der warf die Bilder des besagten Films an die weiße Wand neben dem Fernseher, von der er auch alle Plakate entfernt hatte. Mittlerweile kannte ich *zwei* der Darsteller in diesem Film, Jack Schleck alias John Porn und Hedda Horny alias Die Rote Hedda.

Ob Willi auch von ihr wusste?

Er drückte auf Stopp, als wir eintraten, genau als sich die Dicke neben die Rothaarige, die gerade den Vibrator zur Hand nahm, auf ihr Fell legte. Viktor schaute beide interessiert an, und verdammt! Auch ihm schien die Dicke besser zu gefallen als die Rothaarige. Er erkannte in ihr nicht die im roten Fishnetbody, die er vorhin noch besteigen wollte, aber wie auch? Sie hatte sich ganz schön verändert!

Ich lenkte seinen Blick auf Willi und sagte: „Viktor, das ist Onkel Willi. Und Onkel Willi, das ist Viktor."

Und der fragte sofort: „Fickst du ihn?"

Verdammt!

„Nein, ich mag ihn einfach!"

„Einen Ziegenbock?"

„Richtig."

„Wie einen Freund?"

„So ist es."

Er schien sich in Gedanken zu verlieren, in Gedanken an einen Freund womöglich, und fragte: „Was magst du an deinem Freund?"

„Dass er mir keine verdammten Fragen stellt!"

Die drei Würste, das Konfekt – vor allem das Konfekt! – und die Riegel, die ich nach unserem Besuch bei Manni futterte, hatten mich in einen Zustand der Beschwertheit und des Unwohlseins versetzt, und ich fühlte mich wie ein voller Sack, der in einem See langsam zu Boden sank. Im Geiste hörte ich den alten Song mit der Zeile: „Why am I so soft in the middle when the rest of my life is so hard?" Am Tisch stand eine Flasche Jim Beam, die mir zwar alleine nicht mehr helfen würde gegen mein Völlegefühl, aber ein großer Schluck daraus war besser als ein kleiner Schluck Tee. Ich schenkte Willi und mir gut ein und prostete ihm zu, trank mein Glas leer und schenkte mir selbst noch einmal kräftig nach. Dabei sagte ich zu Willi: „Ich geh dann auf die Kackhütte, pass du mal auf Viktor auf."

Zunächst schien er sich angewidert von ihm abzuwenden, aber als ich ihm die Leine in die Hand drückte, nahm er sie zögernd.

„Du meinst, das kann ich?“, fragte er mich. „Auf ihn aufpassen?“

„Kennst du nicht diesen alten Bruce-Low-Song, wo es um diesen Schiffsbauer Noah geht, der sich nicht zutraut, dieses Boot zu bauen?“, fragte ich ihn. „Und dann sagt dieser Gott zu ihm: ‚Du weißt nie, was du kannst, bevor du es versuchst, jetzt geh und hole Bauholz, auch wenn du leise fluchst!‘ Und weißt du was? Er schafft es!“

Herrgott, es war wie mit den Kindern! Aber zum ersten Mal seit Monaten zog sich ein leises Lächeln über Willis Gesicht. Mit dem vollen Glas in der Hand drückte ich bei seinem Projektor auf *Return* und sagte zu Viktor: „Gleich wirst du Willis besten Freund sehen, wie er die leckere Rothaarige links liegen lässt und sich dafür auf eine dicke Deutsche drauflegt, die obendrein lispelt. Aber he!“, sagte ich zu Willi. „Ich kann dir versichern, dass die Rothaarige heute auch nicht mehr so gut aussieht wie früher, Details erzähle ich dir später!“

Da verschwand das Lächeln wieder aus Willis Gesicht und wütend warf er mir sein Glas hinterher, während ich das Licht abdrehte und mich mit meinem Glas in der Hand auf die Kackhütte verdrückte, die draußen am Gang war.

Ich ließ sowohl die Türe zum Büro offen stehen als auch die vom Klo selbst und machte es mir dort mit einem Joint der Sorte *Truth or Lie* gemütlich, während sich Viktor unter dem Tisch an Willis Hosenbein schmiegte. Das schien ihn irgendwie zu beruhigen, und obwohl Willi wie ich keine Hunde mochte, streichelte er schließlich doch dessen Fell. Dann drückte er auf *Play* und deutete auf die weiße Wand, auf die nun die Bilder des Films fielen, und gemeinsam schauten wir uns den Streifen noch einmal an:

Der Wind, der Sturm.

Der Absturz des Weihnachtsmannes.

Der Wind, der Sturm.

Der Weihnachtsmann, wie er sich durch den Schnee schleppt.

Der Wind, der Sturm.

Der Weihnachtsmann, wie er sich auf seine Zunge stützt.

Der Wind, der Sturm.

Und dann der Iglu, in dem diese Eskimokönigin auf den Weihnachtsmann wartet.

Das war's eigentlich, denn sobald die auf der Leinwand zu sehen war, war der Film nicht mehr zum Anschauen. Ich ließ also auf der Kackhütte meine Blicke schweifen, ob Willi hier irgendwo etwas zum Lesen herumliegen hatte, ein *Pleasure* oder eine *Weekend*, am besten irgendetwas mit Inseraten, wo ich dann anrufen konnte – Sauberkeit geboten, Sauberkeit erwartet. Oder von mir aus auch ein Flugblatt vom Supermarkt, wo ich mir die Angebote anschauen konnte: Zehn Riegel mit Rabattmarke minus fünfundzwanzig Prozent, wenn man die richtige Karte hatte. Solche Sachen!

Aber dann horchte ich plötzlich auf, als Willi zu Viktor sagte: „Siehst du, das ist Heidrun."

Und er meinte die Dicke.

Ich hatte den Streifen seit dem Sommer nicht mehr gesehen und war wieder überrascht, wie fett sie war, wie deutsch sie aussah und wie heftig sie lispelte. Willi hatte an den Ladys doch immer das Schlanke und Elegante geliebt, den Style und das Savoir-vivre. Deutsche Gemütlichkeit und Krautrouladen im Arsch hatte er zeit seines Lebens abgelehnt. Und nun sagte er zu Viktor plötzlich: „Siehst du, das ist Heidrun." Als wäre es seine Heidrun gewesen, die, die er liebte. Und dann redete er sogar wie mit einem Sohn mit ihm, wie mit dem Sohn, der er nie hatte: „Und jetzt hör zu, Grünschnabel, du musst immer sie zuerst verlassen, bevor sie dich verlassen können, verstehst du?"

Viktor nickte zustimmend, denn das war bei den Ziegenböcken wohl nicht viel anders als bei den Hurenböcken, dass sie Angst davor hatten, verlassen zu werden, und da gab es eben nur die eine Regel: Du musst schneller sein als sie und die Sache zu Ende bringen, bevor sie dir einen Stich ins Herz verpassen können.

„Dabei blies Murmel doch ganz gut!", rief ich aus dem Klo hinaus, als ich mich daran erinnerte, wie er mir mal von der schlanken Murmel und ihren Vorzügen erzählt hatte, und Willi antwortete: „Das schon!"

Irgendwie glaubte er jetzt wohl, dass Viktor mit ihm redete, und mit Viktor schien es sich leichter zu reden als mit mir.

Sollte mir auch recht sein! Ich würde einfach ein kurzes „Määh!" an jeden Satz dranhängen, dann würde er sich vielleicht „öffnen", wie Kubelka das immer nannte, und ich würde endlich erfahren, was ihn so bedrückte.

„Und Ilse hielt doch immer gut dagegen, wenn du sie von hinten genommen hast! Määäh!"

„Das auch!"

„Und vergiss vor allem nicht Herzliebchen, das du doch wirklich geliebt hast! Määäh!"

„Und das mir weggestorben ist!", schrie er bitter.

Herzliebchen war wohl überhaupt der Grund dafür gewesen, dass er sie danach alle von sich aus verlassen hatte.

„Gertraud, Elfi, Claudia, nach zwei Wochen habe ich Schluss gemacht mit ihnen – du bist nicht mein Typ, tschüss!“, erzählte er Viktor weiter. „Charlotta, Anni, Gerlinde, Babsi, Rosi ... Mit allen habe ich Schluss gemacht! Mit allen! Bis ich Heidrun traf.“

Ich konnte es nicht glauben. Willi hatte eine Dicke geliebt?

Dabei schaute ich hinunter auf mein Schwabbelbäuchlein, das da Richtung Klobrille hing, und schob mir noch einen Riegel nach, und da sah ich, dass ich bei der Biene meine Unterhose vergessen hatte. Während Willi sich nun selbst noch einmal kräftig nachschenkte, bevor er sich weiter in Erinnerung verlor und Viktors kleine Öhrchen volllaberte: „Ach, meine Heidrun! Sie wollte Theaterschauspielerin werden“, sagte er zu ihm, als würde ihn interessieren, was sie werden wollte.

Also rief ich hinaus aus der Kackhütte: „Burg? Määäh?“

„Nein!“

„Josefstadt? Määähh?“

„Nein!“

„Stegreif? Määh?“

„Schon eher. Eine Art Schauspielerin halt! Und hör mit diesem verdammten Määh auf, du Vollidiot!“

Dann halt nicht!

„Sie war zunächst überhaupt nicht mein Typ!“, erzählte er Viktor weiter und das hörte sich schon eher nach Willi an. „Denn ich mochte ja mehr die schlanke Italienerin und das Rassige an ihr – Herzliebchen war Italienerin, weißt du ...

Ich erinnerte mich: ... sehr schlank, sehr rassig, wirklich lecker.

Und Viktor nickte, als ginge es ihm – als Ungar! – genauso, dass er das Rassige mochte und das Schlanke und – verdammt! – das Italienische an einer Ziege.

„Aber wie du selbst siehst, hatte Heidrun nichts Schlankes und nichts Italienisches, sondern nur was Fettes und Deutsches, freilich auch etwas Mütterliches. Und, weiß der Teufel, plötzlich liebte ich dieses Mütterliche an ihr – wir hatten wohl doch nicht genug zum Futtern nach dem Krieg."

„Und du wurdest vielleicht doch zu kurz gestillt!", rief ich hinaus, diesmal halt ohne „Määh".

„Ja, verdammt! Darum sage ich ja, dass ich plötzlich dieses Mütterliche liebte!"

„Und davon hast du mir nie erzählt? Was bist du denn für ein Freund?"

War Zeit, dass diese Frage auch ich mal stellte und sie mir nicht immer nur stellen lassen musste. Schließlich hatte er mich stets wie ein väterlicher Freund behandelt, der mich zwar viele und lange Wege gehen ließ, auf denen ich ihm beweisen musste, dass ich seiner väterlichen Freundschaft würdig war. Aber dabei hatte er mich eben auch unter seine Fittiche genommen und mich die Haufen riechen lassen, die er längst geschissen hatte, und mir dabei manch guten Rat erteilt, wie das eben nur väterliche Freunde taten. Und dann erzählte er mir nichts davon, dass er in Wahrheit den deutschen Krautrouladenarsch höher schätzte als das italienische Popotschiarschi, das einem frischen Apfel glich? Das war beinahe eine noch schlimmere Enttäuschung, als Jack beim Pimpern zusehen zu müssen!

„Ach, leck mich doch am Arsch mit ‚Freund'", sagte er. „Von euch Freunden hab ich genug! Von euch Freunden unter Anführungszeichen!"

Viktor schaute Willi an, als hätte er selbst ein Problem mit seiner Mutter gehabt, der alten Ziegenvettel, die ihm ihre Zitzen nicht geben wollte, weil sie lieber um die Ställe zog und sich an den nächstbesten Bock ranwarf. So waren sie nun mal, die Ladys, sie kamen herum, sobald sie sich herumtrieben. Aber vorher holten sie noch alles aus einem heraus – das Geld, die Autoschlüssel und die Hoffnung, die man ein paar Tage oder Wochen in eine Zukunft mit ihnen gesetzt hatte.

„Ich verliebte mich in sie wie ein Schulbub in die Kantinenfrau und plante eine Zukunft mit ihr", erzählte Willi weiter. „Ich wollte, dass sie Erfolge feierte, dass sie an meiner Seite erblühte, dass sie ihren Freundinnen stolz sagen könnte: Das ist Willi aus dem *Pornhouse*. Und ich meinen Freunden ebenso stolz: Das ist Heidrun vom Theater. Ich habe sie dahin zum Vorsprechen gebracht und dorthin zum Üben, aber keiner wollte sie und nichts funktionierte."

„Weil sie zu fett war!", rief ich hinaus.

„Verdammt, kann ja sein!", rief Willi zurück. „Aber ich liebte sie halt, und ich wollte sie nicht mehr verlieren!", sagte er zu Viktor. „Sie war die einzige Dicke, die ich je geliebt hatte! Aber ich habe nie jemandem davon erzählt, weil sie alle keine Ahnung haben, was einem eine Dicke geben kann."

„Was denn?", rief ich hinaus.

„Sie war wundervoll weich und warm. Ich fühlte mich ..."

„Na? Spuck's schon aus!"

„Geborgen!"

„Oida! Echt jetzt?"

„Und sie roch ganz hervorragend, und das nicht nur beim Arsch."

War das noch mein Willi? Der sich keine Gefühle leisten wollte und konnte, weil er auf der Straße der Härteste sein musste, auch wenn die Straßen dann oft gar nicht so hart waren, wie er gerne tat. Und den außer Sex nur Sex interessierte und der es darin zur wahren

Meisterschaft gebracht hatte, jedenfalls wenn man seinen Schilderungen glauben durfte und wenn man den Cunnilingus nicht miteinbezog, denn diesen lehnte er rundheraus ab.

„Aber dann kam sie mit der Idee daher, dass sie beim Film Fuß fassen wollte."

Beim Film also! In dem wir nun wieder sahen, wie Jack sich auf Heidrun drauflegte und wie er sich abmühte, sie zu pimpern. Aber ihr Gesicht war nun nicht mehr das einer untalentierten Pornodarstellerin, die ihre Freude daran nur spielte, sondern das von Willis damaliger Freundin Heidrun, die er offenbar noch mehr liebte als davor sein Herzliebchen.

„Leider habe ich meinen besten Freund Jack gebeten, Heidrun zu diesem Casting zu bringen", kam er langsam zum Punkt, bevor er dann doch wieder abschweifte: „Und jetzt sage ich dir noch einmal, dass du sie immer verlassen musst, bevor sie dich ..."

Sie war wohl einfach nicht mehr zurückgekommen von diesem Filmdreh, nachdem sie sich dort von seinem besten Freund hatte pimpern lassen, und das zauberte ihm eine Traurigkeit ins Gesicht, die ich an diesem Hurenbock bisher nicht gekannt hatte. Auch Viktor sah diese Traurigkeit und kroch zu ihm unter den Tisch, um ihn zu trösten, während ich mich saubermachte und zurück ins Büro ging. Und als ich dort das Licht anmachte und es auf Willi fiel, sah ich, dass er ganz gelb im Gesicht geworden war, und diese Farbe passte so gar nicht zu seinem wie immer perfekt farbenfrohen Auftritt.

„Sag mal, Willi, du bist ja ganz gelb im Gesicht geworden!"

„Fällt es dir auch endlich auf, du blindes Huhn?"

Und dann brach er zusammen.

***

Ich schleppte ihn die Treppe hinunter wie eine alte Oma. Viktor hüpfte brav hinten nach, und im Foyer des *Pornhouses* blieben wir dann stehen und schauten noch einmal in die leeren Schaufenster. Und Willi, kaum mehr fähig, sich auf den Beinen zu halten, spürte meinen Vorwurf und meine Verzweiflung, denn alles in mir schrie: Warum? Warum hast du alles weggeräumt, alle Erinnerung an ihn?

„Verdammt, Willi! Diese Heidrun hat dich doch immerhin mit Jack beschissen und nicht mit irgendeinem dahergelaufenen Albaner oder sowas Ähnlichem!“

Aber er schaute mich nur mit traurigen Augen aus seinem gelben Gesicht heraus an und sagte: „Du verstehst wirklich gar nichts.“

Wir schafften es endlich zum Datsun, und auf dem Weg ins Krankenhaus froren wir uns den Arsch ab, denn die Dichtungen des Japaners dichteten nicht mehr und die Heizung heizte nicht mehr, dafür zog es von unten herauf ordentlich durch. Dazu kamen kaputte Bremsen, eine löchrige Ölwanne und ein Auspuff, der herunterhing. Das ganze Auto war dabei, auseinanderzubrechen, und vielleicht war das auch mit meinem ganzen Leben der Fall. Besorgt fragte ich mich: Was, wenn mir Willi jetzt wegsterben wird und ich die langen Tage und Abende im Winter nicht mehr in seinem *Pornhouse* verbringen kann, wo es immerhin schön warm war?

Ich versuchte – ich musste es versuchen! – mich bei ihm wieder ins Spiel zu bringen, als Freund, der ihm stets treu und hündisch gedient hatte: „Ins Gartenhaus hab ich dich jeden Sommer gebracht! Die Kartenrunden hab ich dir organisiert! Die vom *Türkpörn* hab ich in die Schranken gewiesen und Darjeeling Silke habe ich zurückgedrängt ...“ Aber Viktor schaute mich kopfschüttelnd an und sein Blick sagte: Oida! Keiner will dein Gejammere hören!

Und tatsächlich: „Du weißt doch gar nicht, ob du mir in den Arsch kriechen sollst, weil du das *Pornhouse* erben willst“, sagte Willi mit letzter Kraft, „oder lieber Herschel den Arsch auswischen, damit er dir mal alles vererbt.“ Und nach einer längeren Pause schob er verächtlich nach: „Oder darauf hoffen, dass Lemmy vergisst, dass du bei ihm seit ein paar Jahrzehnten mit der Miete im Rückstand bist.“

„Das ist jetzt aber ein bisschen unfair!“, sagte ich und das sah diesmal auch Viktor so. Er schmiegte sich an mich, als wollte er mir sagen: Mein Freund bist du aber schon noch.

Und auch Willi lenkte ein, wenn auch nur halbherzig: „Dass du immer ohne Handschuhe die vollgewichsten Taschentücher im Saal weggeräumt hast, das rechne ich dir hoch an!“

Vorm Krankenhaus dann drückte ich auf die Hupe, so lange, bis endlich jemand kam und mir half, Willi herauszuwuchten und auf eine Trage zu legen. „Zu Doktor Peiter!“, schrie ich. „Aber schnell!“ Dass einer ausgerechnet Peiter hieß, der ihm einst den Eiter aus dem Sack geholt hatte, nachdem er damit aus Thailand zurückgekommen war! Seither war er Willis Leib- und Magenarzt, kannte alle Zipperchens von ihm und auch seine Depressionen in- und auswendig.

Der Doktor empfing uns im vierten Stock, klassisch im weißen Mantel und mit den Abhörlauschern um den Hals, die Hände tief in seine Taschen vergraben. Er hatte das Gesicht von Jack Lemmon, nur in klein, denn er war winzig. Er reichte Viktor kaum bis zu den Hörnern und schaute mir genau auf die Wampe, während ich seine kreisrunde Glatze im Blick hatte, auf der ein Pflaster klebte, das bestenfalls zur Hälfte eine seltsame Wunde bedeckte.

Entschuldigend deutete er darauf und meinte, dass er sich heute Vormittag selbst ein Muttermal entfernt hätte, was aber nicht ganz so einfach war, wie er gedacht hätte. Einfacher, sagte er, war es damals, als er sich selbst die Samenleiter durchtrennt hätte. Und da wollte er auch gleich wissen, wie es bei mir und Viktor mit der Familienplanung aussehen würde: „Schon abgeschlossen? Dann kann ich euch gleich nachher die Kabel durchtrennen, zu einem sehr guten Preis natürlich."

Da zog es Viktor den Arsch zusammen, und mir auch.

Wenn der Doktor redete, dann roch ich aus seinem Mund den Duft aus Djangos Zimmer, den gleichen Duft auch, den ich an der Lady im roten Alfa wahrgenommen hatte, als ich am Parkplatz vor dem Pflegeheim an ihr vorbeifuhr. Zeit war es, dazu endlich mal einen Experten zu befragen: „Sagen Sie, Doktor, was riecht denn hier eigentlich so ... nach Krankenhaus?"

„Nix Krankenhaus!", korrigierte er mich mit lautem Lachen. „Apotheke! Was Sie riechen, ist der Duft des guten alten Apothekerschnapses, von Tanne und ein wenig Pomeranz, leicht klebrig. Der Duft, der den Magen aufräumt."

Und gleich holte er eine Halbliterflasche von dem Zeug aus der Tasche seines Mantels hervor und bot mir einen Schluck an. Ich nahm ihn gerne und gab ihm die Flasche zurück, und er ließ sich auch nicht bitten.

„Aaaah!"

Interessant, dachte ich. Dann war die Lady im Alfa also vielleicht Apothekerin?

„Also, wie steht's um ihn?", fragte ich endlich und deutete auf Willi, der die Augen kaum mehr aufkriegte, und der Doktor drückte zwei Finger in seine Leber hinein und sagte: „Hart wie Kruppstahl. Hahaha, darf man ja nicht mehr sagen heute, also sagen wir: Fast so hart wie mein Stuhl. Er hätte diese Reise nach Thailand damals einfach nicht antreten sollen, ein paar Tage entspanntes Weihnachten zu Hause hätten ihm sicher besser getan."

Aber sofort würgte ich seine Sätze ab: „Oh, oh, Weihnachten ... Kein gutes Thema!"

„Tatsächlich?", fragte der Doktor plötzlich interessiert und kratzte sich nachdenklich an seiner Wunde am Kopf. „Jetzt, wo Sie es nämlich sagen, fällt mir ein, dass er etwas vom Weihnachtsmann erwähnte, als ich ihm unlängst die Brecher gegen seine Schwarzgalligkeit verschrieben habe. Dass der ihn mal betrogen hätte, als er noch jung war. Aber ich hab's ehrlich gesagt nicht verstanden, denn wie kann einen der Weihnachtsmann betrügen? Ha?"

Das verstand ich jetzt auch nicht ganz, denn nach allem, was ich mittlerweile wusste, dachte ich ja, dass Heidrun, die Mütterliche, ihn betrogen hatte.

Da öffnete Willi ganz leicht die Augen und streckte die Hand nach dem Apothekerschnaps aus wie der Pate die seine nach denen, die seine Ringe küssen sollten. Der Doktor reichte ihm die Flasche auch gerne und Willi trank sie in einem Zug leer. Die Aussicht, damit seiner Leber den Rest zu geben, stieß ihn dabei nicht ab, und warum auch? Ein Lungenkrebspatient hörte ja auch nicht zum Rauchen auf, nur weil er Lungenkrebs hatte, wo er doch ohnehin bald sterben würde.

„Ich hatte, wie ihr beide wisst", fing Willi nun mit schwacher Stimme an von früher zu erzählen, „nie etwas gegen einen Bauchstich oder gegen eine ordentliche Ladung Blei, die einen durchsiebt, wenn es auf der Straße darum ging, aufstrebende Türken oder Albaner oder was weiß ich wen in die Schranken zu weisen, und, verdammt, ihr wisst, wie oft ich in den Bauch gestochen wurde!“

Der Doktor und ich schauten uns an und dann sagten wir beide beinahe gleichzeitig: „Aber Willi, du wurdest nie in den Bauch gestochen. Und du wurdest auch nie angeschossen.“

„Aber ich hätte in den Bauch gestochen werden können!“, sagte er schwach. „Und ich hätte angeschossen werden können! Und es hätte eine Dachrinne auf mich drauffallen können! Und verdammt, all das hätte ich ertragen, alles! Aber was ich nicht ertragen habe, das war, im Sommer zu erfahren ...“

Und nun stiegen ihm Tränen in die Augen, als er noch einmal daran dachte: „... dass mein bester Freund mich mit ihr betrogen hat!“

Verdammt, das war es also, kapierte ich endlich. Nicht von Heidrun fühlte er sich beschissen, sondern von seinem besten Freund Jack, von dem er sogar einmal, nachdem er ihn in Burbank, California, besucht hatte, gesagt hatte, dass er ihn heiraten würde, wenn er eine Frau wäre.

Auch Viktor ließ ein langes, zustimmendes „Määäh“ hören, als würde er genau verstehen, wovon Willi jetzt redete – dass die Ladys (Ziegen) im Leben eines Mannes (Ziegenbocks) nämlich kamen und gingen und einen sowieso immer beschissen, so waren sie nun mal. Dass ein Freund aber, ein guter Freund, einem doch für immer bleiben und einen nie betrügen sollte.

„Aber Willi!“, versuchte ich es noch mit einem letzten verzweifelten Argument. „Er hat sie doch nur gepimpert und nicht geschleckt!“ Und ich dachte wirklich, dass ihn das trösten würde, wo ja das Pimpern gewissermaßen nicht Teil von Jacks Persönlichkeit war, sondern ausschließlich das Schlecken.

Und auch der Doktor lachte zustimmend und klatschte beinahe, während er die nächste Flasche Apothekerschnaps hervorzauberte. „Nur gepimpert, nicht geschleckt! Das ist gut!"

Aber das war am Ende natürlich der genau falsche Satz, denn: „Noch schlimmer!", schrie Willi. „Schließlich hatten wir als beste Freunde ausgemacht, dass wir uns bei den Ladys nie in die Quere kommen und er nur schlecken und ich nur pimpern würde, weil ich ja, wie du weißt, nie schlecke, nie!"

Schon öfter hatte ich versucht, ihm diese Absonderlichkeiten auszutreiben mit allerlei säuselnden Worten der Art: „Da entgeht dir aber was, Willi! Muschis schmecken nämlich ganz hervorragend, oder was denkst du, warum so viele Ladys lesbisch sind?"

Bei Mafiosi und Halbmafiosi wie Willi war das aber so eine Ehrensache, dass sie ihren Lappen nicht ins saftige Faltenmeer der Ladys stecken wollten, weil ihnen das irgendwie zu schmutzig war. Und mit fester Überzeugung gingen sie davon aus, dass die Ladys den Schniedel immer bevorzugen würden und die Zunge *im Tiefsten* ablehnten! Also antwortete er auch jetzt wieder mit den Worten von Tony Soprano: „Cunnilingus and Psychiatry brought us to this!"

Wobei er aber auch jetzt nicht erklären konnte, was genau er mit dem Scheiß meinte!

Wir schoben ihn Richtung des Aufzugs, und während wir so dahingingen, fragte ich den Doktor: „Finden Sie eigentlich auch, dass ich dick geworden bin? Ich meine, Sie als Experte."

Und er antwortete: „Finden Sie, dass er gelb im Gesicht geworden ist?"

Dabei bog er sich vor Lachen und rief eine Schwester, die Willi in sein Zimmer bringen sollte, wobei er mahnend auf Viktor deutete: „Der darf aber nicht mit hinein."

Ich winkte ab: „Nein, nein, der gehört zu mir, nicht zu Willi. Und bevor Sie mich fragen: Nein, ich ficke ihn nicht."

„Auch nicht das kleine Ding da mit dem vielen Schaum um den Mund?", fragte er mich und deutete mit einem neckischen Zwinkern auf das Eichhörnchen, das schon halb aus der Innentasche meiner Manteltasche heraushing.

Das hatte ich ganz vergessen!

„Das schon gar nicht", sagte ich.

Und da wurde er wieder sachlich: „Ich wollte ja nur fragen, ob sich das kleine Kerlchen vielleicht umgebracht hat, weil es die Einsamkeit zu Weihnachten auch nicht ertragen würde?"

„Wieso denn umgebracht? Was meinen Sie?"

„Na ja, der Schaum um den Mund, der sieht mir verdammt nach Zyankalivergiftung aus, einem Selbstmordgift, das insbesondere beliebt bei Menschen ist, die den Holocaust überlebt haben."

„Was?", fragte ich. „Wieso denn gerade bei denen?"

„Na, denken Sie mal nach!"

Hatte Herschel also immer eine Pille dabei, mit der er sich jederzeit wegschießen konnte, und hatte er sie heute vor der Seniorenresidenz mit der blauen Pille vertauscht, als er sie Laszlo zeigen wollte?

Ich hatte dann aber keine Zeit mehr, darüber nachzudenken, denn gerade als sie Willi in den Aufzug schoben, rief mich Kubelka an und sagte mit gepresster Stimme, als wäre er gerade beim Scheißen: „Er ist gekommen."

„Wer?"

„Na, der Typ vom Friedhof!"
„Ist bei dir?"
„Ja. Aber Ursel ist auch hier."
Langsam wurde mir das alles zu viel, ich flüsterte: „Wer ist denn Ursel?"
„Auch die vom Friedhof!"
„Die Zinshausbesitzerwitwe?"
„Ja! Und hör zu: Sie hat fünf Zinshäuser!"
„Aber was macht sie dann bei dir?"
„Sie ist einsam, Alter, und möchte Weihnachten mit mir feiern. Aber hör zu, wichtiger ist der andere. Er ist es!"
„Ist was?"
„Jacks Sohn, Herrgott! Seine Zunge, die Lippe, das insgesamt dämliche Äußere. Er kriegt ja seine Fresse nicht auf, er hat herumgestammelt und versucht, irgendwas zu sagen. Bis ich ihn geradeheraus gefragt habe, ob er Jacks Sohn ist oder nicht."
„Und?", fragte ich ihn. „Was hat er gesagt?"
„Gesagt hat er gar nichts!", sagte Kubelka. „Aber verdammt, er hat zustimmend genickt!"
Da schaute ich mir in Gedanken noch einmal den Film an, in dem Willis bester Freund seine damalige Freundin Heidrun gepimpert hatte, das heißt, ich schaute mir den Abspann an: Copyright 1971. Und dann rechnete ich vor und zurück und sagte zu Ku: „Frag Jacks Sohn doch mal, ob er zweiundfünfzig Jahre alt ist."
Und ich konnte hören, wie er ihn das fragte und wie der dann unhörbare Laute ausstieß.
„Ja!", sagte Kubelka. „Er hat gesagt ... also bestätigt, dass er zweiundfünfzig ist!"
„Und hat er dabei gelispelt?", kam mir gleich noch eine Idee.

„Was? Nein! Wie soll er denn beim Nicken lispeln?"

Fragen kann man ja!

Trotzdem war ich mir plötzlich sicher, dass der Kerl nicht nur Jacks Sohn war, sondern auch der von dieser Heidrun – die Frucht einer unheiligen Begegnung auf einem Fell in einem Eskimoiglu im Jahr 1971, als sich Willis bester Freund auf seine Freundin drauflegte (anstatt auf die Rothaarige).

Ich hielt gerade noch den Fuß in die Aufzugstüre, als diese hinter Willi zugehen wollte, und schrie hinein: „Willi! Weißt du was? Jack hatte einen Sohn! Und deine Heidrun auch!"

Aber da war er schon weggekippt, und der Doktor kniete auf ihm, um seine Pumpe wieder in Schwung zu bringen. „Er braucht wirklich dringend eine neue Leber!", schrie er dabei ganz aufgeregt. „Also wenn Sie irgendwo eine haben – immer nur her damit!"

***

Als ich zurück ins *Hard & Heavy* kam, schlief Gutti auf der Bank beim Pollerofen. Er hatte sich von Laszlo dorthin bringen lassen, nachdem die Krankenhauspillen ihn endgültig ausgeknockt hatten. Und Fink saß noch immer am gleichen Tisch und hielt sich an einem warmen Bier fest. Journalisten bei Qualitätszeitungen gehörten heute zu den ärmsten Schweinen überhaupt, weil niemand sie brauchte. Keiner wollte mehr Qualität lesen, die interessierte schlicht keinen mehr. Also klopfte Fink immer weniger seiner Storys in die Tasten, weil es dann immer hieß: „Zu lange, zu qualitativ hochstehend, zu moralisch überlegen! Schreib doch mal was über das GTI-Treffen am Wörthersee oder über irgendeine mit Titten, darüber wollen die Leute was lesen! GTI und Titten!"

Um sich zu trösten, versuchte er bei Jolanda zu landen, aber nicht, weil er über ihre Titten schreiben wollte, sondern weil sie in diesen schwierigen Zeiten immerhin einen warmen Ofen hatte. Allerdings waren seine Versuche, bei ihr zu landen, noch erfolgloser als seine Versuche, einen Text über Titten bei seiner Qualitätszeitung unterzukriegen. Kein Wunder, dass Kubelka über ihn sagte: „Er legt es auf Niederlagen und Zurückweisungen geradezu an!"

Jolanda freute sich darüber, dass ich Viktor mitgebracht hatte. Immerhin fragte sie mich nicht, ob ich ihn ficken würde, sondern nahm ihn gleich mit in die Küche: „Darf er Salz?"

„Ja sicher darf er Salz!", sagte ich. „Aber verwöhn ihn nicht zu sehr, sonst wird er mir am Ende noch zu dick!"

Sofort merkte ich, wie mich alle anstarrten.

„Was ist?"

Und dann starrten sie auch alle auf meine nassen Socken.

„Hast du keine Schuhe?", fragte Fink.

„Was geht's dich an!"

Ich bestellte zwei große und zwei kleine Biere, um das oftmals allzu kurze Leben zu feiern, zwei große gegen den Durst und zwei kleine zum Trinken. Und während wir auf Kubelka und Jacks Sohn warteten, erzählte ich, dass ich Dirty Willi gerade ins Krankenhaus gebracht hatte und dass er eine neue Leber brauchte.

„Also falls einer von euch was weiß – ruft mich jederzeit an!"

Dann fiel mir diese Nummer an meiner Handfläche auf, die ich mir bei Tilman im Portierskobel draufgeschrieben hatte und über der *Chef* stand. Und weil wir nichts anderes zu tun hatten, als auf Jacks Sohn zu warten, holte ich mein Phone heraus und wählte sie. Es läutete ein paarmal und dann hörte ich: „Ja, bitte?“

Überraschend war der Chef eine Frau. Sie klang älter als Django, beinahe wie seine Mutter, und sprach so leise, dass ich sie schon im Jenseits vermutete.

„Mit wem spreche ich denn?“, fragte sie.

„Das wollte ich eigentlich Sie fragen!“

„Dann fragen Sie mich doch.“

„Also, mit wem spreche ich?“

Und sie wieder: „Ja. Mit wem sprech ich denn?“

„Das ist meine Frage, Herrgott! Also wer spricht?“

„Ich.“

„Das dachte ich mir schon! Aber haben Sie auch einen Namen?“

„Wer spricht denn bitte?“

„Na, ich!“

Jetzt hatte sie mich! Ich war auf ihr Niveau abgerutscht und drehte mich mit ihr im Kreis. Wir hätten noch Monate so dahinreden können und es wäre nichts dabei herausgekommen. Also fragte ich endlich: „Sind Sie der Chef, Gnädigste?“

Aber sie wieder nur: „Wer spricht denn bitte?“

Ich drückte sie weg und schaute noch einmal genau auf die Ziffern auf meiner Handfläche. Vielleicht war das ja doch ein Nuller und kein Neuner, den ich da hingekritzelt hatte? Und das da ein Siebener und kein Einser? Ich schwitze ja gewohnheitsmäßig, auch wenn das Wetter nicht danach war. Also probierte ich es noch einmal mit diesen anderen Ziffern, und diesmal war schon nach einem Mal Läuten ein schneidiger Ton zu hören: „Starkö bei der Arbeit!“

Dazu fiel mir nichts anderes ein als: „Jetzt noch?“

Schließlich war es draußen schon lange finster und kein normaler Mensch arbeitete noch um diese Zeit.

Aber bevor er antworten konnte, drückte ich auch ihn weg, weil ich nicht recht wusste, was ich mit einem hätte reden sollen, der so spät noch arbeitete.

„Na, was wohl!“, fuhr mich Fink an. „Du hättest ihn fragen sollen, warum seine Nummer dort bei diesem Portier auf dem Zettel stand.“

„Weil er der Chef ist!“, gab ich zurück.

„Aber was soll das heißen?“

„Na, dass er der Chef ist!“

„Chef kann auch Besitzer heißen!“

„Oder Chef!“

Ging mir der also auch auf die Nerven, bevor er sich doch noch nützlich machen wollte: „Sagte er, dass er Starkö heißt?“, fragte er plötzlich. „Dann kenn ich den, ich hab mal eine Geschichte über ihn recherchiert, aber keiner wollte sie haben ...“

„Weil er keine Titten hat!“

„Richtig! Dafür hat er enge Verbindungen nach Moskau. In verschiedenen aktuellen Büchern zum angehäuften Reichtum des russischen Geheimdienstes außerhalb Russlands wird er stets als deren Geldwäscher im Westen bezeichnet. Er schleust das Geld hinaus und investiert es in sogenannte Trophy-Immobilien.“

„Sind die wie Trophy-Weiber?“, fragte ich.

„Nur ohne Titten!“, sagte er.

Aber worauf sollte man bei einer Immobilie stolz sein? Bei einer Lady verstand ich es – man zeigte sich lieber mit einer, auf die man stolz sein konnte, als mit einer, wegen der man sich verstecken wollte.

„Das sind eben besonders begehrte Filetstücke am Immobilienmarkt, um die sich alle Player reißen!“

„Alle was?“

„Alle Player! Herrgott, beschäftigst du dich denn gar nicht mit der Geld- und Immobilienwirtschaft?“

„Keine Sekunde!“

Ich überlegte, ob er russisches Geheimdienstgeld auch in dieses Seniorenheim investiert haben könnte. Jedenfalls sahen die Ladys, die Herschel dort draußen das Geld aus den Taschen ziehen sollten, sehr russisch aus. Und diese Svetlana, die noch im Herbst die Tennisplatztour für die *Goldene Eichel* erledigt hatte und nun im goldenen Käfig saß. War sie seine Frau?

„Zwar hat er seine Schäfchen längst im Trockenen“, erzählte Fink weiter. „Worunter er aber leidet, das ist der Mangel an gesellschaftlicher Anerkennung. Er gilt als Prolet, der keine Schule abgeschlossen hat, als sogenannter Selfmade-Milliardär, vor dem die mit dem alten Geld keinen Respekt haben. Da kann er noch so dicke Zigarren rauchen und sich noch so viele Trophy-Immobilien kaufen – die wirklich Reichen scheißen auf ihn und laden ihn sonntags nicht einmal zu Kuchen und Kakao ein, obwohl er sogar Unterricht in *Richtig Essen und Trinken* nimmt. Welche Gabel zu welchem Essen, wann welches Glas zu welchem Wein, wofür ist die Serviette gut? Darf ich der Serviererin an den Arsch fassen? Solche Sachen.“

„Natürlich darf man!“, murmelte plötzlich Guttmann, der nun halb am Aufwachen war.

„In die Geschichte eingehen, wie es sein Wunsch ist, wird er jedenfalls nicht, auch wenn ihn morgen sein Freund, der Innenminister, den EU-Gipfel in seinem Palais ausrichten lässt, um ihm so dabei zu helfen, in die besseren Kreise aufzusteigen.“

Bingo! Dann war es tatsächlich dieser Starkö, der Svetlana die Probleme mit ihrer trockenen Scheide bereitete, weil er zu lange arbeitete.

„Alles gut und schön, Oida. Aber woher weißt du das alles?“

„Wie allgemein bekannt ist, arbeite ich bei einer Qualitätszeitung, und da weiß man ein bisschen etwas über die dunklen Machenschaften der Reichen, nur interessiert sich halt niemand dafür."

Ich sagte: „Schreib doch mal was über die Titten von seiner Alten, die sind wirklich einmalig."

Dann ging ich hinaus und stellte mich auf die Straße, denn schon die ganze Zeit über war wieder das Geräusch des Achtzylindermotors zu hören, den dieser Idiot um die Häuser lenkte auf der Suche nach einem Parkplatz, der war wohl unbelehrbar! Problem nur: Ich konnte ihn zwar hören, aber nicht sehen. Und Viktor, der ihm hätte nachlaufen können und seinen Wagen endlich vollständig zertrümmern, war lieber bei Jolanda in der Küche geblieben, anstatt mit mir, seinem besten Freund, Luft zu schnappen. Endlich sah ich Kubelka, der mit Jacks Sohn auftauchte, und seine Ursel hatte er auch gleich mit im Schlepptau.

„Was macht denn die hier?", fragte ich gleich.

„Aber du hast doch gesagt, dass ich kommen soll!"

„Ja, du und der da! Aber nicht sie!"

Diese Ursel war dann auch gleich angepisst, als Ku sie im *Hard & Heavy* in die Ecke setzte, wo niemand sehen konnte, wie alt sie schon war. Und auch sonst schien bereits mächtig Sand im Getriebe der jungen Liebe zu sein. Die anfängliche sexuelle Anziehung am Grab des Friedhofs, so es sie jemals gegeben hatte, war längst wieder am Abflauen.

„Sie ist so anstrengend!", flüsterte er mir ins Ohr.

„Anstrengend inwiefern?", fragte ich, obwohl ich natürlich schon so eine Ahnung hatte. Die Furchen waren nämlich wieder in sein vormals so glatt gebügeltes Gesicht zurückgekehrt, er sah plötzlich älter aus als sie. Also gab ich ihm gleich einen guten Tipp: „Wenn sie dir zu anstrengend ist, weil sie zu viel redet, dann knall sie doch einfach ordentlich, bis sie müde ist und ihr das Reden vergeht."

Das war natürlich nicht ernst gemeint, allerdings: „Es ist doch genau umgekehrt!", beschwerte er sich. „Sie will die ganze Zeit, dass ich sie knalle, und von einem guten Gespräch hält sie rein gar nichts!"

So eine musste man erst einmal finden!

„Hätte sie nicht fünf Zinshäuser und keine unmittelbaren Verwandten, würde ich das Pferd nicht reiten."

„Und was machst du, wenn sie nicht nur fünf Zinshäuser, sondern auch gute Gene hat?", fragte ich. „Dann musst du das Pferd noch zwanzig Jahre lang reiten, damit du an ihre Zinshäuser herankommst. Viel Spaß dabei!"

Mehr Freude bereitete uns seine andere Begleitung: der Waldschrat in seinem schwarzen Mantel und mit dem ungepflegten Bart, den wir heute früh schon am Friedhof gesehen hatten, was sich nun als wahrer Glückstreffer herausstellte.

„Tatatatam!", rief Kubelka. „Darf ich vorstellen, das ist Jack Schlecks Sohn!"

Fehlte nur noch der Tusch der Blasmusikkapelle und ein Bürgermeister, der ihm die Schleppe umhängte. Wer weiß, was man mit dem Geld verdienen konnte, wenn man ihn zu Gesprächsrunden ins *Pornhouse* einlud, um mit ihm über den Alten zu reden. Vielleicht hatte er noch Zahnbürsten von ihm, mit denen der Meister die Zähne neben seiner gewaltigen Zunge gereinigt hatte, oder die Geburtsurkunde, die man einem Museum verkaufen konnte. Alles, was mit Jack zu tun hatte, würde man zu Geld machen können! Also schauten wir ihn uns mit einer Mischung aus Interesse, Begeisterung und Ehrfurcht an und warteten darauf, dass er uns irgendetwas sagen würde, zum Beispiel seinen Namen. Aber er nickte immer nur zustimmend oder schüttelte verneinend den Kopf, während Kubelka mit ihm redete.

„Willst du hier sitzen?“

Er nickte.

„Willst du den Mantel ausziehen?“

Er verneinte.

„Willst du Bier?“

Er nickte heftig.

Dass Jacks Sohn wie ein Penner daherkam, war natürlich irgendwie enttäuschend, und in der warmen Stube drang sein übler Geruch noch übler in unsere Nasen als noch heute Morgen auf dem Friedhof. Aber was soll's, er war Jacks Sohn! Und der deutete, kaum dass er an unserem Tisch saß, auf mein Gulasch. Also schob ich ihm den Teller hinüber, denn wenn Jacks Sohn Hunger hatte, dann sollte er ruhig essen. Auch wenn es kein schöner Anblick war, ihn mit dieser Zunge mein Gulasch essen zu sehen, und auch für das Ohr war da nichts dabei, was es hätte erfreuen können. Nicht nur ich dachte wehmütig daran, wie im Vergleich dazu sein Vater „aß“ – die Muschis der Ladys nämlich. Und auch angehört hatte sich das deutlich besser!

Da er heute an jenem Grab gestanden hatte, in dem Jack begraben lag – oder jedenfalls am Grab daneben! –, musste er ja wohl wissen, wofür sein Vater berühmt war, doch war es für ihn mit diesem Lappen im Mund einfach unmöglich, mit uns über Jack zu reden – nicht darüber, wann er ihn das letzte Mal gesehen hatte, und auch nicht darüber, warum er heute plötzlich an seinem Grab gestanden war und all die Jahre davor nicht. Wir schwiegen also, während er aß, und überlegten, was wir jetzt überhaupt mit ihm machen sollten.

„Frag ihn doch mal, ob Heidrun seine Mutter ist!“, sagte ich schließlich zu Ku, denn ich selbst hatte eine gewisse Scheu davor, ihn darauf anzusprechen. „Sie war die Dicke in der *Female-Power-Production*, die wir uns im Sommer in *Willis Pornhouse* angesehen haben. Die, die Jack gepimpert hat anstelle der Rothaarigen. Zeitlich könnte sich das nämlich ausgehen, dass er sie dabei befruchtet hat."

Jacks Sohn schaute mich nur müde an, während er mein Gulasch wegschaufelte, und nickte gelangweilt, als Ku ihn nach dieser Heidrun fragte. Er hob bestätigend den Daumen und wollte dann nichts mehr von seiner Mutter hören.

Vielleicht hatte sie ihn ja nicht lange genug gestillt?

Dann schwiegen wir wieder, und das Schweigen wäre schon beinahe peinlich geworden, wenn nicht Jolanda plötzlich „Wollt ihr einen Flasche Sprudel auf Haus zur Feier des Tages?" gesagt hätte, als sie gut gelaunt mit Viktor aus der Küche herauskam. Der hatte reichlich Salz ums Maul und war auch sonst rundherum glücklich, also alle zusammen: „Stößchen! Auf Jacks one and only son!"

Da wachte Gutti endgültig auf und machte plötzlich einen auf lizenzierter Erbenermittler: „Moment mal, Moment!", sagte er und stieß das ihm angebotene Glas mit Sprudel zur Seite. „Als einziger Bulle hier im Raum sage ich, dass für mich erst einer Jack Schlecks Sohn ist, wenn er mir bewiesen hat, dass er Jacks Sohn ist! So wie mir eine erst beweisen müsste, dass sie Big Mama Mias Tochter ist, wenn sie behauptet, dass sie es ist!"

Na gut, das war vom Ansatz her nicht falsch. Man sollte sich in einer so heiklen Frage nicht festlegen, bevor man keine Beweise hatte. Aber wo um diese Zeit Beweise herkriegen? Selbst wenn wir Jacks Sohn ein Haar ausreißen würden, um dieses von der Biene Mayr analysieren zu lassen – wo sollten wir ein Haar von Jack herkriegen, um es mit seinem vergleichen zu können?

Und dessen Zunge, aus der wir hätten ein Stückchen DNA herausschneiden können, lag wie ein Schatz in der Gefriertruhe bei Willi, der aber seinerseits bei Doktor Peiter im Spital lag.

Jack junior, wie wir ihn mittlerweile nannten, ließ sich von Guttis Zweifeln aber nicht beeindrucken. Er deutete ruhig auf seinen leeren Gulaschteller und verlangte einen Nachschlag, den er dann auch gleich wieder zügig in sich hineinwürgte, als gälte es, den Magen für schlechte Zeiten bis obenhin zu füllen. Dazu forderte er ein weiteres Bier, das er ebenso zügig trank. Dann griff er auch noch nach unseren Zigaretten, die er gierig in der Gaststube rauchte, worüber sich aber niemand aufregte, denn er selbst roch wirklich übel für einen, der der Sohn eines Meisters war.

„Er soll schlecken!", posaunte Guttmann nun im Befehlston eines besoffenen Feldwebels hinaus. „Schlecken soll er! Denn nur so kann er uns beweisen, dass er ein Nachfahr ist!"

„Ja gut", sagte ich. „Idee nicht schlecht, aber wen soll er denn bitte schlecken?"

Wir blickten uns in der Gaststube um und überlegten hin und her, aber uns fiel niemand ein. Big Mama Mia und Immanuela Cunt ... keine von beiden wohnte in der Nähe und Eve Brown war längst tot. Und die Rote Hedda aus der *Goldenen Eichel* hierherzubringen, als wäre Lemmys Bude ein Walzwerk und Jacks Sohn ein Arbeiter, für den sie die Beine breit machen sollte – diese Zeiten waren vorbei.

Die Biene vielleicht?

Lieber nicht.

Schließlich setzte ich mich zu Kubelka, der weit weg von seiner Ursel an seinen Nägeln kaute, und fragte ihn: „Was ist mit ihr?"

Aber der winkte sofort ab: „Was, wenn er sie in den Himmel schleckt und sie ihn danach in ihr Testament aufnimmt? Nein, nein, nein, zu riskant."

Der hatte auch keine Eier mehr.

„Und was ist mit Jolanda?", fragte schließlich jemand in die Runde, ich glaube, das war ich. Aber weder ich wollte wirklich, dass Jack junior sie hinten in der Küche aufs Zwiebelschneidebrett setzte, noch Fink mit seinen ewigen Hoffnungen auf sie.

Da fiel mir Svetlana mit ihrer trockenen Scheide ein und ich sagte zu Gutti: „Du hast doch noch ihre Nummer. Wenn er die zum Sprudeln bringt, dann hast du deinen Beweis!"

Nur war er es, der sich dagegen sträubte. Denn er war noch immer verliebt in sie und machte sich nach wie vor Hoffnungen, sie doch noch flachzulegen, falls ich ihm endlich eine halbe von den Blauen geben würde. Die hielt ich ihm nun vor die Nase wie ein Stück Würfelzucker und sagte: „Du kriegst sogar eine ganze, wenn du mir ihre Nummer gibst!"

Endlich rückte er sie doch noch heraus, und als Svetlana abhob, hielt ich Viktor die Schelle vors Maul: „Määäh!"

Sofort hörte ich am anderen Ende der Leitung den kleinen Boris bellen und auch Svetlana verbarg ihre Freude nicht. „Wo ist er?", fragte sie. „Boris vermisst ihn so sehr!"

„Tja", sagte ich. „Dann wollen wir doch ein weiteres Date für die beiden arrangieren, was meinen Sie? In einer halben Stunde im *Quattro Stazzione* an der Ecke Brunnengasse und Grundsteingasse in Wien 16, aber pronto. Was? Ja, *Stazzione* und nicht *Stagione*! Natürlich weiß ich, dass es *Vier Jahreszeiten* und nicht *Vier Bahnhöfe* heißt, aber die haben sich halt einfach verschrieben damals!"

***

Zu den *Vier Bahnhöfen* schoben wir Jack junior nun mit einer frischen Portion Gulasch to go und einem weiteren vollen Bierglas in der Hand hinüber, und dort bei Lemmy wiesen wir ihn an, auf der verdreckten Couch Platz zu nehmen. Dann schoben wir ihm einen fetten Joint in den Mund, weil er zunehmend angespannt auf uns wirkte. Er zog sofort kräftig durch, soweit man mit so einer Zunge überhaupt kräftig durchziehen konnte, und relaxte sich ein wenig, relaxte sich dann sogar so weit, dass er plötzlich auf meinen Rapid-Trainingsanzug *Meistermannschaft 1982* deutete – was Kubelka so übersetzte, dass er ihn haben wollte, bevor er zur Sache gehen würde.

„Niemals!"

Da schauten mich alle an, als wäre ich ein Unmensch, weil ich Jacks Sohn einen Wunsch abschlagen wollte.

„Na gut!", sagte ich schließlich, als hätte ich selbst kein Rückgrat mehr, und zog mir den Fellmantel aus und dann meine Trainingsjacke, die ich ihm gab, wofür er mir sein stinkendes Sakko anbot, das ich ablehnte. Und dann zog ich mir den Fellmantel schamhaft wieder an, bevor ich mir die Trainingshose auszog, weil ich ja darunter keine Unterhose trug. Und er hatte dann bereits seinen Mantel ausgezogen und meine Jacke angezogen, bevor er den Mantel wieder anzog und sich nun seinerseits die Hose auszog und gegen meine tauschte – und verdammt, das war nichts für ein feines Näschen und auch nichts fürs Auge! Und ich konnte sein Zeug unmöglich anziehen, also stand ich dann mit nichts weiter als einem Unterhemd unter meinem Fellmantel da und ein paar nassen Socken.

***

Nach zwanzig Minuten Warten brachte Franz Svetlana endlich in der Limousine vorbei, sie trug einen teuren Pelz und darunter auch nicht viel mehr als ich. Im Arm hielt sie Boris, der sofort heruntersprang in den Keller und sich auf Viktor draufsetzte, und gemeinsam verschwanden sie nach hinten in Lemmys Anbaugebiet, wo sie es sich hörbar gemütlich machten.

Svetlana freute sich sichtlich, endlich einmal etwas zu erleben in einem Raum, der keinen Luster hatte und keinen blank polierten Parkettboden. Denn ihr Mann, klagte sie wieder, würde ja heute ohnehin wieder die ganze Nacht lang nur in der Gemäldegalerie durcharbeiten und wieder keine Zeit für sie haben. „Ist er immer zu Hause an erste Tage von Monat ab zwanzig Uhr für Treffen mit Oligarchen, Oligarchen und immer nur Oligarchen."

Und ich sagte: „Ich weiß, ich weiß, ich weiß."

„Bin froh ich also, dass habe ich Programm alternativ heute!", ergänzte sie. „Worum es geht?"

Man dachte ja, das wird jetzt schwierig, ihr das zu erklären, aber am besten legte man einfach los: „Es wäre schön, wenn Sie sich da auf Lemmys Couch legen, ihr Höschen ausziehen und die Beine breit machen würden."

Dann rechnete man damit, dass sie einem links und rechts eine reinhauen würde, aber falsch gerechnet.

„Und jetzt?", fragte sie, als sie schon dalag. Denn sie hatte augenblicklich selbst die Chance erkannt, auf dieser Couch das Trockene aus ihrer Scheide zu bekommen.

„Na ja gut, also ... gleich wird sich Jack Schlecks Sohn zwischen Ihre Beine knien, Gnädigste, Jack Schleck selbst war eine ausgewiesene Fachkraft, Sie kennen ihn vielleicht aus Filmen wie *Jack schleckt 13* oder *Jack schleckt auf*, seinen Film, der im Rasentennismilieu spielt. Und ob es sein Sohn auch draufhat, das wollen wir uns nun anschauen, es handelt sich um eine Art Test, den wir auch gerne filmen würden."

„Belastungstest?", fragte sie in gespannter Erwartung.

„Gewissermaßen", sagte ich.

Und dann setzten wir uns alle um sie herum wie in einem Fußballstadion, als läge sie auf dem Spielfeld und wären wir auf der Tribüne, von der herab Franz mit seinem Hammer-und-Sichel-Taschentuch winkte. Bei dem ganzen Wasser, das uns dabei im Mund zusammenlief, war es praktisch ausgeschlossen, dass ihre Scheide trocken bleiben würde. Kubelka hatte schon seine Kamera auf sie ausgerichtet und Gutti längst die blaue Pille eingeworfen, weil er sich alleine durchs Zuschauen schöne Gefühle erhoffte. Und ich ließ meine Zunge zur Anfeuerung in der Luft vibrieren (so wie ein Luftgitarrenspieler seine Gitarre spielte), was mir dann aber doch einige abschätzige Blicke einbrachte.

„Was ist?", sagte ich. „Schleckt ihr mal die Luft!"

Es hätte nun also losgehen können und auch Svetlana fragte schon ganz ungeduldig, ob das heute noch was werden würde, da bemerkten wir, dass Jack junior nicht mehr da war. Er hatte entweder das Interesse an ihr verloren oder die Nerven weggeschmissen. Oder er hatte ganz einfach genug Gulasch gegessen und Bier getrunken und Zigaretten geraucht und sich zum Drüberstreuen auch noch einen schönen Trainingsanzug eingesackt, was vielleicht deutlich mehr war, als er sich zu Beginn des Tages, als wir ihn am Friedhof getroffen haben, erhoffen konnte.

Verdammt!

Da hörten wir von der Straße her quietschende Reifen und einen harten Aufprall. Wir liefen hinauf zur Türe und hinaus auf den Gehsteig, wo mir die Biene Mayr entgegenkam mit meiner Unterhose in der Hand: „Die hast du vorhin bei mir vergessen!“, sagte sie und klang dabei gleichermaßen versöhnlich wie fürsorglich. „Und ich dachte, bei den Temperaturen brauchst du sie vielleicht, du hast ja nur die eine.“ Und dann sah sie, dass ich auch sonst nicht viel anhatte.

Ich sagte: „Na, gib schon her!“, schob sie dann aber auf die Straße zur Unfallstelle, wo wir Jack junior auf der Straße liegen sahen. Die Zunge hing ihm bedenklich heraus, nachdem der Bus mit den Burschen von der *Ostrowski-Bestattung* ehemals *Elektrická inštalácia* ihn umgefahren hatte. Die Amateurbestatter waren danach auch sofort herausgesprungen, aber nicht nach vorne gelaufen, um Jack junior zu helfen, sondern nach hinten, wo ihnen der Chevy Impala im Arsch klebte.

Als der Schwanzpatient hinter dem Steuer mich sah, drehte er resigniert die Fensterscheibe hinauf, aber die würde ihn auch nicht mehr vor Viktor schützen. Ich pfiff nach ihm und er kam augenblicklich aus Lemmys Keller heraufgeschossen. Ich deutete auf die Karre, und schon gab er der amerikanischen Dreckschleuder den Rest, bearbeitete sie von allen Seiten, bevor er sie überhaupt mit einem Gewalthieb auf das Dach drehte, während die Biene sich mit mir zusammen neben Jack junior kniete und ihm einfühlsam den Puls fühlte.

„Und?“, fragte ich. „Wie steht es um ihn?“

„Er ist eindeutig hirntot“, sagte sie.

Und ich machte einen auf Tragödie: „Neiiin! Nicht Jacks Sohn! Bitte nicht Jacks Sohn!“

Doch die ganz große Trauer wollte sich nicht einstellen. Und als ich mir seine Zunge genauer ansah, verstärkten sich meine Zweifel, dass er überhaupt Jacks

Sohn war. Denn die sah eher geschwollen aus als groß, ungesund pelzig und mit gelben Pusteln übersät, sodass ich sogar ganz froh war, dass Svetlanas Scheide nicht mit ihr in Berührung gekommen war.

„Und was ist mit dem Trainingsanzug?", fragte ich die Biene besorgt, die ihn sofort als meinen erkannt hatte. „Wie steht's um den?"

„Die Löcher kann ich dir stopfen", sagte sie mit nun noch größerer Fürsorge. „Dann siehst du zu Weihnachten wieder tippitoppi darin aus, wenn ich Keksi für dich backe."

Aber da läuteten natürlich sofort alle Alarmglocken: Tippitoppi? Keksi? War das nicht schon wieder viel zu viel des Guten?

„Zurück zu dem da!", sagte ich, denn mir war gerade eine Idee gekommen: „Kannst du mir vielleicht sagen, wie es mit seiner Leber aussieht? Taugt die noch was?"

Sie drückte zwei Finger in seinen Bauch und schaute mich an: „Sie ist weich wie du vor vier Stunden."

Da hatte sie wohl schon erkannt, dass ich nicht mit ihr Weihnachten feiern würde.

Ich rief also die beiden Slowaken zu mir und sagte ihnen, dass wir den Unfall dem im Impala in die Schuhe schieben würden – „Das kriegen wir schon hin, ich kenne da einen guten Anwalt!" –, wenn sie mir das Unfallopfer in den Sprinter laden und von hier wegbringen würden.

„Zentralfriedhof?", fragten sie schneidig.

„Aber nein!", schrie ich, während ich mir von der Biene zwanzig Euro borgte, die ich an die Slowaken weiterreichte. „Zu Doktor Peiter in die Leberklinik! Und wenn ihr mir seinen Trainingsanzug wieder hierher zurückbringt, dann kriegt ihr noch einen Zehner extra."

„Fünfzig!"

„Fünfzig hab ich nicht!"

„Ich hab fünfzig!", hörten wir plötzlich die Ursel rufen, die sich still und heimlich aus dem *Quattro Stazzione* heraufgequält hatte und jetzt ihre gut gefüllte Geldtasche öffnete, während Boris auf ihrer Schulter saß wie die Katze auf der einer Hexe. Sie gab mir das Geld, legte sogar noch einen Hunderter dazu, und ging dann hinaus in die Nacht. Und als Ku sie zurückhalten wollte, drosch sie ihm ihre Handtasche in seine faltige Visage, sodass diese nun wieder halbwegs geglättet aussah: „Du wolltest immer nur meine Zinshäuser!", warf sie ihm an den Kopf, bevor er kleinlaut zurückwarf: „Und du wolltest immer nur meinen Sex!"

Ich hatte genug von dem Scheiß und rief ihr ein Taxi, und schon fuhr sie dahin, Kubelkas Schnattergans für seinen geplanten Bestseller über Sex im Alter, und mit ihm auch der erhoffte Reichtum. Und als wir dann endlich die Gehsteige hochklappen und wieder zu Lemmy ins *Quattro Stazzione* hinuntergehen wollten, wo wir uns in Ruhe zudröhnen wollten, hörten wir aus Richtung der Innenstadt eine heftige Explosion, und im nebeligen Nachthimmel sahen wir ihren hellen Schein.

***

Der Rest der Nacht war dann nicht so gut verlaufen, wie ich mir das gewünscht hatte. Während bei Guttmann die Wirkung der blauen Pille noch lange anhielt und er pimpernd – wie der frühe Jack Schleck einst an Heidrun – den Job an Svetlana erledigte, den eigentlich Jack junior schleckend – wie der späte Jack Schleck an ihr – hätte ausführen sollen, war mir die Biene vor meiner Haustüre auf den Füßen gestanden und hatte mir ein schlechtes Gewissen in die Wampe geredet: „Du musst verstehen, dass ich halt manchmal gereizt bin, seit ich das Klimakterium durchlaufe, aber jetzt habe ich extra den langen Weg auf mich genommen, um dir deine Unterhose zurückzubringen, und mich sogar dafür entschuldigt, dass mein Mund von den Grissini so trocken war, als ich dich blasen wollte! Und dann gehst du lieber mit dem da nach Hause als mit mir? Ich hasse dich!“

Ich hatte ihr nämlich gesagt, dass ich lieber Viktor mit nach Hause nehmen würde als sie, und mit dem zusammen hatte ich mir dann die Sendung von Laszlo auf dem Sender *Gosse24* angeschaut, und die Filmchen waren wirklich ziemlich gelungen, vor allem die, auf denen Viktor zu sehen war. Und er brachte sogar den, wo er sich den Lümmel im eigenen Hosenschlitz einklemmte, lower wäre der Film nur gewesen, wenn am Ende Viktor mit seinem Maul den Reißverschluss geöffnet hätte. Ich hatte Laszlo dann einfach anrufen und ihm gratulieren müssen, und er hatte sich dafür überschwänglich bedankt und mich seinerseits gebeten, kurz mit Viktor reden zu dürfen – ja, „reden“! –, und dem hatte er Gute Nacht zunächst auf Deutsch und dann auf Ungarisch gewünscht. Und der schien plötzlich so traurig darüber zu sein, dass er heute Nacht nicht bei Laszlo schlafen konnte, dass ich schnell kapierte: Auch der würde mir nicht fürs Leben bleiben.

Er schlief dann aber trotzdem ganz gut, nachdem ich ihn zu mir ins Bett genommen hatte, und ich schlief dann eigentlich auch noch ganz ordentlich, nachdem ich mich vors Bett auf die Matte gelegt hatte, mit einem Joint extra von Lemmys altem, bewährtem Zeug *Origano Speziale* im Blutkreislauf. Sein neues Kraut, das einen die Wahrheit besser sehen lassen sollte, schwor ich mir, würde ich nie wieder anrühren.

Zum Morgenkaffee warf ich dann auch endlich das Eichhörnchen aus meinem Fenster hinunter auf den Haufen mit Biomüll, der davor lagerte, denn es war ja nun kein Beweismittel mehr. Was hätte es schließlich beweisen sollen, dass es Schaum vorm Mund hatte, nachdem es eine Pille gefressen hatte, die sich Herschel aus seiner Pyjamahose holte? Höchstens, dass Herschel solche Pillen hatte, mit denen er sich umbringen konnte. Aber warum? Und warum hatte er mir bisher noch keine davon gegeben? Das wären meine Fragen gewesen, die ich ihm gestellt hätte, wenn er denn rangegangen wäre. Aber er nahm meine Anrufe nicht entgegen und auch Kubelka hob nicht ab, als ich anrief. Der hatte die Ursel dann womöglich doch noch eingeholt und zu einem Versöhnungsfick überreden können, und nun musste er vielleicht den ganzen Morgen über in den sauren Apfel beißen und sich irgendwie ins zweite Zinshaus vorpimpern, zur Strafe mit offenen Augen. „Morgensex im Alter", so könnte dann vielleicht doch noch ein Spezialkapitel seines neuen Buches heißen.

Als ich das Fenster wieder zumachte, sah ich, wie dreckig es nun schon war, ich sah kaum mehr hinaus in den Nebel und auf das verregnete Grau. Also entschloss ich mich, Mariola anzurufen und ihr zu sagen, dass ich nun so weit wäre.

„Für Putze oder für Pflege?", fragte sie, nachdem sie sofort abgehoben hatte.

„Fangen wir mal mit Putzen an, was meinen Sie?"

Aber sie lachte nur und diesmal klang ihr Lachen sogar nach sehr starkem Schleudergang.

„Tut wirklich sehr leid mir, aber habe ich gefunden eine richtige Mann. Eine mit Geld."

Das saß.

Ich zog meinen gelben Jogginganzug an, mit dem ich mich immer auf den Erste-Mai-Märschen blicken ließ, und schlüpfte in die Adiletten. Darüber noch den Fellmantel, und so ging ich mit Viktor zusammen hinunter auf die Straße, holte mir aus der Trafik eine *Gosse*, und mit der hüpften wir hinunter zu Lemmy ins Souterrain, um dort nach dem Rechten zu sehen, und was soll ich sagen? Gutti lag noch immer auf Svetlana und rammelte sie wie ein sehr schweres Kaninchen, und sie stöhnte wie die frühe Monica Seles, wenn sie die Rückhand schlug. Dabei erzählte sie ihm gutgelaunt, wie sie ursprünglich froh war, in der *Goldenen Eichel* einen Job ergattert zu haben, und wie unglücklich sie dann wurde, nachdem sie in den goldenen Käfig geheiratet hatte. Sie würde also gar nicht erst zuhören, wenn ich ihr sagen würde, was ich zuvor in den Nachrichten gehört hatte: Dass gestern Abend um 22.54 Uhr das Palais Trautmann in die Luft geflogen war. „Die Explosion ereignete sich nach ersten Angaben am Damenklo des Palais."

Am Damenklo?

Interessant!

Und wo war eigentlich Franz? Ah, da hinten in der Ecke lag er ja und schnarchte zufrieden. Er wachte auf, als ich ihn mit dem Fuß antippte und ihm die Schlagzeile der *Gosse* vor die Nase hielt, die dasselbe Thema behandelte: *Terroranschlag in der Innenstadt – Vom Täter keine Spur.*

„Ich war's nicht", sagte er ganz alter Revolutionär.

„So ist's recht, nie etwas zugeben."

Kurz überlegte ich, wie er es angestellt und warum er nicht die Gemäldesammlung in die Luft gejagt hatte, wo er doch eine gewisse Abscheu vor überteuerter Kunst erkennen ließ, als ich mit ihm die Herrentoilette inspizierte. Da fiel mir ein: Ich hatte ja eine Überraschung für ihn, und als ich die Schelle herausholte und ihm die Fotos aus dem Zimmer der Roten Hedda zeigte, sagte ich: „So sieht sie heute aus. Es ist ihr optisch gar nicht gut bekommen, dass sie den reichen Banker geheiratet hat. Und siehst du: Das sind die Kunstwerke, die sie zusammen mit ihm zu absurd überteuerten Preisen gekauft hat. Sagt dir der Name Jeff Koons etwas?“

„Na klar, das sind Millionenwerte!“, rief er beinahe begeistert.

„Dann komm mit!“

Ich ließ mich von ihm in Starkös Limousine zur *Goldenen Eichel* hinausbringen, da ich ja im Datsun beinahe keinen Sprit mehr hatte. Dort kreisten die Krähen über den Demenzkranken, die ihrerseits im Hof kreisten, und zwischen ihnen in den Bäumen saßen die Eichhörnchen. Wir mussten aufpassen, dass wir keinen von den Dementen überfuhren, denn einen aussichtslosen Prozess konnte ich mir nicht leisten. Ich war mir nämlich nicht mehr sicher, ob Herschel mich vertreten würde, ich war mir ja nicht einmal mehr sicher, ob er noch lebte.

Wir stiegen aus, und zusammen mit Viktor und Franz marschierte ich an Tilman in seiner Portiersloge vorbei ins Heim. Der wollte mich aufgeregt zu sich winken, aber ich hatte keine Zeit für ihn und seinen gesunden Lebensstil, sollte er doch an seinen Apfelspalten ersticken!

Mit Franz schaute ich zunächst in Herschels Zimmer nach, ob er vielleicht noch in der Kiste lag und friedlich schlief. Aber dort zog es mir in meiner Unterhose den Arsch zusammen, als ich sah, dass das Zimmer vollständig ausgeräumt war und es von ihm selbst keine Spur mehr gab! Kein Abschiedsbrief, keine Geste der Dankbarkeit, kein Kuvert mit den Passwörtern für die Sparbücher oder die Schließfächer. Und dann zog es mir auch das Herz zusammen, als ich daran dachte, was es für mich bedeuten würde, wenn ich den Schreihals und alternden Springinsfeld mit seinem „Ich scheiß euch zu mit meinem Geld!“ nicht mehr in meinem Leben hätte. Natürlich, vom Organisatorischen her und was die Benzinkosten anging, würde es einfacher werden, wenn ich nicht mehr bei jedem Pfiff in den Datsun hüpfen und ihm seine abseitigen Wünsche erfüllen musste – „Bring mich dorthin! Zieh mir den Katheter heraus! Feil mir die Zehennägel!“ –, aber wer wollte es schon einfach haben im Leben?

Wir gingen hinaus. Draußen am Gang nannte ich Franz die Zimmernummer der ehemals Roten Hedda, und schon die Erwähnung ihres Namens schien ihn in sozialistische Wallung zu versetzen. Ich gab ihm Viktor mit auf seine Mission und sagte, dass er nur auf die Jeff-Koons-Objekte deuten müsse und schon würde Viktor mit seinen Hörnern voran dagegenrennen.

„Alles klar, Kamerad!“, sagte er und hielt die linke Faust in die Höhe. „Wir werden dich nicht enttäuschen und unsere Sache nicht verraten!“

Ich selbst lief wieder hinunter in den ersten Stock, wo ich das Büro der Heimleitung suchte. Dort trat ich ein und sah hinter dem Schreibtisch einen sitzen, der ein Holzscheit im Arsch stecken haben musste, so verkrampft saß er auf seinem Stuhl. Er war eindeutig nicht der lockere Typ, aber welcher lockere Typ würde auch so einen Job machen?

„Walter König, Heimleitung“, begrüßte er mich, während er Listen auf seinem Tisch sortierte und darauf herumschrieb, Botschaft: Ich arbeite! „Halte den Laden hier auf Kurs, sehe zu, dass wir immer genug Katheter haben und Slipeinlagen für die Damen, wo die Slips eher die Größe eines Leintuchs haben. Also wann wollen Sie einziehen? Ich kann Sie gleich beim Fitnessprogramm anmelden."

„Rock Rockenschaub, Privatdetektiv", fuhr ich ihm in die Parade. „Ich bin wegen zweier älterer Herrschaften hier. Der eine heißt Herschel Bukowski und bewohnte bis ich weiß nicht wann genau Zimmer Nummer 204, das leer stand, als ich vor fünf Minuten nach ihm geschaut habe. Irgendeine Ahnung, wo er sein könnte? Und hör zu: Ich bin nicht fett!"

Walter machte immer noch auf vielbeschäftigt: „Hören Sie, vier Heimbewohner sind gestern überhaupt nicht vom Allerheiligenbesuch auf dem Friedhof zurückgekommen bzw. wurden von den Verwandten nicht mehr zurückgebracht. Drei weitere sind einfach ausgebüchst und haben sich vermutlich irgendwo verirrt, aber eine Vermisstenanzeige nehmen die bei der Polizei für unsere Bewohner nicht gerne auf, weil sie sagen: Die sind alt genug! Übersehen dabei aber, dass die Dementen zwar gerne spazieren gehen, aber nicht mehr wissen, wohin. Das dauert dann, bis wir die finden, und das verursacht wieder nur Kosten, Kosten, Kosten. Und wenn sie gar nicht mehr zurückkommen, sprich: Exitus letalis, dann muss ich das Zimmer schleunigst räumen lassen, dalli, dalli, denn die Warteliste ist lang, seit wir hier Automaten aufgestellt haben, jede Nacht ohne Belegung ist also eine zu viel. Das heißt: Der Krempel muss raus, die persönlichen Gegenstände, wie das heißt, die lächerlichen Fotos. Oft sind Kruzifixe dabei, manchmal ein einzelnes Buch, das einer etwas bedeutet hat, als sie noch lesen konnte, meistens sind es ja Frauen, die früher lasen. Sie glauben gar nicht, wie verrückt diese Alten sein können und worauf sie keinesfalls verzichten möchten. Mit dem Zeug könntest du jeden Samstag einen Flohmarkt veranstalten, und wenn sie keine Angehörigen haben, was uns immer am liebsten ist, dann machen wir das auch! Es sei denn, das Geschmiere an der Wand entpuppt sich als echter Nitsch oder Rainer, oder es steht etwas von Jeff Koons herum. Herschel Bukowski sagten Sie? Keine Ahnung, wo der ist!"

Ich war beinahe noch einmal weggekippt, als er mir diesen ganzen Scheiß erzählte, hatte die Couch angeschaut, die bei ihm hier herumstand, und mir überlegt, wie es sich darauf wohl schlafen ließe. Gerade schaffte ich noch ein: „Und Django Wurm? Was können Sie mir über den erzählen?"

„Die Windelvertreter hatten keine Freude mit ihm!", sagte er. „Schließlich wohnte er seit über zwanzig Jahren hier und brauchte nicht eine einzige Windel, nicht einmal nachts, wohingegen normalerweise bei Patienten über achtzig Jahren fünf Windeln pro Tag au minimum verrechnet werden, da reden wir also von vierzehntausendsechshundert Windeln, die er seit seinem Einzug hier nicht gebraucht hat! Er brauchte obendrein keinen Rollator, obwohl Muskelschwund das Problem schlechthin ist bei Männern ab vierzig, keinen Stock, keine Prothese, nichts, ein reines Verlustgeschäft. Er war noch nicht einmal depressiv, mit anderen Worten: Er war völlig unauffällig für jemanden in seinem Alter."

Die Kosten ließen auch mir keine Ruhe mehr. Ich setzte mich also auf die Couch und fragte, wie Django sich das Heim überhaupt hatte leisten können: „Er war doch sein Leben lang nur Barpianist. Also jetzt nichts gegen Barpianisten, aber Sie verstehen, was ich meine."

„Herr Wurm brachte das Geld an jedem Ersten des Monats zu mir. So machen wir das natürlich nicht gerne, aber alte Leute können sehr starrsinnig sein, und dann müssen wir das halt so machen."

„Und nachdem gestern die Innenstadtbude des Chefs in die Luft geflogen ist, wird der jetzt auch nichts gegen ein bisschen Schwarzgeld haben, nicht wahr?“

„Das war seine?“, fragte er.

„Und ob!“

Dann überlegte ich: Gestern war der 1. November, der Tag, an dem die Löhnung hier fällig wurde. Und eine Lady im roten Alfa war vorgefahren, jene Lady, die am Parkplatz nach Apotheke, so Doktor Peiter, roch und danach vielleicht in Djangos Zimmer war, warum sonst hätte es auch dort nach Apotheke gerochen?

„Wissen Sie denn, wer ihm das Geld gebracht hat?“

„Das darf ich Ihnen natürlich nicht sagen.“

„Und was da in diesem Safe drin ist, dürfen Sie mir natürlich auch nicht sagen?“

„Da ist gar nichts drin.“

„Aber was soll denn das für ein Safe sein, in dem nichts drin ist?“

Genervt stand ich wieder auf, rückte vor zu seinem Tisch und schob ihn zusammen mit Walter in Richtung Safe. Dabei lockerte er nervös seine Krawatte und bat mich, ihn unverletzt zu lassen, und dann fiel ihm plötzlich doch noch etwas ein: „Habe ich vorhin gesagt, dass Django Wurm völlig unauffällig war?“

„Das haben Sie!“

„Vorgestern kam er zusammen mit einem Zweiten in mein Büro, der Zweite schob ihn herein, sodass beide dort standen, wo Sie jetzt stehen. Der Zweite rückte ihn näher an meinen Tisch, so, wie Sie nun nähergerückt sind, und dann fasste er sich in die Hose und legte mir seinen schrumpeligen Penis auf den Tisch, bevor er auch Herrn Wurm in die Hose fasste und dessen Schniedel herausholte, und dann bat er mich zu entscheiden, wer von ihnen beiden den größeren hätte. Das hatte nichts entspannt Olympisches ..."

„Da ging es um die Wurst?"

„Buchstäblich. Sagten Sie vorhin Herschel Bukowski? Der mir immer sagte, er würde mich mit seinem Geld zuscheißen? Ich denke, das war der Name dieses Zweiten, und ja, er hatte den größeren. Was Django Wurm durchaus kränkte."

Und Laszlo hatte das nicht gefilmt? Zwei alte Männer, die ihre hängenden Spitzen auspackten und einem Heimdirektor auf den Tisch legten? Das wäre der Film geworden, den sich auch die Jungen auf YouTube angeschaut hätten!

„Hat sich Django auch irgendwie dazu geäußert?", fragte ich.

„‚Dafür werde ich morgen eine Jüngere ficken und du nicht!' Genau das hat er gesagt."

„Und was hat der andere geantwortet?"

„Dafür wirst du aber ein paar blaue Pillen brauchen, du Schlaffi!"

Verdammt!

Herschel konnte einen schon wahnsinnig machen mit seinem „Wer hat den Größten, Stärksten, Längsten". Aber dass er so weit gehen würde? Ich überlegte, was er hier eigentlich den ganzen Tag gemacht hatte, was ihn umtrieb, außer der Wunsch, zu seiner Schachpartie zu kommen? Rannte er herum und zeigte jedem, der hier mit seinem Rollator herumfuhr, seine Wurst? „He, sieh mal her! Kennst du einen, der eine größere hat?" Und wenn er Django gegenüber die blauen Pillen bereits erwähnt hatte ... Warum tat er dann so überrascht, als er sie uns zeigte? War der Kerl am Ende noch durchtriebener, als ich bisher gedacht hatte?

„Also, was ist in dem Safe?“, fragte ich schließlich.

Walter drehte sich auf seinem Sessel um und öffnete ihn endlich. Er nahm ein Kuvert heraus und drehte sich damit wieder zurück in meine Richtung. Er legte es auf den Tisch und schob es mir zu: „Das ist das einzige Schriftstück, das Herr Wurm in unserem Safe deponiert hatte. Ein Vertrag über den Verkauf seines Hauses auf Leibrente. Aber hören Sie zu, streng genommen müsste ich diesen Vertrag eigentlich seinem Sohn aushändigen.“

***

Es hätte mir beinahe die Unterhose wieder ausgezogen, als er sagte, dass Django einen Sohn hatte. Immerhin wohnte der auch hier im Heim, auf Zimmer 512, und so hatte ich doch auch mal Glück in meinem Leben.

Ich fuhr hinauf in den fünften Stock, dessen Wände im Wesentlichen violett waren, die Türen der Zimmer nach links waren aber in Orange gefasst, die nach rechts hingegen in Grün, und am Linoleumboden führten gelbe, rote und blaue Streifen entlang. Wie das alles funktionierte und wer wohin geleitet werden sollte, das verstanden vermutlich nicht einmal mehr die, die das geplant hatten.

Ronnie Wurm, so hieß Djangos Sohn, saß auf einem Hocker vor einem Spielautomaten, der hier neben jeder Zimmertüre am Gang stand. Es war beinahe ein Schock, ihn zu sehen, denn er hatte tatsächlich die Visage seines Vaters, wenn auch die Arschvariante. Und in diesem Gesicht hatte man eine Mischung aus Grau und Weiß angerührt, es sah aus wie eine Gardine, die seit fünfzig Jahren ungewaschen im Wirtshaus hing. Stoisch schob er einen Schein nach dem anderen in den Automaten und blickte kaum auf, als ich mich zu ihm stellte. Er fragte nur, ob ich einen größeren Schein hätte, den ich ihm borgen könnte, er müsse noch einmal nachlegen.

„Wie groß denn?"

„Den größten."

Hier ging wohl nichts ohne groß, größer, am größten.

„Für den hungrigen Kerl da? Sorry, aber ich hab noch eine Gasrechnung offen und musste sogar schon beim Tankwart anschreiben lassen, also ..."

Ich zog den Stecker, weil mir das Gedröhne des Automaten auf die Nerven ging, und da drehte er beinahe durch, als es nicht mehr leuchtete und läutete, er klammerte sich daran wie der Ertrinkende an den Ertrinkenden neben sich. Ich kannte das bisher nur von Lemmy, als er mal ein paar Tage auf die Lieferung Spezialtabletten in Pink, die er sich jeden Morgen reinschob, warten musste.

Ich schob den Kerl in sein Zimmer hinein und dort weiter auf den Balkon hinaus, wo ich für uns beide einen fetten Joint anzündete, denn die frische Luft schmeckte ihm gar nicht, die hatte er schon lange nicht mehr geatmet. Dann stellte ich mich vor, versicherte ihm mein Beileid und drückte den Knopf an ihm, der ihn von Django erzählen lassen sollte.

„Dass er mich vor dem Krieg gezeugt hat und dann in den Krieg verschwunden ist – soll ich da anfangen?", fragte er.

„Ich habe Weihnachten nichts vor, also fang einfach an, wo du willst."

„Na gut", fing er noch mal an. „Meine Mutti hatte nach dem Krieg natürlich nicht mehr damit gerechnet, dass er überhaupt zurückkommen würde, aber das tat er schließlich doch noch. Allerdings nur, um sich von ihr zu verabschieden und sich ein paar seltsame Unterhosen mitzunehmen, die er im Kasten versteckt hatte. Und ich war dann auch kein Grund für ihn zu bleiben. Nach dem KZ wollte er sein Leben nämlich genießen, sagte er, und so wurde er Barpianist. Alle paar Monate schickte er uns eine Karte – aus Marseille, aus Villefranche, aus Nizza, aus Torremolinos, aus Caplieira, aus Henday, Irun oder Biarritz ..."

Ich klopfte ihm gegen den Hinterkopf. „Nicht auch noch die Bürgermeister dieser Städte aufzählen!"

„Na gut. Jedenfalls immer aus Städten am blauen Meer, wo es genug Wasser gab. Das war dann aber irgendwann zu viel Wasser für meine Mutti und sie ertränkte sich schließlich in der trüben Donau. So wuchs ich ohne stabilen Vati und ohne stabile Mutti auf ..."

Ich konnte deutlich den Blues hören, es fehlte nur noch die Gitarre zur Stimme und ein heulender Wolf, der mit ihm zusammen ein Album aufnahm.

„Später kompensierte ich die Abwesenheit und ging in die Wirtschaft, schaffte es mithilfe der Partei sogar bis zum Obmann des Wirtschafterbundes und machte mich dort unsterblich mit einem Satz, der um die Welt ging: ‚Geht's der Wirtschaft gut, geht's uns allen gut!' Das war der Satz, den ich kreiert habe."

Ich sagte: „Moment mal? Echt jetzt?"

Und zückte mein Phone, denn davon träumten wir ja alle seit Langem: Dass wir die Pfeife, der dieser Satz eingefallen war, mal zu Gesicht kriegen würden.

„Und an den Scheiß glaubst du?", fragte ich. „Ich meine, hast du mal Mariola, die Putzfrau, gesehen und weißt du, was die hier verdient?"

„Auch Niedriglöhne können dort, wo diese Niedriglohnarbeiter herkommen, eine neue Mittelschicht schaffen, indem sie kleine Beträge dorthin überweisen."

Ich löschte das Foto wieder, weil ich von so einem dann doch kein Foto auf meinem Phone haben wollte, und ermutigte ihn, mit dem Jammern fortzufahren: „Wirtschaftlich ging's dir also ganz gut, ja?", fragte ich. „Aber wie sah es privat aus?"

Nicht so gut, wie er mir gleich erzählte! Auch Roy Orbison hätte ein ganzes Album mit ihm machen können.

„Keine Liebe, keine Hochzeit, keine Kinder. Ich inserierte, beauftragte Agenturen, aber nichts. Nur Niederlagen und Zurückweisung."

„Kein Wunder auch, wenn man beim Wirtschafterbund arbeitet!", sagte ich.

„Die einzige Frau, die ich regelmäßig traf, war meine Apothekerin ..."

Hört, hört!

„Deine Apothekerin?"

„Ja. Wunderschön und mit Stil. Ich war oft bei ihr wegen meiner Knochen, der Gefäße, des Bluthochdrucks, meiner Haut und der Bronchien. Leider blieb sie meine Apothekerin und wollte nicht meine Geliebte werden, was aber auch nicht schlecht war, denn ab einem gewissen Alter ist eine gute Apothekerin wichtiger als eine gute Geliebte."

„Ich hab schon eine", sagte ich. „Sie heißt Lemmy."

„Dann ging ich in Frühpension und zog hierher, ich konnte es mir leisten, denn ich war ja in der Wirtschaft."

„Ich warne dich."

„Beim nachmittäglichen Fernsehen im Aufenthaltsraum hier hoffte ich, eine für den Lebensabend kennenzulernen, aber nichts. Am Ende war ich ihnen wohl allen zu langweilig mit meinen vielen Büchern, die ich gelesen habe, über die Antike, die mich fasziniert."

„Na ja, die Antike", sagte ich. „Die kanntest du ja noch persönlich."

„Also ging ich jeden zweiten Dienstag hinein in die Stadt ins *Café Seinerzeit*, dem Treffpunkt für ältere und alte Einsame, um beim Nachmittagstanz Kontakte zu knüpfen. Zwar war ich ein Leben lang in der Wirtschaft ...

„Einmal noch!"

„... und kein Partytiger, aber was ich seltsamerweise konnte, das war Tanzen. Auf Betriebsausflügen oder zu Jubiläen, wenn ich mal eingeladen war, legte ich eine Sohle hin, bis alle jubelten. Und manchmal wollte deswegen sogar eine ins Bett mit mir, aber ich war zu ungeschickt, sodass sich ihr Wunsch nie wiederholte."

Verdammt! Auch für Marvin Gaye wäre sich noch ein Album über ihn ausgegangen, sogar ein Doppelalbum!

„Dann saß dort eines Nachmittags ein Barpianist an seinem Piano, von dem mir einer sagte, dass er mir ähnlich schauen würde, und tatsächlich war die Ähnlichkeit so groß, dass auch ich ihn sofort als meinen Vater erkannte. Aber er wollte nichts von mir wissen, vielleicht hatte er Angst, dass er doch noch Alimente zahlen müsste, oder es war ihm einfach unangenehm, mein Gesicht neben seinem schönen sehen zu müssen. Denn obwohl ich der Jüngere war, wie das für einen Sohn üblich ist, war ich der Schwache, der mit dem Muskelschwund, der weniger Schöne, der mit den Depressionen, während er immer das Leben feierte. Bis er sich, als er Jerry Lee Lewis alt aussehen lassen wollte, den Fuß brach."

„Ja, und dann?"

„Schlug ich ihm vor, als er hilflos in einem Häuschen lag, dass er hierherziehen sollte. Er war schon vierundachtzig damals, aber alles andere als vermögend, weil er ja nie an Vorsorge im Alter gedacht hatte, anders als ich, der ich ja aus der ... Na ja. Da kam mir eine Idee:

Von meiner Apothekerin wusste ich, dass sie ein Häuschen suchte, also regelte ich die Sache für ihn und er verkaufte es ihr zur Leibrente, wobei er unbedingt in den Vertrag schreiben lassen wollte, dass sie ihm das Geld bar überbringen müsse, weil er sich nie mit Bankkonto, Bankomatkarte oder gar Onlineüberweisungen angefreundet hatte. Und dann zog er hierher."

Ich hielt ihm das Kuvert mit dem Vertrag entgegen, den mir Walter unten aus dem Safe geholt hatte, und fragte: „Wie funktioniert das? Du weißt das doch sicher, du kommst ja aus der Wirtschaft."

„Eine Leibrente ist im Grunde wie eine Wette: Als Käufer zahle ich anstatt eines hohen Kaufpreises jeden Monat einen Betrag bis zum Ableben des Verkäufers, der sich an der durchschnittlichen Lebenserwartung orientiert. Liegt das Alter des Verkäufers darüber, ist die Leibrente entsprechend höher. Stirbt der Verkäufer einen Monat nach dem Verkauf, was der Käufer sich wünscht, dann hat man den Jackpot gelandet. Lebt der Verkäufer länger, dann ... Na ja, kann es entsprechend teuer werden. Die monatliche Rente reichte jedenfalls aus, um seine Kosten hier zu decken."

„Und er lebte hier glücklich bis an sein Lebensende."

„Na ja, sagen wir bis vor zwei Monaten. Bis sein Freund hierherzog."

„Sein Freund Herschel?", fragte ich.

„Der jeden mit seinem Geld zuscheißt, ja. Dem schuldete er angeblich noch eine abgebrochene Partie Schach, eine Revanche für die letzte im KZ verlorene. Aber mein Vater hatte irgendwie Angst, gegen ihn zu spielen. Also nannte Herschel ihn einen Feigling, der keine Eier hätte, und forderte ihn zu einem Tennismatch heraus. Aber seit dem Fußbruch konnte mein Vater nicht mehr richtig laufen, darum wurde es auch damit nichts. Vor ein paar Tagen schließlich kam Herschel mit dieser Hedda in das Zimmer meines Vaters, einer Witwe, die er beim Bällezuwerfen kennengelernt hatte und die, wie er ihm versicherte, früher Pornodarstellerin war und auf nichts sehnlicher wartete als darauf, noch einmal richtig ... ich zitiere: geritten zu werden. Ab da ging es nur noch um Sex und blaue Pillen, es war lächerlich, ich meine: Er war einhundertvier! Ich wäre am liebsten ausgezogen, so sehr schämte ich mich für die beiden, aber seit sie hier Automaten aufgestellt haben, bin ich leider spielsüchtig. Also blieb ich, denn so muss ich wenigstens nicht raus in diese dreckigen Spelunken. Bald bin ich pleite, und meine fünf goldenen Uhren hat mir auch jemand gestohlen."

Er tat mir beinahe leid und so sagte ich: „Vergiss mal die scheiß Automaten, was du endlich brauchst, ist ein guter Fick." Ich fasste in meine Manteltasche, holte ein paar Münzen heraus, die ich darin noch fand, und drückte sie ihm in die Hand. „Hör zu, diese Mariola, von der wir vorhin gesprochen haben, hat eine Tochter drüben in Ungarn, die sich gerne flachlegen lässt, wenn es einen nicht stört, dass sie nur ein Auge hat, und weil sie nur ein Auge hat, ist der Tarif natürlich entsprechend niedrig. Es müsste sich also ausgehen mit den paar Münzen hier, dass sie dich drüberrutschen lässt, hier hast du ihre Nummer."

Ich gab ihm Mariolas Karte, die sie mir gegeben hatte, und er schaute mich dankbar an, nicht dass er gleich vor Freude hüpfen wollte, aber die graue Gardine zog sich ein wenig zur Seite. Bis ihn dann aber doch wieder der gute alte Blues übermannte: „Ohne blaue Pillen werd ich's wohl nicht schaffen, haben Sie vielleicht welche?"

Und natürlich hatte ich welche!

***

Ich machte mir dann schon Sorgen, weil ich die ganze Zeit über, die ich bei Ronnie war, keinen Lärm gehört hatte, den Viktor mit seinen Hörnern hätte veranstalten sollen, indem er gegen die blank polierten Stahlpenisse lief. Also schaute ich noch einmal hinauf zur Roten Hedda ins Zimmer, um zu sehen, wie weit Franz und Viktor mit der Zerstörung ihrer Kunstwerke vorangekommen waren. Doch weder Franz noch Viktor waren noch da und auch von Heddas Stahlpenissen war nichts mehr zu sehen.

Nur sie saß unverändert auf ihrem Bett. Seit wir gestern von hier weggefahren waren, hatte sich niemand um sie gekümmert, sie umgezogen oder ihr den Kopf zurückgedreht. Sie klagte nun, dass „der Mann" all ihre Skulpturen dem Ziegenbock aufgeladen hätte wie einem Esel und dass er, als er durch die Türe verschwand, *Bella Ciao* gesungen hätte.

„Interessant!"

Ich erbarmte mich ihrer, nahm ihren Kopf in beide Hände und sagte: „So, jetzt wird es gleich etwas lauter werden!" Und dann drehte ich ihr das Teil wieder zurück ins Gewinde.

Sie stöhnte auf, als hätte sie noch einen letzten Orgasmus erlebt, und fiel entspannt nach vorn auf ihr Bett. Sie war so dankbar, dass sie auf ihr Nachtkästchen deutete und sagte, dass darin unter dem Konfekt und dem Vibrator drauf auch ein Überbringersparbuch liegen würde, das ich mir gerne nehmen könne, aber ich könne auch gerne sie nehmen, wenn ich wolle ...

Tja.

Und dann sagte ich – und ich weiß wirklich nicht, warum ich das sagte! –, dass ich auf sie gerne verzichten und auf ihr Überbringersparbuch scheißen würde.

„Aber das Konfekt nehme ich mir gerne!"

Und ich nahm es und ging.

Das verdammte Konfekt essend fuhr ich schließlich hinunter zu Tilman, wo Viktor vor der Portiersloge auf mich wartete, worüber ich wirklich erleichtert war. Ich nahm seine Leine und wollte mich endlich von hier verabschieden, als Tilman nach einem Zettel auf seinem vermüllten Schreibtisch griff und mir schließlich herüberreichte. Darauf stand eine Adresse im 14. Bezirk, die mir aber nichts sagte.

„Von wem ist der Zettel?", fragte ich.

„Von Ihrem Freund Herschel", sagte er. „Er meinte, ich solle Ihnen den geben, falls Sie noch mal hierherkommen würden, darauf stünde die Adresse, an der ihn alle am Arsch lecken könnten, die immer nur sein Geld wollen. Einen Platz in seinem Testament müsse man sich nämlich verdienen."

Herschel war doch immer für eine Überraschung gut.

„Das sagte er?"

„Wortwörtlich. Und he! Sie haben nicht zufällig die Nummer von dem, der gestern mit Ihnen hier war? Der Große, den ich dann später noch im Fernsehen gesehen habe? Er hat gesagt, er würde sich bei mir melden."

„Das wird er aber nicht", sagte ich streng, richtete mir den Mantel und ging mit Viktor hinaus.

Dort sah ich, wie Franz die letzte Skulptur in Starkös Limousine räumte, die darin kaum mehr Platz hatte, und wie er schließlich den Kofferraum zudrosch und sich hinter das Steuer setzte. Und als er die Limo startete, rief ich ihm zu: „He! Weißt du noch, dass am Ende nicht die Gesellschaften korrupt sind, sondern immer der Einzelne?"

Und er rief zurück: „Ich hab's nicht vergessen! Venceremos!"

Und dann, als er mit durchdrehenden Reifen wegfuhr, in dieser Limousine vollbepackt mit Skulpturen im Wert vieler Millionen, fragte ich mich, was an diesem scheiß Konfekt eigentlich so viel besser gewesen sein sollte als an einem Überbringersparbuch.

***

Es hatte dann nicht lange gedauert, ein Taxi zu finden, denn alle Wiener Taxifahrer, die aus dem arabischen Raum stammten, rissen sich darum, mich fahren zu dürfen, was aber nicht an meinem einnehmenden Wesen lag, sondern an dem von Viktor.

Es war dann – Überraschung! – ein Abdullah, der den Zuschlag erhielt, ein ziemlich dicker, und Viktor durfte vorne neben ihm sitzen, während ich mich hinten hineinquetschen musste. Es fehlte nicht viel und er hätte Viktor das Autofahren beigebracht, während er ihm den Huf hielt. Plötzlich hatte er eine gute Meinung von unserem Land, das ihm die letzten zwanzig Jahre so abweisend vorgekommen war: „Viele bäse Leite in Eestareich, viele sagen: ‚Du Ausländer, du schleichst di, du fetter Ziegenficker!‘ Aber du auch fetter Ziegenficker! Du gut Mann!“

Über beides würden wir beim Bezahlen noch einmal reden müssen, aber zunächst rief ich Guttmann an. Svetlana, erzählte er, war gerade dabei, sich das Höschen anzuziehen und sich zu verabschieden, ihr Alter hatte sie wohl irgendwann angerufen und ihr auf die Mailbox gesprochen, dass sein Palais in die Luft geflogen war. Ich sagte: „Schluss jetzt mit Küsschen hin und Küsschen her, ich hol dich in zehn Minuten ab.“

„Nichts Küsschen hin und Küsschen her“, sagte er mit der Kraft dessen, der eine geile Nacht hinter sich hatte: „Sie ist besser als Big Mama Mia in ihren besten Filmen!“

Ich wies Abdullah an, den Umweg über den Brunnenmarkt zu nehmen, wo wir endlich vor Lemmys *Quattro Stazzione* hielten.

„Heißt nicht *Stazzione*, heißt *Stagione*!", sagte er.

„Leck mich am Arsch!"

Guttmann kam auch gerade schon breitbeinig herauf aus dem Keller wie John Wayne nach einer sehr üppigen Bohnenpfanne aus dem Salon, er quetschte sich anstandslos zu mir auf die Rückbank und ließ Viktor neben Abdullah vorne sitzen. Eine einzige Nacht hatte ihn zu einem großzügigen Mann gemacht, der einem Ziegenbock nichts mehr neidete. Er sagte: „Weißt du was, ich brauche gar keine blauen Pillen, um zu ficken. Es war einfach der Druck, der mich schwach sein ließ!"

„Und die Einsamkeit."

„Schluss mit Einsamkeit. Jetzt hab ich ja sie zum Pimpern. Und du hast ihn." Und er deutete auf Viktor.

Da weiteten sich die Augen des Abdullah, der wohl dachte, Viktor wäre für alle da und er könne jetzt gleich über ihn herfallen. Aber ich sagte: „Nix da, Habibi. Erst fahren wir Richtung Westen."

Und nannte ihm die Adresse, die mir Tilman gegeben hatte.

***

Der rote Alfa der Apothekerin parkte vor dem schmucken Häuschen an der Adresse, die auf dem Zettel stand, in einem schmucken Garten. Die beiden Fenster im oberen Stockwerk über der Eingangstüre waren geöffnet, frische Luft sollte durchs alte Haus ziehen, alles schien Frühling und Anfang, obwohl es doch November war. Oben hörten wir deutlich jemanden scheißen und dabei ein fröhliches Liedchen pfeifen, das ich von ganz früher kannte: „Rote Lippen soll man küssen, denn zum Küssen sind sie da ...“

Als wir uns dem Haus näherten, kam die Lady zur Türe heraus und entdeckte uns. Sie war wie gestern elegant gekleidet, obwohl sie heute nur einen Morgenmantel trug, während sie ruhig ein Tischtuch ausschüttelte, auf dem vielleicht gerade gefrühstückt worden war. Ihre Lippen waren rot geschminkt. Als sie uns sah, schien sie sofort zu wissen, wer wir waren, geriet dabei aber nicht in Panik. Herschel hatte sie vorbereitet.

Ruhig ging sie wieder zurück ins Haus und ließ dabei sogar die Türe offen stehen, als wollte sie uns einladen, ihr zu folgen.

Als wir das sogleich taten, roch ich im Haus sofort wieder den Duft von Pomeranz, den Duft, der den Magen aufräumte. Wir folgten ihr ins ebenerdige Wohnzimmer, wo sie einen Kasten öffnete, in dem die Schnapsflaschen standen. Sie nahm aber keinen Apothekerschnaps heraus, sondern eine Flasche Gin, prüfte das Etikett und war zufrieden. Sie roch daran und ging damit zu einer Vitrine, in der die Gläser standen, nahm eines heraus und füllte es für sich, trank den Inhalt hinunter und atmete tief durch. Dann schaute sie uns an, und ihr Blick sagte: Bedient euch. Da sie keine Anstalten machte abzuhauen, bat ich Guttmann, uns allen noch einmal gut einzuschenken, und er tat es.

Sie war einsam geworden während der Jahre, in denen sie für dieses Haus zahlen musste, Monat um Monat, Jahr für Jahr. Am Ende waren zweiundzwanzig Jahre daraus geworden, während der Django einfach nicht sterben wollte, und all ihr Erspartes war dabei draufgegangen und auch der monatliche Verdienst. Nun endlich konnte sie hier leben, ohne dafür bezahlen zu müssen, blickte in einen nebelverhangenen Garten hinaus, in dem ein leerer Obstbaum stand, und sagte: „Ist die Aussicht nicht herrlich?"

Man konnte sich also vorstellen, wie ihr Leben ausgesehen hatte, wenn sie sich über diese Aussicht freute. Das Einzige, was man ihr vorwerfen musste, war, dass sie nicht selbst schon viel früher auf die Idee gekommen war, mit Djangos Leben Schluss zu machen, denn es machte keinen Sinn, etwas so lange zu erdulden. Nach spätestens fünf Jahren Leibrente hätte sie ihm den Stecker ziehen müssen. Er hätte dann immer noch siebenundachtzig erfüllte Jahre auf dem Buckel gehabt und sie mit Anfang fünfzig noch ein paar schöne Jahre vor sich. Nun war sie beinahe siebzig und immer noch schön, eine „Jüngere" gewissermaßen, nach der man alle Finger ausstreckte. Und der im oberen Stockwerk schiss, hatte sie mit seinen alten Krallen wohl längst berührt.

„Am Ende muss man einfach Entscheidungen treffen", lieferte sie uns so etwas wie eine Erklärung für das, was sie getan hatte. „Und je kürzer die Spanne wird, die man noch zu leben hat, umso dringender werden die Entscheidungen."

Diese Entscheidung hatte sie freilich nicht alleine getroffen, denn als Herschel sie vor einem Monat bei der Übergabe des Geldes kennengelernt hatte, war ihm sein bester Freund Django, der ihm seine Revanche nicht gönnen wollte, schon nichts mehr wert gewesen. Da war er anders als Willi, dem nie jemand wichtiger gewesen war als sein bester Freund Jack.

„Sie waren also bei Django wegen dem Geld ..."

„Richtig."

„Und da war dann wohl auch sein Freund Herschel bei ihm, dem er eine Partie Schach schuldete."

„Aber sie redeten nicht mehr über Schach", ergänzte sie. „Es ging um Größe, Stärke, Härte und solche Sachen, du meine Güte – Männer!"

„Und dann?"

„Verließ ich sein Zimmer wieder und der andere kam mir nach. Er fragte, ob ich Schach spielen könne."

„Und? Können Sie?"

„Meine Freunde nannten mich Bobby Fischer, als ich noch Freunde hatte. Aber der soziale Abstieg bringt es mit sich, dass man alle Freunde verliert."

„Herschel kannte die Geschichte, die Sie mit Django verband?"

„Bis ins Detail. Ich wusste zunächst nicht, dass er Anwalt war, aber er war flink im Denken und plötzlich gab es eine Lösung für mein Problem."

Gutti wollte das als Geständnis werten und ihr die Handschellen anlegen, aber ich deutete ihm, zu warten. Er kapierte nämlich genauso wenig wie sie, dass Djangos Tod nicht nur die Lösung für ihre Probleme war, sondern vor allem die Lösung für Herschel selbst. Er konnte die letzte verlorene Schachpartie im KZ einfach nicht auf sich sitzen lassen. Und weil Django ihm die Chance auf eine Revanche nicht geben wollte, musste er die allerletzte Partie gegen ihn gewinnen – die auf Leben und Tod.

Plötzlich hörten wir von oben herab die Klospülung, und ohne sich die Hand gewaschen zu haben, wackelte der Sieger dieser Partie gut gelaunt im Bademantel zu uns herunter und reichte sie mir. „Keine Sorge!", sagte er. „Ich wasche mir meinen Lümmel immer, bevor ich pisse."

„Den größten Lümmel von allen?"

Er lächelte zufrieden und umfasste die schlanke Taille der Apothekerin. Zusammen gingen sie zu einem

Tisch, auf dem ein Schachbrett war mit den aufgestellten Figuren einer nicht zu Ende gespielten Partie.

„So standen die Figuren, als wir die Partie im KZ beenden mussten", sagte er. „Und heute werde ich sie endlich zu Ende spielen. Darf ich vorstellen? Das ist Martha, und sie hat, im Unterschied zu einem gewissen ehemaligen Freund von mir, keine Angst, gegen mich anzutreten."

„Und dieser gewisse ehemalige Freund hieß wohl Django?"

„Irgendwas in die Richtung."

Er hatte ihn einfach aus seinem Leben verräumt, samt der Erinnerungen an ihn. Und auch sie wirkte so, als hätte sie das Schlimmste in ihrem Leben gerade hinter sich gebracht. Und nichts, was noch kommen würde, konnte sie schrecken. Noch nicht einmal eine Schachpartie gegen Herschel.

Er bat sie, sich zu setzen, bevor er ihr gegenüber Platz nahm.

„Wenn ihr übrigens daran denkt, sie zu verhaften, dann sag ich euch gleich, dass sie mit mir als Anwalt nie in den Bau gehen wird – die Umstände, das Pech, das sie in ihrem Leben mit dem Kauf dieses Hauses hatte. Außerdem hatte Django mit knapp zwanzig blauen Pillen im Lümmel einen wirklich sehr schönen Tod, während sie bis gestern ein beschissenes Leben hatte, weil er einfach nicht sterben wollte. Also warum sich die Arbeit antun? Und ja, ich hatte die Idee dazu, aber wollt ihr wirklich mich wegen Anstiftung und Beitragstäterschaft drankriegen? Ich bitte euch!"

Das war ein gutes Stichwort, wie ich fand: „Niemand wäre euch draufgekommen, dass ihr Django mit der Aussicht auf einen späten Fick mit der Roten Hedda den Mund wässrig gemacht und ihn so dazu gebracht habt, die Überdosis blaue Pillen zu schlucken, wohl mit dem alten Apothekersatz: ‚Ich würde Ihnen gleich die große Packung empfehlen!'"

Auch Guttmann musste ihnen an dieser Stelle zugestehen, dass es sich hierbei um einen äußerst gefinkelten Mord handelte, den er selbst wohl nie imstande gewesen wäre zu klären – „Und um nichts anderes als einen heimtückischen Mord handelte es sich dabei!", schrie er.

„Also warum wolltest du dann trotzdem, dass ich mir die Arbeit antue und euch auf die Schliche komme?", fragte ich.

„Du machst dir keine Vorstellung davon, wie langweilig das Leben ist, wenn man erst mal so alt ist wie ich. Da will man die letzten paar Meter noch ein bisschen Spaß haben, ein paar alte Freunde um sich herum scharen und mit ihnen den Tag verbringen. Stöckchen werfen und hoffen, dass sie diese zurückbringen. Und am Ende will man auch keinen Idioten in seinem Testament erwähnen, der sich vielleicht Private Eye nennt, aber nicht sieht, wie der Hase läuft."

Anerkennend klopfte er mir auf die Schulter: „Du hast das Rätsel am Ende gelöst, mein Lieber. Auch wenn du mir manchmal vorgekommen bist, als würdest du das falsche Zeug rauchen. Und jetzt her mit den Schlüsseln für die Bankschließfächer, ich habe schließlich noch Pläne, das Geld muss mit beiden Händen rausgeworfen werden, am besten von Frau Bukowski und mir zusammen, also: Willst du mein Trauzeuge werden?"

Da war ich beinahe gerührt, aber ich hatte auch gleich wieder Zweifel: „Glaubst du denn, dass ich das kann?"

Die vielen Riegel hatten mir alles stählerne Zutrauen genommen und einen zaghaften Sack aus mir gemacht.

Es war Zeit, dass ich den Felsen wieder in Form brachte und sein Inneres mit Strahlkraft fütterte anstatt mit Riegeln.

Herschel griff nach seiner Geldtasche und zog zwei Fünfhunderter heraus. „Dass du es kannst, daran habe ich keinen Zweifel, mein lieber Freund. Aber in diesem kanariengelben Aufzug kommst du mir nicht in die Synagoge. Also kleidet euch gefälligst neu ein, ihr zwei Dicken, aber nicht oben im Outlet. Du, Guttmann, bist nämlich auch eingeladen, alles klar, Herr Kommissar?"

Hatte er mich tatsächlich „mein lieber Freund" genannt?

Bevor er mich „Dicker" nannte?

***

Willi überlebte die Transplantation nicht. Er hatte die Leber von Jacks Sohn abgestoßen.

Er ruhe in Frieden.

Die beiden Slowaken hatten mir dann tatsächlich meinen Rapid-Trainingsanzug vor Lemmys Bude gelegt, und den trug ich dann auch bei der Hochzeit, auch wenn Herschel mich deswegen gleich wieder anschrie: „Sag mal, bis du verrückt geworden, du dreckiges braunes Arschloch?" Aber am Ende konnte er mich als Trauzeugen nicht wegschicken, denn außer mir waren nur noch Guttmann, Kubelka und Fink gekommen, und die waren lieber draußen vor der Synagoge stehen geblieben und hatten es vorgezogen, warmes Bier zu trinken, als für mich einzuspringen und sich den elendslangen Zinnober im Inneren anzuhören. Dass seine Mutti ihm, wie er überzeugt war, vom Himmel herab dabei zusah, wie er nun schon die Zweite in seinem Leben heiratete, die er lieber mochte als sie, machte ihn nicht entspannter. Aber am Ende hatte ich immer genug von Lemmys relaxenden Kräutern mit dabei, sodass die Hochzeit dann doch noch ein Fest wurde, bei dem sogar noch der Rabbi anfing, den *Cocksucker Blues* zu singen. Ganz so, wie Herschel sich das gewünscht hatte.

Und im gleichen Sonntagsstaat stand ich nun also Mitte November zusammen mit den anderen vor Jacks Grab am Zentralfriedhof, in dem nun bald auch Willi liegen würde.

Willi das Schwein, der es nicht mehr rechtzeitig geschafft hatte, in einem neuen Testament zu verfügen, dass er woanders begraben werden wollte als hier. Und am Ende war es wohl auch genau richtig so, dass er neben seinem Freund liegen würde, seinem lebenslang besten.

Willi der Lebemensch, den ich jeden Juni hinausgebracht hatte in sein Sommerhäuschen an der Alten Donau, wo er mit Fritz „Bauchstich“ Knittelfeldinger und anderen zusammen Karten spielte und dem dort sein Glockenspiel aus der gestrickten Badehose hing, wenn er sich im Stehen bräunen ließ.

Willi der Lehrmeister, den ich kennenlernte, als ich mir *Jack schleckt auf* in seinem *Pornhouse* angesehen habe, und der mich danach fragte, ob ich nicht sein Mädchen für alles werden wolle – die Taschentücher wegräumen, die Sportgummis nachschlichten, die Filme einlegen und wieder zurückspulen –, und der in den Jahren seither mein väterlicher Freund geworden war, auch wenn er das selbst nicht immer so sehen wollte.

Willi der Weiberheld, der an den Frauen gar nicht das Schlanke und Rassige geliebt hatte, wie er uns immer versicherte, sondern in Wahrheit das Dicke und Mütterliche, das Nährende und Verströmende, wie ich zum Schluss noch erfahren durfte.

Und warum auch nicht?

Willi der Kartenspieler. Willi der farbenfroh Gekleidete. Willi mit seinem Zöpfchen bis zum Arsch und seinen Quasten an den Badehosen. Willi mit seiner gegerbten Lederhaut und dem Eiter im Sack. Willi das Schwein. Wir froren uns den Arsch ab an diesem kalten Novembertag, an dem es zum ersten Mal in diesem Jahr schneite, und schauten auf den Sarg, der über der Grube hing und bereit war hinuntergelassen zu werden, wenn nur endlich die Grabrednerin daherkommen würde, die Kubelka organisiert hatte. Der hat sich am Ende doch noch bis ins dritte Zinshaus dieser Ursel vorgepimpert, aber vor der Haustüre des vierten dann endgültig schlapp gemacht: „Geld ist nicht alles!“, hatte er verkündet, als er mit weichen Knien im *Hard & Heavy* auftauchte, nachdem er sich endgültig von ihr verabschiedet hatte. Und sie hatte sich kurz danach noch endgültiger verabschiedet, als sie alleine in ihrer Beletage gestorben war. Auf dem Weg hierher hatten wir auch an ihrem Grab vorbeigeschaut, auf dem ihr Name nun unter dem des *Zinshausbesitzers* verewigt war, nur dass man unter ihren nicht mehr *Zinshausbesitzerin* geschrieben hatte, diese Zeiten waren einfach vorbei. Die Häuser hatte sie, das hat Kubelka noch erfahren, dem Wirtschafterbund vermacht. „Geht’s der Wirtschaft gut, geht’s uns allen gut.“

Bis wir dann alle sterben.

„Wann kommt sie denn endlich?“, fragte Laszlo, der seinen Viktor wieder an der Leine führte, was mich dann doch einigermaßen störte, während er seine Kamera auf das Grab ausgerichtet hielt. Er war bereit, jederzeit auf Aufnahme zu drücken und die Feierlichkeiten zu filmen, nicht für seine *How low can you go Show*, sondern für uns. Den letzten triumphalen Weg eines Königs, des Königs der Schweine. Dabei merkte ich, dass Viktor mich immer wieder sehnsüchtig anschaute, und sicher erinnerte er sich dabei daran, wie schön es war, mit mir im Auto zu fahren und dann die Biene und den Onkel Willi zu besuchen.

Aber nicht mit mir! Auch ein Ziegenbock musste sich irgendwann entscheiden, bei wem er am Ende lieber sein wollte.

„Herrgott, was ist denn mit ihr?"

„Sie muss jeden Moment auftauchen!", versicherte uns Kubelka, der sich nicht ausgesucht hatte, eine Grabrednerin zu organisieren, aber ich hatte ihn dazu verdonnert, wo ich doch schon alles andere erledigen musste: beim Notar die Papiere unterschreiben, die mich laut Testament letztlich zum alleinigen Besitzer des *Pornhouse* machten – Danke, Willi! –, und dann die Plakate mit den *Jack-Schleck*-Filmen wieder in die Schaukästen zurückhängen.

Herschel, der mit Martha gekommen war und mit ihr zusammen ein wirklich schönes Paar abgab, warf dann seine Blume genervt in das leere Grab hinunter und sagte, er habe einfach nicht die Zeit, hier noch wer weiß wie lange zu vertrödeln, bis diese Schnalle mit ihrer Grabrede endlich daherkäme, er würde lieber mit Martha in ihr nun gemeinsames kleines Häuschen fahren, die warmen Socken anziehen und gemütlich mit ihr zusammen eine weitere Partie Schach spielen – schließlich schulde sie ihm noch eine Revanche für die letzte verlorene.

Da zuckte sie kurz zusammen, als sie das hörte – ich merkte, wie ihr vor Schreck die Zahnprothese verrutschte –, aber als er sie in den Arsch kniff, entspannte sie sich wieder. Da fiel mir ein, weil wir ja gerade am Friedhof standen: „Warum hast du eigentlich immer eine Selbstmordpille mit dabei, mein lieber Freund?“

„Tja, ich verrate dir jetzt mal was“, sagte er, während er sich eine *Benson & Hedges* anzündete und tief inhalierte. „Wenn du im KZ warst, dann fehlt dir in der Folge ein bisschen das Zutrauen ins Leben, Bürschchen. Dann ist es besser, wenn du immer was bei dir hast, womit du dir das Licht ausblasen kannst, bevor sie dich wieder irgendwohin bringen und unter die Dusche stellen wollen.“

Ich sagte: „Alles klar.“

Sie verabschiedeten sich und gingen dahin, und Fink, der sein warmes Bier austrank, bevor es kalt werden konnte, fragte, ob er nicht mit ihnen zusammen in die Redaktion hineinfahren könne, er müsse dringend noch die Geschichte eines Betrügerringes, dem polnische Pflegerinnen angehörten, recherchieren.

„Was denn für ein scheiß Betrügerring mit polnischen Pflegerinnen?“, fragte ich. „So etwas gibt's doch wohl nur in der Fantasie von einem, der bei einer Qualitätszeitung arbeitet.“

„Na ja, dann hör mal lieber zu: Gestern wurde an einer deutschen Autobahnraststätte eine Polin verhaftet, die in einem gestohlenen Škoda saß und sich auf der Rückbank mit der Lupe durch ein Auge fünf goldene Uhren anschaute, wobei sie das andere Auge nicht einmal zudrücken musste, weil sie keines hatte. Und als ihre Mutter vom Klo zurückkam, konnte auch diese nicht erklären, woher ihre Tochter die fünf goldenen Uhren hatte, und dann stellte sich heraus, dass sie zuletzt in einem Heim in Wien angestellt war.“

Ich sagte: „Fünf goldene Uhren? Warum schreibst du nicht mal was über Titten?“

Und dann zu Kubelka: „Was ist jetzt? Kommt sie noch?“

Fink verschwand zusammen mit den Bukowskis, und aus der Richtung, in die sie gingen, kam uns plötzlich Tilman entgegen, in einem viel zu großen Mantel und mit sehnsüchtigem Blick, den er auf Laszlo richtete. Die beiden hatten sich ja schon in der Portiersloge ganz gut verstanden, bis sich Laszlo seinen Schwanz im Hosenschlitz einklemmte, so gut, dass sich daraus etwas entwickelt hatte. Dass Laszlo nun also entschuldigend mit den Schultern zuckte und mir seine Kamera in die Hand drückte, um damit das Begräbnis selbst zu filmen, das hätte ich noch ertragen. Aber dass Viktor nun von sich aus in Richtung Tilman drängte und mich keines Blickes mehr würdigte, das ertrug ich dann nicht mehr. War ihm der lieber als ich? Ich kam mir vor wie die Rothaarige im Eskimozelt, die den Kürzeren gegenüber der Dicken zog. Oder weiß der Teufel, wie ich mir vorkam! Jedenfalls musste ich nach dem Flachmann in meinem Fellmantel greifen und ihn in einem Zug austrinken, als ich die drei durch den Schneefall davongehen sah wie eine glückliche Familie.

„Goodbye, Viktor. Ich warte auf dich.“

Wäre er Clint Eastwood gewesen, hätte er „Irgendeiner wartet immer“ gesagt und sich den Hut gerichtet. Aber er drehte sich nicht einmal nach mir um!

Da waren es also nur noch Kubelka, Guttmann und ich, die wir zusammen mit den vier Totengräbern um Willis Grab herumstanden und warteten, denn Lemmy hatten wir erst gar nicht dazu bringen können, mit uns zu fahren. Er hatte vor zwei Wochen meine Trainingshose gefunden, die vor seiner Türe lag, und die ganzen Pillen aus der Seniorenresidenz, die ich in die Taschen gesteckt hatte und die alle noch drin waren, auf einmal gefressen.

Falls er sich davon noch einmal erholen sollte, würden wir für ihn eine eigene Kirche gründen, die *Kirche des auferstandenen Herrn Lemmy*.

Wir schwiegen dann im Schneefall und rauchten im Angedenken, bis Guttmann etwas Wichtiges einfiel: „Fährst du dann morgen mit mir hinauf ins Outlet, wo es zwei Cordhosen zum Preis von einer gibt?"

Da fiel mir ein: Wir hatten ja noch die zwei Fünfhunderter von Herschel in der Tasche.

„Aha, ins Outlet also will der feine Herr Guttmannovski", sagte ich, und das sollte ruhig ein wenig spöttisch klingen. „Trägt der Wahlrusse denn noch immer Cordhosen und nichts Handgenähtes vom *Knize*?"

Sie hatten ihn vom Straßendienst in Favoriten wieder zurückbeordert in die Abteilung Mord-West und ihm sogar einen Verdienstorden umgehängt, nachdem er den ermittelnden Beamten des Anschlags auf das Palais den entscheidenden Hinweis auf den wahren Attentäter liefern konnte: Das Filmchen, das ich mit Laszlo und dem Portier des Palais aufgenommen hatte, als der eine den anderen zusammenschlug, zeigte, wie dem Nachwuchsnazi ein Zeitzünder aus der Tasche fiel und wie er dann seine rechte Pranke, auf der *18* tätowiert war, versuchte daraufzulegen. Er war es also, der die teure Hütte in die Luft gesprengt hatte, als die Bombe zu früh hochging. Er hatte, wie sich herausstellte, im Auftrag des Innenministers gehandelt, der wiederum im Auftrag der Russen die Regierenden Europas erledigen sollte.

Verdammtes Pack!

Nur Svetlana dankte es Gutti nicht, und der hatte dann einfach vergessen, sie zu verlassen, bevor sie ihn verlassen konnte. Mit Kaviar und Mayonnaiseeiern war es nämlich längst wieder vorbei und mit Pimpern erst recht, seit dieser Starkö für diesen Boris eine Dobermannlady gekauft hatte, die er nun nach Gusto rannehmen konnte, was Svetlanas Herz erweichte und zu ihm zurückkehren ließ ins Innenstadtpenthouse, das er anstatt des Palais auch für sie gekauft hatte.

„Bis halt ihre Scheide wieder ganz trocken ist!“, tröstete ich Gutti und versicherte ihm, dass das bald der Fall sein würde, und dann würde er sicher einen Anruf kriegen, so gut, wie er sie geritten hatte. Und selbstverständlich, versicherte ich ihm, würde ich den Ritt zum Outlet hinauf mit ihm unternehmen, wenn er die Benzinkosten dafür übernehmen würde. „Und meine Gasrechnung übernimmst du auch gleich mit!“

Schon läutete sein Phone und er ging ran: „Svetlana?“

Da waren wir nur noch zwei.

Die vier Knechte, die den Sarg an zwei Seilen hielten, um Willi endlich hinunterlassen zu können, wurden dann auch langsam ungeduldig, sie blickten auf die Uhr, schließlich hatten sie heute noch drei andere Termine. Ich sagte: „Herrgott, da drinnen liegt Willi das Schwein, und da unten liegt Jack Schleck! Da könnt ihr doch wohl ein paar Minuten länger warten!“

Und dann schaute ich auf das kleine Grab daneben, auf dem zwar kein Kranz lag, aber ein frisches Holzkreuz stand mit einem Partezettel drauf, und die Erde schien gerade erst umgegraben.

„Wen habt ihr da reingelegt?“, fragte ich aus reiner Langeweile.

„Einen Penner, den sie vor zwei Wochen im 16. Bezirk überfahren haben, er wurde zunächst für hirntot erklärt und dann für ganz tot.“

Ich sagte: „Interessant!“

Bückte mich dann zum Kreuz und las am Partezettel:

Und darunter stand:

1972–2023

Und als ich mir das Bild des Verstorbenen näher anschaute, kam es mir bekannt vor.

Jetzt aber doch!

„Ein Penner, der im 16. Bezirk überfahren wurde?“

„Genau.“

Soll mir noch mal einer sagen, dass man sich nicht täuschen konnte!

Ich fragte Kubelka nach seiner Meinung: „Ist der nicht neulich mit uns bei Jolanda gesessen und hat mein Gulasch gefuttert?“

Er bückte sich ebenfalls und schaute sich das Bild genau an. Dann richtete er sich wieder auf und ich schaute ihn böse an.

„Was ist?“

„Kann es sein, dass du einem Penner auf den Leim gegangen bist? Einem, der überhaupt nicht Jacks Sohn war?“, fragte ich zurück und zog ihm eine über den Schädel.

„Aber ... Er hat doch deutlich erkennbar und zustimmend genickt, als ich ihn danach fragte!“

„Und hast du ihm als Dank ein paar Münzen in die Hand gedrückt wie dem Hund sein Leckerli, wenn er das Stäbchen brav wieder zurückbringt?“

„Na ja, ja! Wo er doch die Hand aufgehalten hat!“

Verdammt!

Hätte Willi gewusst, dass es nicht die Leber von Jacks Sohn war, die ihm Doktor Peiter vor zwei Wochen reingelegt hatte, dann hätte er sie vielleicht nicht abgestoßen! Aber jetzt war es natürlich zu spät für solche Überlegungen. Höchstens das „Lucky" konnte man auf dem Grabstein des Unglücklichen noch streichen, denn das war ja nun wirklich ein wenig unpassend für einen, dessen Leben so beschissen geendet hatte. Dann überlegte ich noch kurz, ob ich nicht Egge und Schaufel aus dem Kofferraum holen sollte, um den Kerl auszugraben und mir mein Gulasch wieder zurückzuholen, aber ich ließ es doch bleiben.

Endlich hörten wir ein markdurchdringendes „Huhu!" durch den Schneefall, und Kubelka sagte, das müsse sie sein. Mir war gleich nicht gut, denn obwohl es bei einem „Huhu!" nicht viel zu lispeln gab, hörte ich es doch gleich deutlich heraus, und auch das Deutsche im „Huhu!".

Wenn das nicht mein Tag war!

Sie hatte noch immer einen Berg Haare, der aber längst schlohweiß geworden war, und auf ihre Hüften hatte sie sich noch einmal zwanzig Kilo draufgefuttert. Ein paar mehr noch und man hätte sie rollen können. Der wahre Willi, so wie ich ihn am Ende noch kennenlernen durfte, wäre begeistert gewesen.

„Verdammt, wo hast du denn die aufgetrieben?", ging ich Kubelka an.

„Im Internet!"

„Als hätte man im Internet schon jemals etwas Passendes gefunden!"

Als sie Kubelka die Hand schüttelte und „Straub mein Name, ich bin die Grabrednerin" sagte, war das Lispeln nicht mehr zu überhören und auch nicht ihr immer noch bundesdeutscher Akzent. Warum diese Deutschen es auch nach fünfzig Jahren in Wien nicht hinkriegten, ordentlich Deutsch zu reden, war mir ein Rätsel. Schon weniger überraschte mich, dass Heidrun am Ende Grabrednerin geworden war wie viele andere Schauspielerinnen auch, die das Zeug zur Schauspielerin einfach nicht hatten.

Sie war ein wenig außer Atem, holte dann aber gleich einen Zettel heraus und lutschte an einem „Drops“, und während sie sich noch ein paarmal räusperte, fragte ich Kubelka, ob das auch der Zettel wäre, den ich für sie zusammengeschrieben und ihm gegeben hatte, damit er ihn an sie weitergeben würde – die Liste der Höhepunkte in Dirty Willis Leben, die Wahrheit und nichts als die Wahrheit!

Sie setzte sich die Lesebrille auf die Nase und fing an: „Die Trauergemeinde hat sich also heute hier eingefunden, um das Ableben des verstorbenen Willibald Schimpfhuber zu betrauern ... ein Mann, den seine besten Freunde Willi das Schwein nannten ...“

So ist’s gut!

„Ein Mann, der in Wien-Ottakring geboren und aufgewachsen ist und der dort durch die harte Schule der Straßen um den Brunnenmarkt herumgegangen ist, wo er auch bald sein Lebenswerk eröffnete ...“

Nun aber zögerte sie es auszusprechen, und als es ihr nicht und nicht über die lispelnde Zunge kommen wollte, sagte halt ich es: *„Dirty Willis Swedish Pornhouse,* Herrgott!“

Während die vier Totengräber langsam anfingen zu kichern, räusperte sie sich noch einmal und fuhr dann fort: „Na gut, *Dirty Willis Swedish Pornhouse* also ... Zahlreiche Messerstiche und Schusswaffenattentate auf ihn sowie auch eine herabfallende Dachrinne musste er in der Folge ...“

Wieder zögerte sie und wieder schrie ich: „... überleben!“

Und bevor sie auch den nächsten Punkt nicht korrekt wiedergeben würde, erwähnte ich ihn lieber gleich selbst: „Und vergessen wir nicht den Eiter in seinem Sack, den er aus Thailand mitgebracht hat! Außerdem darf nicht verschwiegen werden, dass er in der Kiste der Beste war, der ungekrönte König, der Akrobat Schön, der die Ladys zittern ließ wie kein anderer mit der unbändigen Kraft seines Schnorchels ..."

„Das war er nicht!", rief nun Heidrun und warf meinen Zettel ins offene Grab. „Er war die reine Katastrophe im Bett, viel zu ungestüm und auf lächerliche Weise schwanzfixiert! Und vor allem wusste er nicht, wie man eine Frau oral verwöhnt!"

„Ah ja?", schrie ich sie an. „Und wer wusste es?"

Ich wollte es nicht hören, aber da war es natürlich zu spät: „Sein Freund ..."

Uuups.

Hatte sich Jack mit seiner Zunge also doch noch über sie hergemacht und ihr damit Freuden bereitet, die ihr Willi nicht bereiten wollte? Und hatte sie ihn danach verlassen, weil sie auf diese Freuden nicht verzichten wollte, bevor er alleswissender Ladies' Man sie verlassen konnte?

„Ha? War es so?"

„Genau so war es!"

Der eine Sargträger konnte das Seil vor Lachen nun nicht mehr halten, es entglitt ihm und der Sarg kippte Füße voran in die Grube, sodass Willi nun aufrecht da drinnen stand und nicht lag, in seinem pinken Sakko und der grünen Hose, die wir ihm zusammen mit dem gelben Hemd und den blauen Socken angezogen hatten.

Ich ließ mich davon nicht beirren und übernahm die Grabrede nun selbst, Stegreif, wie es meine Stärke war:

„Also alle mal herhören! Da unten liegt schon lange einer und der andere steht jetzt auf ihm, der eine war Jack und der andere war Willi. Sie waren ihr Leben lang beste Freunde, jedenfalls glaubte das Willi, bis er im Sommer einen Film zugeschickt bekam."

Ich schaute Heidrun an und sie zögerte gar nicht, es zuzugeben.

„Ja, ich war's! Ich habe Willi den Film geschickt, nachdem ich ihn beim Aufräumen gefunden hatte, weil ich dachte, er freut sich darüber. Er hat ja damals von niemand anderem geredet als von seinem Freund, sodass ich schon gedacht hatte, er liebt ihn."

„Das tat er auch!", sagte ich ihr. „Als seinen besten Freund! Aber was die Frauen anging ..."

Hier legte ich eine kunstvolle Pause ein, die ich nützte, um einen Schluck aus dem Flachmann zu nehmen, denn es kam mir wirklich nur schwer über die Lippen.

„... was die Frauen anging, da liebte er nie eine mehr als Sie, nicht einmal sein Herzliebchen."

Das ging ihr runter wie Apothekerschnaps.

„Er hat mich wirklich geliebt?", fragte sie mit ungläubigem Blick.

„Das hat auch mich überrascht", sagte ich.

Nachdem die vier Kerle Willis Sarg doch noch in die richtige Position gebracht hatten, warfen wir ein wenig Erde drauf, und ich warf dann noch Gras von Lemmy hinterher und Kubelka seine Visitenkarte – „Falls du mal reden willst!". Und Heidrun zog dann einen Ring von ihrem Finger, den sie all die Jahre nie abgenommen hatte, und warf ihn auch hinein ins Grab: „Ihr werdet es nicht glauben, Jungs, aber auch ich liebte ihn wirklich."

„In Wien heißt das aber nicht Jungs, sondern Burschen!", sagte ich.

Ich bemerkte dann gleich, dass Kubelka mit Heidrun sein Buchprojekt, wenn auch leicht modifiziert, wiederaufnehmen wollte – Oralsex im Alter. Er wollte auch ihr seine Visitenkarte geben und sie bitten, ihn anzurufen, aber sie sagte: „Warum denn so umständlich, junger Mann?" Und nahm ihn gleich mit nach Hause, während ich den vier Totengräbern beim Zuschaufeln des Grabes zuschaute und die Blume daraufstellte, die ich zuvor von einem anderen Grab genommen hatte.

„Was ich dir noch sagen wollte, Willi", sagte ich endlich, als ich alleine an seinem Grab stand. „Auch ich habe dich immer ... Na ja, du weißt schon."

Dann fuhr ich hinein in die Stadt, zerdrückte dabei ein paar Tränen, und als ich den Wagen zu *Mannis Nachttanke* lenkte, hatte ich keinen Tropfen Benzin mehr im Tank. Manni wollte mir aber nichts mehr vorstrecken, machte stattdessen auf EU-Ratsvorsitzender, der seinem ärmsten Mitgliedsland das Geld zudrehte.

Also ließ ich den Wagen dort stehen und latschte zu Fuß durch den Regen hinauf zum *Quattro Stazzione*, warf dabei endlich auch meine Socken weg und sperrte das Haus auf, in dem ich zum Postkasten ging und mir die Post holte. Neben der neuen Gasrechnung war auch eine Karte aus Cuba mit Muchos saludos von Franz dabei, außerdem schrieb er: „Cuba mi amor! Schau doch mal bei uns Revolutionären hier vorbei, wenn du gerade nicht weißt, was du machen sollst, mi amigo!"

Na, der konnte mich auch am Arsch lecken mit „mi amigo"!

Ich warf die Karte weg und ging hinauf in meine Bude, aß einen Riegel und stellte mich auf die Waage, wie es mir die Biene empfohlen hatte. Dabei beugte ich mich über die Wampe nach vor und sah, dass ich mittlerweile dreistellig geworden war.

Ich wog hundert Kilo Einsamkeit.

Mit einem weiteren Riegel legte ich mich ins Bett, wo ich ihn mir zuführte.

Da hörte ich an der Türe ein Klopfen, das wie Horn gegen Holz klang. Ich stand wieder auf und ging zur Türe. Ich öffnete sie, und draußen stand Viktor, der reinwollte.

Ich sagte: „Kannst du dich vielleicht mal entscheiden?“

Manfred Rebhandl
Das Schwert des Ostens
Rock Rockenschaub löst auf alle Fälle alle Fälle
240 Seiten
HAYMON taschenbuch 303
ISBN 978-3-7099-7949-5

Tausche Bobos gegen Pornokino: Ein Superschnüffler im Kampf um den Erhalt der Vorstadtkultur. Rock Rockenschaub kann die Jack-Schleck-Retrospektive in Dirty Willi's Swedish Pornhouse erst mal vergessen. Jemand hat Willi übel zusammengeschlagen. War das etwa die Konkurrenz von Türkpörn, die neuerdings expandiert? Und das nicht nur wirtschaftlich: Gerüchten zufolge ist das „Schwert des Ostens" in Sachen Gehänge bei den Türken des Grätzls das Maß aller Dinge. Und dieses Maß ist ziemlich voll ... Als zu allem Überdruss auch noch ein über das Milieuübliche hinaus fremdenfeindlicher Fleischhauer ermordet wird, zweifelt Rock an der tendenziösen Berichterstattung des grindigen Boulevardblatts „Gosse", das einen Türken als Mörder kolportiert. Rock sieht sich lieber die unkontrolliert zuziehende Bobo-Jungfamilienszene genauer an, denn diese Form der Zuwanderung behagt ihm gar nicht. Doch Rock und seine Mitstreiter lassen sich ihr Grätzl nicht von besorgten Bobo-Müttern auf Elektrofahrrädern ruinieren. Der Gürtel darf schließlich nicht zum Prenzlauer Berg werden!

Manfred Rebhandl
Dürre Beweise
Rock Rockenschaub löst auf alle Fälle alle Fälle
232 Seiten
HAYMON taschenbuch 304
ISBN 978-3-7099-7950-1

Ödipuskomplex, Penisneid und ganz viele Körperflüssigkeiten. Rock Rockenschaub löst auf der Suche nach der Liebe und diversen Mördern auf alle Fälle alle – ach, was soll's, heute mal nicht. Denn: Rock ist im Winterschlaf (inklusive Winterspeck). Bis Ku auftaucht und ihm seine zentralste Psychologie-Binsenweisheit um die Ohren knallt: Mütter sind an allem Schuld. Ob das auch auf den vollkommen gestörten Nacktbarbesitzer Rockin' Ronnie und seine vermisste, auch nicht ganz ungestörte Nichte Maxi(ma) zutrifft? Laut Ku gibt es darauf nur eine Antwort: ein eindeutiges Ja. Denn wer zu viel Liebe von seiner Mutter bekommt, wird wie Ronnie – und wer zu wenig bekommt, wird wie Maxi. Und das sehen dann auch alle anderen auf den ersten Blick, denn: Der eine ist viel zu blad, die andere viel zu mager.

„Rebhandl ist unkorrekt, grindig, er stellt sich dumm. Das hebt ihn ab von den geschniegelten, gestriegelten Krimis.“
KURIER, Peter Pisa

Manfred Rebhandl
In der Hölle ist für alle Platz
Rock Rockenschaub löst auf alle Fälle alle Fälle
216 Seiten
HAYMON taschenbuch 305
ISBN 978-3-7099-7951-8

Wo fühlt sich Rock Rockenschaub wohl am wohlsten? In den Armen von Vater Staat, der dank seines Finanzministers aka dem Wunschschwiegersohn der Nation vor Privatisierungsideen nur so sprüht? Oder doch eher an der (auslaugenden statt nährenden) Brust von Mutter Kirche (sofern da neben Vater Staat noch Platz ist)? Nicht doch! Am liebsten hockt er auf der Zuschauertribüne seiner Heim- und Lieblingsmannschaft. Bis, ja, bis plötzlich alles durcheinandergerät. Denn die Mannschaft des Sportlerklubs steht plötzlich ihren Mann nicht mehr. Dafür muss es ja wohl eine übersinnliche Erklärung geben. Und da es der liebe Gott ja ganz offenbar nicht sein kann, muss wohl das im an den Fußballplatz angrenzenden Kloster wohnende, zweiköpfige Voodoo-Monster verantwortlich sein. Und dann taucht auch noch die Leiche eines verschollenen Bischofs auf ... Und Rockenschaub? Der ermittelt zwischen Kuttenbrunzern und Fußballrowdys – und trifft jede Menge Männer in der Krise!

Manfred Rebhandl
Töpfern auf Kreta
Rock Rockenschaub löst auf alle Fälle alle Fälle
240 Seiten
HAYMON taschenbuch 306
ISBN 978-3-7099-7952-5

Zwischen Midlife-Crisis und Yogamördern: In seinem vierten Abenteuer erwischt es ausnahmsweise einmal Rock selbst. Keiner seiner Kumpels ist da, um mit ihm den 50. Geburtstag zu feiern – Midlife-Crisis pur! Zum Glück rettet ihn Bulle Gutti aus der Ausnüchterungszelle und bekleidet ihn wieder mit den Insignien eines Mannes, der sein Leben im Griff hat: einem grasgrünen Hawaiihemd! Denn genau solche Männer braucht das Land, wenn eine Frauenleiche in Yogapose, eine schmutzige Unterhose und die Neigungsgruppe Volkslied Wien erschüttern. Und Rock? Der entdeckt überraschend seine weiche Seite – und seine Liebe zu Büchern. Oder nein, eigentlich eher zu einer Buchhändlerin ...

„Rebhandls Krimis sind großartig gnadenlos, die Essenz alles tief gelegten Wienerischen."
Die Presse am Sonntag, Doris Kraus

Manfred Rebhandl
Sommer ohne Horst
Rock Rockenschaub löst auf alle Fälle alle Fälle
232 Seiten
HAYMON taschenbuch 282
ISBN 978-3-7099-7929-7

Superschnüffler Rock Rockenschaub freut sich auf einen chilligen Sommer im Ottakringer Bad. Ladys eincremen, Joints drehen und beim Herrengedeck entspannen. Am besten geht das mit Buddy Bademeister Horst, dem Meister des Sonnenöls. Mit ihm wäre Rocks Sommer perfekt – bis die denkbar größte Katastrophe eintrifft: Horst ist plötzlich verschwunden! Rock macht sich auf die Suche und findet heraus, dass sein Freund im Gefängnis sitzt, weil ihn eine bloggende Lehrerin gigantischer Ausmaße mit Achtsamkeits-Tick der Vergewaltigung bezichtigt. Als wäre das nicht schon Drama genug, wird der Schlauch, ein nigerianischer Drogendealer und Junkie-Kardinal, ermordet und entmannt in einem Obdachlosenheim aufgefunden. Außerdem machen Rocks hirnrissige Freunde ihm das Leben schwer. Doch die größte Gefahr für Rock ist immer noch Willi das Schwein, dem nach und nach alle seine Kartenspieler beim Männerkränzchen wegsterben. Rock muss sich etwas einfallen lassen, um diesen verrotzten Sommer noch irgendwie zu retten.

„In ‚Sommer ohne Horst' passt alles. Bis auf die zu engen Badehosen, die Männer so gern tragen ... "
Kurier, Peter Pisa

Manfred Rebhandl
Erster Mai
Rock Rockenschaub löst auf alle Fälle alle Fälle
176 Seiten
HAYMON taschenbuch 298
ISBN 978-3-7099-7946-4

Spiel mir das Lied vom Gemeindebau: Ein Mann im Jogginganzug kämpft den Kampf der Gerechten. Superschnüffler Rock Rockenschaub wacht wieder mal vom Baulärm auf. Ein Investor mit Riesenohren hat das Haus gegenüber gekauft. Und ausgerechnet Rocks Kumpel Ringo bekommt Besuch von dessen Prügeltrupp. Gentrifizierung und Verdrängung klopfen an, und das am Vorabend des 1. Mai, dem Tag aller Tage! Rock schwenkt in Gedanken schon seine rote Fahne, aber es kommt was dazwischen: Nachdem es ihn in den Schmalanzugträgerclub „La Famiglia" verschlagen hat, kann er sich am nächsten Morgen an nichts mehr erinnern, ist dafür frisch verliebt und findet ein abgerissenes Ohr in seiner Tasche. Eigentlich ruft der Maiaufmarsch, doch dann werden im Gemeindebau zwei Leichen gefunden. In Adiletten und mit der roten Nelke im Herzen macht Rock sich auf, vor dem Festumzug noch schnell einen Fall zu lösen. Klassenkampf, Oida!

Die Entstehung dieses Buches wurde mit einem Arbeitsstipendium des Bundesministeriums für Kunst, Kultur, Öffentlicher Dienst und Sport unterstützt.

MIX
Papier | Fördert gute Waldnutzung
FSC® C083411
FSC www.fsc.org

Auflage:
4 3 2 1
2027 2026 2025 2024

HAYMON tb 321

Originalausgabe

www.haymonverlag.at

ISBN 978-3-7099-7973-0

Inhaltliche Betreuung: Haymon Krimi / Elisabeth Waldhart
Lektorat: Verena Zankl
Projektleitung: Haymon Krimi / Elisabeth Waldhart
Buchinnengestaltung nach Entwürfen von himmel.
Studio für Design und Kommunikation, Innsbruck/Scheffau – www.himmel.co.at
Gestaltung und Illustration Cover: Nana Swiczinsky
Satz Umschlag: Karin Berner
Satz Innenteil: Dörlemann Satz, Lemförde
Autorenfoto: Peter Bittermann

Gedruckt auf umweltfreundlichem,
chlor- und säurefrei gebleichtem Papier.